JN124151

東洋文庫406

唐詩選国字解 2

服部南郭
日野龍夫 校注

平凡社

装幀　原　弘

目次

巻之五　七言律詩……一二五

凡例

一、本書は、服部南郭弁・林元圭録『唐詩選国字解』を三部に分って、『唐詩選国字解』1・2・3とし、原書をその配列に従って次のように分載したものである。

『唐詩選国字解』1（東洋文庫四〇五巻）——小林高英「唐詩選国字解序」・李攀竜「唐詩選序」・服部南郭「附言」・「目録」「巻之一、五言古詩」「巻之二、七言古詩」「巻之三、五言律詩」、および校注者（日野龍夫）による「解説」

『唐詩選国字解』2（東洋文庫四〇六巻）——「巻之四、五言排律」「巻之五、七言律詩」

『唐詩選国字解』3（東洋文庫四〇七巻）——「巻之六、五言絶句」「巻之七、七言絶句」「徂徠先生跋」

底本について

一、事実上の初版と推定される寛政三年六月再版本を底本に用いた。

翻刻の体裁について

一、底本は、本書1、二〇ページの図版に見るように、『唐詩選』の詩の詩題と詩句（一句ないし数句）ごとに、割注の形式で国字解（口語訳・語釈・批評）を挿入してある。巻頭の李攀竜の「唐詩選序」、服部南郭の「附言」、巻末の「徂徠先生跋」も、同様に適当に区切って割注の国字解を挿入してある。本書では、読みやすくするために、この形式を次のように改めた。

イ　詩は、一首ごとにまず作品全体を掲げ（上段に読み下し、下段に原文）、国字解をその後にまとめた。

国字解は、それがかかわる部分を〔　〕内に見出しとして標記してある。すなわち詩題の下の国字解には〔題〕という見出しを掲げ、詩句についての国字解には、〔中原……逐ふ〕などと、それがかかわる詩句の始めと終りの数文字を見出しに掲げる。

底本において、国字解を插入するための詩の区切りが、対句構成を無視したり、詩意の展開に即さなかったりすることがある。それがはなはだしく不自然で、詩の読解のさまたげになると思われる場合には、適宜、区切り方を改めた。また詩の区切りと国字解が正確に対応せず、国字解中に次の区切りの冒頭の詩句の解が含まれていたりすることがある。これも適宜改めた。

ロ　「唐詩選序」「附言」「徂徠先生跋」は、底本の区切りごとに、本文をまず掲げ、その次に二字下げで国字解を掲げた。

読み下しについて

一、巻頭の小林高英の「唐詩選国字解序」は、校注者の判断によって読み下し、振り仮名を適宜ほどこした。

一、「唐詩選序」「附言」「徂徠先生跋」の読み下しは、底本の返り点・送り仮名・振り仮名に従うことを旨としたが、校注者の判断によって若干読み改め、振り仮名を適宜ふやした。

一、詩の読み下しについては、底本には間々誤りがあるので、次の方針に従って改めた。

イ　まず本文は服部南郭校訂『唐詩選』(享保九年刊初版本)を参照し、底本と文字の異同のある場合には右『唐詩選』の文字を採用した。

ロ　読み下しも、右『唐詩選』の返り点・送り仮名に従うことを旨とした。ただし右『唐詩選』は振り仮名を有せず、送り仮名が落ちている箇所もあるので、南郭校訂本『唐詩選』のうち総ルビ付きの宝暦八年版によってそれらを補った。

ハ　校注者の判断によって、享保九年版・宝暦八年版『唐詩選』の送り仮名・振り仮名を若干読み改めた。

一、底本も、享保九年版・宝暦八年版『唐詩選』も、送り仮名・振り仮名の仮名づかいは不規則であるが、「唐詩選序」「附言」「徂徠先生跋」・詩、それぞれの読み下しにおいて、送り仮名は歴史的仮名づかいに、振り仮名は現代仮名づかいに統一した。

一、読み下しの全部と詩の原文を通じて、漢字の字体は新字体に統一した。

国字解部分の翻刻について

一、底本は漢字片仮名まじり文であるが、これを漢字平仮名まじり文に改めた。

一、底本には読点だけが、それも今日の文章感覚とはかなりくい違う箇所にうたれている。これを無視して、校注者の判断で新たに句読点をほどこした。

一、適宜、漢字を仮名に、仮名を漢字に改めた。

一、漢字の字体は新字体に統一した。

一、仮名の合字は二字に改めた。

一、底本の仮名づかいは不規則なものであるが、近世の表記の雰囲気を伝えるため、そのまま残すことを旨とした。ただし歴史的仮名づかいに合致しないハ行の表記（たとえばウ音便・イ音便の表記にフ・ヒを用いたりするもの）は、読みなずむ恐れがあるので、改めた。

一、送り仮名を適宜増減した。ふやす場合、たとえば「付テ」→「付けて」「付きて」「付いて」、「立テ」→「立てて」「立ちて」「立って」など、判断しかねるものが少なからずあるが、文脈や、同一語が底本中で仮名書きされている例などを考え合せて、適宜いずれかに定めた。

一、底本にはごく少数の振り仮名がほどこされているが、これをふやした。この場合にも、たとえば「直ニ」→「直(ただち)に」「直(すぐ)に」「直(じき)に」など、判断しかねるものがあるが、同一語が底本中で振り仮名を有する例、仮名書きされている例などを考え合せて、適宜いずれかに定めた。

一、振り仮名の仮名づかいは現代仮名づかいに統一した。

一、濁点を適宜ふやした。

一、拗音・促音は小字で表記した。

一、反覆符は、同一漢字の反覆の場合のみ「々」を用い、それ以外は反覆される文字をその通りに表記するように改めた。

一、「　」・『　』・中黒点を適宜補った。

一、国字解中の漢文は、特に断らずに読み下した。

一、明らかな誤字、不適切な用字などは、校注者の判断で適宜改めた。

一、文意不通のため、本書の偽版『唐詩選諺解』に従って文章を改めた箇所がごく少数ある。

校注者の注について

一、国字解の部分と、巻頭の「唐詩選国字解序」とに、読解を助けるための校注者の注（言葉の補い・現代語訳・説明）を（　）に入れて補った。すなわち（　）内の記述はすべて校注者の注である。

【補説】について

一、必要に応じて詩一首ごとに、国字解の次に【補説】という項を設けた。

一、【補説】においては、国字解に漏れている語注や故事の説明を補ったほかに、国字解の解釈の、『唐詩訓解』（解説参照）や現代の注釈書と相違する点などを述べた。

一、【補説】においてもっぱら参照した現代の注釈書は、高木正一氏校注の『唐詩選』（文庫版中国古典選、朝日新聞社刊）であって、「高木氏注」と略称して引用してある。高木氏から蒙った学恩に謝意を表する。

唐詩選国字解 2

服部南郭

日野龍夫 校注

唐詩選国字解巻之四

済南李攀竜　編選

皇和　南郭先生　弁
門人　林　元圭　録

五言排律

五言排律は、さまざまの説が多けれども、（「排」の字は）「排行（列をなして並ぶこと）」の義でよい。たとへば大名の供まわりの如く、せいの平らにそろうた男を選んで左右に分つが、「排」である。その通りに、ずいぶん堅い（壮重な）美しい文字をとりそろへて、（最初の二句と最後の二句以外は）対をとらねば（対句を作らねば）ならぬ。二句、或いは四句づつに一つことを云ひ、転じてゆく。上の四句にて座敷のことを云へば、其の下の句には亭主（その家の主人）のことを云うである。

劉校書が軍に従ふを送る　　送劉校書従軍　　楊炯

天将　三宮を下り　　天将下三宮
星門　五戎を列ぬ　　星門列五戎

坐謀　廟略を資け
飛檄　文雄を佇つ
赤土　流星の剣
烏号　明月の弓
秋陰　蜀道に生じ
殺気　湟中を繞る
風雨　何れの年の別れぞ
琴樽　此の日同じ
離亭　望むべからず
溝水　自ら西東す

坐謀資廟略
飛檄佇文雄
赤土流星剣
烏号明月弓
秋陰生蜀道
殺気繞湟中
風雨何年別
琴樽此日同
離亭不可望
溝水自西東

〔題〕　劉氏の、校書と云ふ書役の官にて、軍に従うて辺塞（国境のとりで）へ行くを送るのである。

〔天将……五戎を列ぬ〕　対句を以て作り出す。「天将」は、天の将軍と云ふ星のことを用いて、すなはち大将のことになる。「三宮」は、すなはち「三殿」と云ふ如くにて、天子の御殿のことになる。「星門」は、天の星になぞらへて、軍門・陣屋のことを云うて、上の「天将」と対になる。「五戎」と云へば、「五兵（五種類の武器）」の義にて、弓・矢・殳・戈・戟を持った兵のこともこもってある。先づ出で立つ様子を云うて、大将が天子の御殿へ参内し、御いとまを申して、陣屋へ下り、人数、兵をつらねて用意をなす。

〔坐謀……文雄を佇つ〕「坐謀」は、陣屋に坐して大将の謀を資けると云ふことで、「廟略」は何ぞ天子に重い大事が出来ると、大臣などがより会うて、宗廟に於いて相談がある。ここでは惣大将の謀になる。「飛檄」は、「檄文」とて、軍中で急に人数の入用な時に、近くの身方の者へ檄といふ書を以て加勢を乞ひ、その外、急なことを告ぐることがあるゆへ、飛ぶやうぢゃと云ふ意で「飛」の字をつけたものぢゃ。（この二句は劉校書の）務めかたのことを云ふ。さてそこもとは戦へ供に行きやっても、軍場へ出ずに、大将の側へ召されて、居ながら謀をめぐらし、大将の計を資けらるる。いかさますぐれた儀である。ちょっと檄文を書くと云ふのでも、文章の達者なものでなければならぬゆへに、そこもとのやうな「文雄」を佇って書かせることぢゃ。書記（就任へ）のあいさつ、これですんだ。

〔赤土……明月の弓〕軍装の盛んな様子を云ふ。華陰と云ふところの赤土を以て拭ひたてた刃の、流星の光を見るやうな剣を帯し、烏号といふ明月のやうな弓を持ってゆかるる。「流星」は、剣の焼刃。「烏号」は（古代の黄帝の所持した）弓の名である。

〔秋陰……湟中を繞る〕行くさきの景を云ふ。時節から秋のことゆへに、蜀道（長安から蜀へ行く道。険阻で聞えた）あたりにもそろそろ秋陰が生じて寒い時分。「殺気」と云へば、秋は殺伐の気なれども、ここでは、敵にうちかつところの勝色の気が、湟中（青海省西寧付近。辺境地帯）と云ふ処を繞って、此方の帥（軍隊）の勝になると云ふことが知れるである。

〔風雨……此の日同じ〕今日、そこもとと同じく、酒を飲むに（底本「飲ニ」。「飲ミ」の誤りか）琴を弾(ひ)いて別れるが、この後何時(のちいつ)までの別れになりて、何年の雨風を経るであらうやら。

〔離亭……自ら西東す〕 今こそ離亭（別れの宴を張る宿場の建物）より溝水（堀の水）が見ゆれども、望まれぬ。なぜなれば、この離別を悲しむ目で見れば、こころない溝水が西東へ流れるまでも、悲しうて望まれぬである。

【補説】

「赤土、流星の剣」。晋の張華が、地中から剣を得て（本書1、三四二ページ参照）、これを華陰産の赤土で磨いたところ、光輝を発した。「流星の剣」は、呉の孫権が所持していた六振りの名剣の一つ。国字解が「剣の焼刃」というのは、『唐詩訓解』に引く北周の庾信(ゆしん)の詩の「流星、剣文(けんもん)（剣の刃に浮き出たあや）を抱く」という句による。

「離亭……自ら西東す」。現代の注釈書は、小異はあるが、たとえば高木氏注に「別れてしまえば、この離亭、いくらふりかえっても、眺めわたすことはできず、あとは、ただお堀の水が、一つは西へ、一つは東へと、心なく流れるばかり」とあるが如くに解する。国字解の解釈は、『訓解』に「今、離亭の溝水の西東するを見て、また大いに悽悵(せいちょう)する（悲しむ）となり」とあるのから思いついたものであろう。

霊隠寺(れいいんじ)　　駱賓王(らくひんのう)

鷲嶺(じゅれい)　鬱(うつ)として岧嶤(ちょうぎょう)

竜宮(りょうきゅう)　鎖(とざ)して寂寥(せきりょう)たり

霊隠寺

鷲嶺鬱岧嶤

竜宮鎖寂寥

楼には滄海の日を観
門は浙江の潮に対す
桂子　月中より落ち
天香　雲外に飄へる
蘿を捫って塔に登ること遠く
木を刳めて泉を取ること遙かなり
霜薄うして花更がはる発き
氷軽うして葉互ひに凋む
夙齢　遐異を尚び
披対　煩囂を滌ふ
天台の路に入るを待って
看よ　余が石橋を渡ることを

楼観滄海日
門対浙江潮
桂子月中落
天香雲外飄
捫蘿登塔遠
刳木取泉遙
霜薄花更発
氷軽葉互凋
夙齢尚遐異
披対滌煩囂
待入天台路
看余渡石橋

〔題〕この寺（浙江省杭州の西、武林山にあった）はすぐれた名処で、この詩は、駱賓王が坊主になって、宋之問があとから来て、作ったとも云ふ。

〔鷲嶺……寂寥たり〕先づ山から云ひ出して、鷲嶺（釈迦が住んだ霊鷲山にもなぞらえられる山）鬱然として（盛り上るさま）、「岧嶢」と高い処(ところ)に寺が立ててあって、門をも鎖してひっそりと、人音(ひとおと)もせぬやうにあり。以下の八句、すぐれたことのみをとり出して、境地（土地がら）をほめる。

〈楼には……潮に対す〉楼からは直(すぐ)に滄海（大海原(おおうなばら)）より出づる日を見る様子。門は浙江の潮に向ひあうてあるやうなによって、「対す」と云ふ。

〈桂子……飄へる〉夜もすがら月がほがらかにあって、月中より桂子（桂の実(み)）が落ちて（月には桂の大木があるという伝説があった）、その香(にお)いが雲のほとりまでも飄へり香ふと、庭に木の実などの落つるを見て云ふ。昔、霊隠寺に桂子が落ちたといふ（『唐書』五行志の記事）が、実(み)のことである。

〈蘿を……遙かなり〉山の高く遠いところに塔が建ててあるを、蘿(つた)にとりついて登る。木をくぼめて筧(かけい)にして、はるか遠くの山奥の方(かた)から泉を取る様子などがある。

〈霜……互ひに凋む〉霜が薄いによって、花が陰(かげ)からは咲き咲きする。氷もきびしくないによって、草木も、凋む葉もしぼまぬ葉もあり。

〈夙齢……煩囂を滌ふ〉われ若い時（「夙齢」）より、かやうな「遐異」の世を離れた処を面白う思うていたが、今この処へ来て、胸を披(ひら)いてこの境に対すれば、心の「煩囂」の煩悩(ぼんのう)をさっぱりと滌ひ流したやうになって、どこともなう菩提心(ぼだいしん)が起ってきたと。

〈天台の……渡ることを〉老僧などに対して云ふ。まだこのような段(だん)ではない。追付け(おっつけ)仙術を得て、天台山（杭州の南東にある名山。寺院が多かった）の路を見つけて、（天台山の深い谷川にかけられた）石橋の危(あやう)き処を渡ってお目にかけやう。霊隠寺のすぐれたについて、天台山まで行く気がついた。

【補説】

「竜宮」は、竜王の住む宮殿で、『法華経』などに見える。ここでは霊隠寺をたとえる。

最後の二句、国字解は、天台山までいってみようと、興趣が深まってきた様子と解するが、現代の注釈書は大むね、「石橋を渡る」に、悟りを得て生死を超越するの意を読みこんで、仏教にひきつけて解釈する。

〔題〕の国字解に「駱賓王が坊主になって、宋之問があとから来て、作ったとも云ふ」というのは、『本事詩』に見える次の逸話を指す。宋之問が霊隠寺に遊んで、この詩の冒頭二句を得たが、あとが続かないで苦吟していた。そこに一人の老僧が表れて、次の二句をつけてくれた。おかげで宋之問は続きがすらすら出てきて、一編をまとめることができた。翌日、その老僧が実は駱賓王であったことを知らされたと。よって『全唐詩』ではこの詩の作者を宋之問とする。

9　巻之四

宿温城望軍営　駱賓王（らくひんのう）

虜地寒膠折
辺城夜柝聞
兵符関帝闕
天策動将軍
塞静胡笳徹

温城（おんじょう）に宿して軍営を望む

虜地（りょち）　寒膠（かんこう）折る
辺城　夜柝（やたく）聞ゆ
兵符（へいふ）　帝闕（ていけつ）に関し
天策　将軍を動かす
塞（さい）静かにして胡笳（こか）徹（てっ）し

沙明らかにして楚練分る　　沙明楚練分
風旗　翼影を翻へし　　風旗翻翼影
霜剣　竜文を転ず　　霜剣転竜文
白羽　揺いて月の如く　　白羽揺如月
青山　断えて雲の若し　　青山断若雲
煙　疎にして幔を巻くかと疑ひ　　煙疎疑巻幔
塵滅えて氛を銷するに似たり　　塵滅似銷氛
筆を投じて班業を懐ひ　　投筆懐班業
戎に臨んで顧勲を想ふ　　臨戎想顧勲
還って漢の恥を雪めて　　還応雪漢恥
此れを持って明君に報ずべし　　持此報明君

〔題〕（温城〈寧夏回族自治区霊武付近〉を）通りかかって、軍営の盛んなを見て、作ったのである。

〔虜地……夜柝聞ゆ〕（寒気のため）弓のにべ（膠）が乾いて、北狄（北方の異民族。「虜地」は異民族の土地の意）のひたもの（やたらに）討入る時分ゆへ、辺城（国境の城）の軍営でもみな夜まわりの拍子木（「夜柝」）をきびしく撃って、油断せぬである。

〔兵符……将軍を動かす〕大将の重いことを云うて、大将の兵の割符（天子が将軍に兵権を委任したしるしの割符）は天子（「帝闕」）よりあづかって居る大切なものぢゃ。人事の善悪は大将一人にかかりて、何ぞ事が出来ると、天策星までが動ずると云ふ。すれば重い儀である。

〔塞……楚練分る〕大将の下知はよいによって、夜もすがら陣屋のひっそりとしてあるゆへに、胡笳（異民族の笛。本書1、一九七ページ参照）なども通りぬけて聞ゆる。沙原に陣取りをして居るに、沙の白いと兵どもの着ている衣裳（「楚練」）の白いとが、はっきりと見へ分ってある。

〔風旗……竜文を転ず〕大将の陣屋の方には、旗を立て並べてあり、折ふし風が吹いて、旗の足のやうなものを吹きなびかすである。みな剣を抜身にして立て並べてをくことゆへに、霜が焼刃に転じてきらきらする様子ぢゃ。

〔白羽……雲の若し〕白羽の矢を負うて武者どものむらがりて居るが白く見へ、月の照らす様子。そのあたりの青山が、はるかに見れば、断へたり続きたりして雲のやうに見へる。

〔煙……似たり〕煙（もや）も切れ切れになって見へるが、軍事も終って、幔幕などを巻くやうに思はれ、塵埃も立たずに、軍事の悪気（殺伐な空気）も消へておさまりかへったように見ゆるに付いて、手前（自分）もこのやうに一つ功を立てて、立身をしたいと云ふ志を、以下の四句に云ふ。

〔筆を……顧勲を想ふ〕われも筆を投じて、後漢の班超が如く（本書1、七〇ページ参照）功を立ててみたい気になり、今この陣中を見れば（「戎」は戦争の意）、大将の功は古への晋の顧栄が勲功（揚子江を渡って攻め入ろうとした敵軍を潰滅させた）にも劣らぬと、その功を思いやって云ふ。

〔還って……報ずべし〕「漢の恥」と云ふは、高祖の匈奴に囲まれ、のちに和親して（懐柔のため匈奴と婚姻を結んで）縁者になられたことを云ふ。われ今、この陣中の治まったを見るに、班超・顧栄が如く夷を平らげて、漢の恥をきよめて、その手がらを以て明君（わが聖天子）の御恩を報じたいものである。

【補説】

「寒膠折る」。秋になると、寒気のため弓を貼りつけてある膠が凍って折れる。ちょうどその時分に匈奴が出兵してくる。本書1、二八四ページ参照。

「帝闕に関し」。国字解は漠然と「関係する」の意に解しているようであるが、高木氏注に「その割符の半分を朝廷に留めおくことをいう。関は、かぎをかけて大切にしまっておくこと」という。

「天策、将軍を動かす」。天策は星の名であるが、現代の注釈書は大むね「天子の策略」の意にとり、この句を、将軍が天子の策略に従って動く、と解する。

「翼影」は、軍旗の上につけた羽毛の飾りの影。国字解にいう「旗の足」とは、長い旗の風に翻る先端部分のことで、「翼影」を旗が風にはためくさまの形容ととったもの。

「竜文」。国字解に「焼刃」というのは、「剣文」と同様に「刃に浮き出たあや」の意に解しているのであろう（六ページ参照）。高木氏注には「剣身にほりこまれた竜の模様」という。

「白羽」は、白羽箭、白い羽毛をつけた矢をいうとする説と、白羽扇、白い羽毛で作った軍配をいうとする説とある。国字解が「白羽の矢を負うた武者ども」と解するのは、『唐詩訓解』による。

広に在って崔・馬二御史が　　在広聞崔馬二　　蘇味道

並びに相台に登るを聞く
振鷺 纔に飛ぶ日
遷鶯 遠く聴聞す
明光 共に漏を待ち
清覧 各 雲を披く
廊廟の挙を得ることを喜び
台閣の分を為すことを嗟く
故林 柏悦を懐ひ
新握 蘭薫を阻つ
冠は去る 神羊の影
車は迎ふ 瑞雉の群
遠く南斗の外より
遙かに列星の文を望む

御史並登相台
振鷺纔飛日
遷鶯遠聴聞
明光共待漏
清覧各披雲
喜得廊廟挙
嗟為台閣分
故林懐柏悦
新握阻蘭薫
冠去神羊影
車迎瑞雉群
遠従南斗外
遙望列星文

〔題〕崔氏・馬氏が二人ともに御史の官よりして、「相台」宰相の役処に詰める尚書郎の官になったを、南方広州（広東省）に居て聞いて、作ってやるのである。

〔振鷺……聴聞す〕『詩経』（周頌「振鷺」）に「振鷺、于に飛ぶ」とあり。「纔に飛ぶ日」と云ふは、今がた（たった今）参内せられてと云ふである。振々たる（群がった）鷺の如く行列を並べて、二人連れで参内せられて間もなく、鶯の（谷から出て）喬木に遷るやうに立身せられた様子を、はるかに遠く聞き及ぶである。

〔明光……雲を披く〕今、尚書郎になられたゆへに、朝夕に漏刻（時刻）を待って明光殿へのぼり、天子の詔を書くことなれば、直に天子の御清覧にあづかり、各々二人ともに雲を披いて白日を望む如く、天子の玉顔も自由に拝まるる。

〔廊廟の……嗟く〕悦ばしいことは、今この（「れ」の誤りか）ほどの官にまでなられた上は、のちに廊廟の挙（朝議にあずかる役職への推挙）を（「得て」などの語脱か）宰相・大臣にもならるるであらう。二人同役と云いながら、受取り前（持ち前。担当）の役処が違うてあるげなが、とてものことに一つ役処に居られたならばよからうに、台閣（官庁）の分ってあるが、ちと気の毒に存ずる。

〔故林……蘭薫を阻つ〕『文選』（晋の陸機の「歎逝の賦」）に、「松茂れば、柏悦ぶ」とあって、同類相感じて同役の立身をよろこぶとなり。また御史の役処に柏が植えてある。そこもとの故林（もとの役所）の御史どもも、をらが中間から郎官にぬき出されたは外聞もよいと云うて、悦ぶであらうが、今からは蘭を握って、郎官になられたことゆへに、近よって心やすくすることもなるまい。「故林」と云ふより「新握」と云うて、「蘭を握る」と云ふは、尚書郎のことである。

〔冠は……瑞雉の群〕「神羊」は、「獬豸（一角の羊）」のことで、「獬豸冠（獬豸をかたどった冠）」と云ふは、御史の冠で、人の畏れる処の冠である。「瑞雉」は、漢の蕭芝が尚書郎に除せられた（任ぜられた）時に、雉子が集まり、車の送り迎へをしたというて、尚書郎の故事である。御史の冠を去って、それより上の郎官になられた。結構な儀である。

〔遠く……文を望む〕我、遠く南斗の外より、はるかにそこもとたちの列星の文官になられたを羨み望んで、贈る、と云ふのである。「列星」は、天の帝座のかたわらの郎官の星で、すなはち崔・馬の二郎官を云ふのである。

【補説】

「各雲を披く」。現代の諸注は大むね、崔・馬二人の風采が、雲を披いて白日を望むごとくに立派である、の意として、晋の楽広が尚書郎となった時、衛瓘がその風采を賛えて、「雲霧を披いて青天を見るが若し」といった故事（『晋書』楽広伝）を挙げる。『唐詩訓解』にもこの故事は引かれているのに、南郭が国字解に見るような解釈をとったのは、上の「清覧」を「天子のお目通り」の意に解したからであろう。現代の諸注はこの語を、清らかな容姿、立派な風采の意とする。

「廊廟の挙……為すことを嗟く」。現代の注釈書の解釈は、たとえば高木氏注に「このたび、両人が朝廷の御推挙を得られたことはうれしいが、勤務する役所が私と分れてしまったことは残念である」というがごとくで、国字解とははなはだ異なる。国字解の「台閣の分」の解釈は『唐詩訓解』によるが、「廊廟の挙」を、いま尚書郎の官になったことではなく、今後さらに立身することと解したのは、国字解独自の説で、二人の立身を喜ぶというこの詩のテーマを一層強調しようとしたものか。

「新握、蘭蕉を阻つ」。漢の尚書郎は香をふところに入れ、蘭を握って勤務したことから、「新握」は、新たに尚書郎になったことを意味する。ただし現代の諸注は大むね、「新幄（新しいカーテン）」とあるテキストに従い、新しい役所（尚書省）のカーテンがもとの役所の蘭の香をさえぎる、と解する。この場合は、漢代に御史台を蘭台といったことから、蘭はもとの役所御史台を象徴することになる。

「列星の文」。「文」は、現代の諸注に「（列星の）輝き」の意とする。国字解が「文官」とするのは無理であろう。

奉和幸韋嗣立
山荘応制

李嶠

南洛師臣契
東巌王佐居
幽情遺紱冕
宸眷矚樵漁
制下峒山蹕
恩回灞水輿
松門駐旌蓋
薜幄引簪裾
石磴平黄陸

「韋嗣立が山荘に幸する」を和し奉る。応制

南洛　師臣の契
東巌　王佐の居
幽情　紱冕を遺れ
宸眷　樵漁を矚る
制は下る　峒山の蹕
恩は回る　灞水の輿
松門　旌蓋を駐め
薜幄　簪裾を引く
石磴　黄陸に平らかに

煙楼　紫虚に半ばなり
雲霞　仙路近く
琴酒　俗塵疎なり
喬木　千齢の外
懸泉　百丈余
崖深うして薬を錬ることを経
穴古りて旧と書を蔵む
樹には宿す　風に搏つ鳥
池には潜む　壑に縦なる魚
寧ろ知らんや　天子の貴
尚ほ武侯が廬を憶はんとは

煙楼半紫虚
雲霞仙路近
琴酒俗塵疎
喬木千齢外
懸泉百丈余
崖深経錬薬
穴古旧蔵書
樹宿搏風鳥
池潜縦壑魚
寧知天子貴
尚憶武侯廬

〔題〕　韋嗣立は、中宗の御帰依（御親任）の隠者で、この時、彼が宅へ天子の御幸ならせられて、御製（「韋嗣立が山荘に幸す」がその題）のありけるを、和し（唱和し）奉るのである。

〔南洛……王佐の居〕　この韋嗣立は、洛陽の東南に引っこんでいられり。尋常の者とは違うゆへ、天子も師匠の如く交り思召す。「契」は、上（のお心）にかなうを云ふ。しかれば、東山に引っこんでいながら、天子の補佐も同前（同然）と云ふものである。

〔幽情……樵漁を矚る〕さてこの処へ御幸なさるれば、山中ゆへ、幽情（静かな気持）が生ぜられて、天子、貴き御冠・御装束（「紱冕」）をも御忘れなされて、そのあたりの樵夫（木こり）（や漁夫）などの賤しき者をも御覧ある（「宸眷」は、天子が見ること）。

〔制……灞水の輿〕崆峒山でいにしへ黄帝の、広成子に道を問はれたことがある（『荘子』在宥篇）によって、ここへ持ちこんだものぢゃ。天子より、もう御供まわりそろへませいと仰せ付けられがある。嗣立をば格別に思召すゆへ、天子も御輿をめぐらさる。洛東の灞水のほとりへ御幸なされた。

〔松門……簪裾を引く〕山荘の様子を云ふ。隠者のことゆへに、門近くに松が植へてあるに、天子の（お車の）絹蓋や旌（旗）などが松の間に立っているによって、「駐む」と云ふ。座敷ぎはの薜のある処を、すぐに幕（「幄」）を張りまわして置いて、大勢の官人たちを案内して、奥の方へ引いてゆく。

〔石磴……半ばなり〕「黄陸」は、黄道とて、日（太陽）の通り道で、今この山の石段（「石磴」）を天子の御通りなさるるゆへに、日の道も同前である。また煙（もや）の中に立ててある楼も、天子の御入りなされたことゆへに、半ば御座処も同前だ（「だ」ママ）。

〔雲霞……俗塵疎なり〕「雲霞」は、仙人のことに用ゆるもので、実に仙路（仙界に至る道）もほど遠くはないそうで、雲霞もたなびき、琴酒の楽しみも俗を離れて静かなことである。

〔喬木……百丈余〕以下、屋敷の古いことを云ふ。先祖以来久しくこの処に居らるるゆへに、年古りたる大木もそろうてあり、庭のかかり（「入口」の意か）の瀑布（「懸泉」）なども百丈ほどあって、高い処より落つるである。

〔崖……書を蔵む〕　かたわらの岩かげなどになってある処を見れば、いかさま韋氏の先祖の内、どれぞ（仙人になって）丹薬などを錬られた処と見へる。また古い岩穴などがある。これも定めて先祖たちの道書（道教の書物）でも蔵めて置かれた処そうな。

以下、嗣立が器量に比して云ふ。

〔樹には……縦なる魚〕　大木などが生へ茂ってあるゆへ、大鳥などが住まいそうにある。池などにも、大魚がひそまっているやうに見へる。

〔寧ろ……憶はんとは〕　結句は、嗣立が（天子の）御恩を深くかうむるを云ふ。蜀の先帝（劉備）の諸葛武侯（諸葛孔明）を御訪らひなされた如く、わざわざ御幸のあると云ふことは、大抵のことではない。嗣立も有りがたく思はれい、と云ふのである。

【補説】

韋嗣立は、唐の中宗の時の宰相であって、国字解に隠者というのは誤りである。詩の趣きや、黄帝が隠者広成子をたずねた故事が引用されていることなどから、適当に判断したのであろう。

「応制」は、天子の命に応じて詩を作ること。

「南洛」は、長安の東南を流れる洛水という川を指す。『唐詩訓解』にもそのことは注されているので、国字解に「洛陽」というのはずさんな誤りである。

「幽情、紱冕を遺れ」。『訓解』も現代の諸注も、韋嗣立が閑静を愛してその身の高位を忘れる、の意とするが、韋嗣立を隠者と思いこんでいる国字解の立場ではその解釈を採用できないので、天子のことと解している。

「蹕」は、行列の先ばらい。

「薜幄」は、国字解に「薜のある処を、すぐに幕を張りまわして置いて」というが、現代の諸注では、「つたかずらが茂って幔幕のようになっている」とする。

「簪裾」は、冠をとめるかんざしと、官吏の制服のすそ。ここでは、正装したお供の百官を意味する。

「石磴、黄陸に平らかに」。現代の諸注は「石磴を登ってゆくと、黄道と同じ高さにまで至るようだ」の意と解する。従うべきであろう。同様に次句の「煙楼、紫虚に半ばなり」についても、国字解は「紫虚」を天子の御座所ととっているが、現代の諸注が文字通り「天」ととって、一句を「もやのかかった高楼が天の半ばにまでそそり立つ」の意と解するのがよい。

「穴古りて旧と書を蔵む」。山中の洞窟に珍しい書籍を秘蔵したという話がいくつかある。

「風に搏つ鳥」。「搏つ」は、はばたく。『荘子』逍遥遊篇の鵬の話を踏まえる。

「壑に縦なる魚」は、谷川をわがもの顔に遊泳する魚。

「武侯が廬」。劉備が諸葛孔明を是非とも軍師に迎えたく、高貴の身をもって孔明の草廬を三たび訪れたという故事を踏まえる。

白帝城の懐古　　陳子昂

日は落つ　滄江の晩
橈を停めて土風を問ふ

白帝城懐古

日落滄江晩
停橈問土風

城は臨む　巴子国
台は没す　漢王宮
荒服　仍ほ周甸
深山　尚ほ禹功
巌懸って青壁断え
地険にして碧流通ず
古木　雲際に生じ
帰帆　霧中に出づ
川途　去って限りなし
客思　坐に何ぞ窮まらん

城臨巴子国
台没漢王宮
荒服仍周甸
深山尚禹功
巌懸青壁断
地険碧流通
古木生雲際
帰帆出霧中
川途去無限
客思坐何窮

〔題〕後漢の光武帝の時に、公孫述が蜀の成都に都して、白帝と称したゆへ、白帝城と云ふ（四川省の東端近くにあって、揚子江上流の三峡の急流にのぞむ）。下の谷川などに舟をかけて（停泊して）居て、作るである。

〔日は……土風を問ふ〕さて、夕日方に白帝城の川岸に橈をとどめて、舟をかけて、ここは何といふところで、いかやうなことのあった処ぞと、土風（土地の風俗）を問ひ（昔を）とむらへば。

〔城は……漢王宮〕すなはち土風を述べて云ふ。白帝城から直に見をろす処が、いにしへ春秋の時、巴子（巴姓で、代々子爵を授けられた）が持った国で、かたわらに、むかし劉玄徳（劉備。漢室の一族なので「漢王」という）の呉より敗軍して帰られて、魚腹県を改めて永安と名づけて、ここに宮殿を建てられたが、それも今は没して、あとかたもなくなり。

〔荒服……尚ほ禹功〕見わたす処を云ふ。今、荒服（未開の地）の如くなってある処が、周の都（の時代）にてあるなれば、やはり甸服（版図内）で、深山の開けて、今往来もなると云ふが、これ禹（上古の帝王。三峡を開鑿した）の大功である。これまでが懐古である。

〔巌……碧流通ず〕上の句をうけて、岸通りの岩を見て云ふ。深山を望んでみるに、岩が（頭上に）さしかかって、青巌が壁の如く削り立てたやうにあり、険阻なるゆへに碧水も一息にすっと流れて通る。

〔古木……霧中に出づ〕両方の山も高いことゆへに、雲が覆ひかかって、古木も雲の中に生じてあるやうに見へ、川中にも霧が下りてまっ暗になってある処を、舟に乗って帰る。

〔川途……窮まらん〕いかう水が早いによって、まっ暗な中をどこと云ふあてどなしに乗って行き、客中の思ひもまたさまざま生ずれども、きわめて（これが限りだといって）思ひとめる間もないである。

峴山懐古　　　陳子昂

峴山懐古

秣馬臨荒甸
登高覧旧都

馬に秣かうて荒甸に臨み
高きに登って旧都を覧る

猶ほ悲しむ　堕涙の碣
尚ほ想ふ　臥竜の図
城邑　遥かに楚を分ち
山川　半ばは呉に入る
丘陵　徒に自ら出で
賢聖　幾ばくか凋枯す
野樹　蒼煙断え
津楼　晩気孤なり
誰か知らん　万里の客
古へを懐うて正に踟蹰せんとは

猶悲堕涙碣
尚想臥竜図
城邑遥分楚
山川半入呉
丘陵徒自出
賢聖幾凋枯
野樹蒼煙断
津楼晩気孤
誰知万里客
懐古正踟蹰

〈馬に……旧都を覧る〉「兵（武器）を厲ぎ、馬に秣かふ」とて、『左伝』（僖公三十三年）の文字である。峴山（湖北省襄陽の東南にある山。漢水にのぞむ）は聞き及んだ処ゆへ、夜中から仕度して、朝とく峴山に登り、古へは繁昌なことでありつらうと、都のあとを見のぞむ。

〈猶ほ……臥竜の図〉むかし晋の羊祜が襄陽を鎮めて、峴山に遊ぶことを楽しんで、民を思ふ恵沢の深い人ゆへ、羊祜が死ぬと峴山に碑を立て、これを見るもの涙を流し、のちに杜預が「堕涙の碑」と名づけた。「碑」は平字ゆへ、(平仄を合すため、ここでは)「碣」と置いたものぢゃ。「碑」と同じことぢゃ。今この峴山に登って、堕涙の碑を読んでみれば、やはり古へに変らず悲しく思はれる。(諸葛)孔明が隠れ居た隆中山を見のぞむについて、孔明が八陣を石を以て図してみたと云ふことを思ひ出す。

〈城邑……凋枯す〉さて、麓の城邑(町や村)を見れば、地勢が楚国へ入りこんである。ただ山々がにょきにょきと出てあるが見へる。襄陽は賢者の多い処で、『耆旧伝』と云ふ書もあれば、今はその賢者の塚も見へず。「凋枯す」は、死んでしまうたと云ふ義である。

〈野樹……踟躕せんとは〉野原に樹木などが見へるが、蒼煙(薄暗い夕もや)断へて(切れ切れにたちこめて)、白禿げてある。渡し場などが見へるが、昔はさぞ家も沢山あったであらうが、今はただ一つ離れの楼があるのみぢゃ。われ万里の遠きより来て、古へのことを思うて、踟躕している(立ち去りかねて、ゆきつもどりつしている)と云ふを、誰も知るまい。

【補説】

「馬に秣かうて荒甸に臨み」。馬を一休みさせて、秣を与えながら、荒野を眺める、の意。

「臥竜の図」。諸葛孔明が石を並べて陣形を示した八陣図のこと。それを臥竜というのは、劉備に仕える前の孔明が臥竜(昇天の機を待ってねそべっている竜)と称されたことを踏まえる。

「山川、半ばは呉に入る」。国字解に解釈が抜けている。山や川は半ば呉の領分に入りこんでいる、の意。

「晩気」は、夕暮の気配。

蘇味道に贈る

北地　寒苦しむべし
南城　戍帰らず
辺声　羌笛を乱り
朔気　戎衣を捲く
雨雪　関山暗く
風霜　草木稀なり
胡兵　戦ひ尽きんと欲す
漢卒　尚ほ囲みを重ぬ
雲浄うして妖星落ち
秋高うして塞馬肥えたり
鞍に拠って雄剣動き
筆を揺かして羽書飛ぶ
輿駕　京邑に還らば

贈蘇味道

杜審言

北地寒応苦
南城戍不帰
辺声乱羌笛
朔気捲戎衣
雨雪関山暗
風霜草木稀
胡兵戦欲尽
漢卒尚重囲
雲浄妖星落
秋高塞馬肥
拠鞍雄剣動
揺筆羽書飛
輿駕還京邑

朋遊（ほうゆう）　帝畿（ていき）に満（み）たん　　朋遊満帝畿
方（まさ）に期す　来たって凱（がい）を献じて　　方期来献凱
歌舞　春暉（しゅんき）を共にせんことを　　歌舞共春暉

〔題〕　味道、北狄（ほくてき）（北方の異民族）の方（かた）へ番手（ばんて）（防備の勤務）に行きて居るに、贈るのである。

〔北地……帰らず〕　今そこもと北地へ行っていらるることゆへ、さぞ寒うて難儀なことであらう。都へ帰ることもならず、勤めていらるると云ふは、大儀なことである。「北地」に対して、都のことを「南城」といふ。

〔辺声……戎衣を捲く〕　起句の「苦」の字をうけて、この寒いについて、辺塞（国境のとりで）の胡（えびす）（異民族）どもがどこでもかしこでも笛を沢山吹くであらう。「乱」の「多い」意になる。北風（「朔」は「北」の意）がはげしう吹いて、よろい（「戎衣」。軍服）などを吹きまくって、いよいよ寒からう。

〔雨雪……草木稀なり〕　雨雪もひたもの（やたらに）降って、関山（辺境の関所のある山々）あたりも曇りわたりて暗く、風霜の強いゆへ、草木などもまばらにある。

これまで、第一句をうけて云ひ、以下は、慰めて云ふ。

〔胡兵……囲みを重ぬ〕　さりながら、胡の兵も大半尽きたと云ふ。その上この方から行っている兵どもが胡を打ちかこんで、この方の弱みは見へぬ。

〔雲……肥えたり〕　空も晴れ、悪星（不吉な星）も落ちたれば、追付け（おっつけ）軍（いくさ）も治まるであらう。ことに馬（「塞馬」。辺地の馬）も肥えて達者になる時分ゆへ、駆けまわりにもよからう。

〔鞍に……羽書飛ぶ〕　鞍によって（またがって）太刀をふりまわし、さぞ小気味のよいことであらう。そこもとは文章の達者ゆへに、いかう軍中の調法にならるる（役に立つ）儀である。

〔輿駕……帝畿に満たん〕　大将の、惣人数をそろへて京に帰らるるには、（あなたの）朋友どもが都に満ちて、待っている。

〔方に……共にせんことを〕　今から預め期している。来春、首尾よく帰られて、凱陣の歌を献じて、天子より御酒宴を下されたならば、ともども歌舞して楽しむであらう。

【補説】

「南城」を都（長安）ととるのは、国字解独自の説。『唐詩訓解』は、「南城の戍、未だ帰らず」という説明の仕方からすると、敵（異民族）の城に対して、「その辺地におけるわが方の城」の意に解しているようである。千葉芸閣の『唐詩選講釈』もその説をとる。「戍」は、守備兵の意。

「辺声、羌笛を乱り」。国字解に「乱」が「多い」の意になるというのは、この句を、敵軍の歌声に羌笛が盛んに入りまじっている、と解したためである。高木氏注は、「辺地の歌ごえが羌笛の淋しいしらべを乱し」と解する。「羌」は西域の異民族。

「羽書」は、急を要する命令文書。蘇味道がそれを起草するのである。

「輿駕、京邑に還らば」。現代の注釈書は大むね、「輿駕」を天子の乗物ととり、この句は、久しく洛陽にいた高宗が永隆元年（六八〇）長安に還御したことを指すとする。したがって読みは、「輿駕　京邑に還り」となり、この句以下の意味は、「帝が都にお帰りになり、あなたの友人も都に集まっている今こそ、あなたの凱旋の時です」ということになる。国字解の解釈は『訓解』によっている。

「春暉」は、春の陽光。

蘇員外味玄が夏晩に省中に
寓直して贈らるるに酬ゆ

並び命ぜられて仙閣に登り
通宵　礼闈に直す
大官　宿膳を供し
侍史　朝衣を護す
幔を巻けば天河入り
窓を開けば月露微なり
小池　残暑退き
高樹　蚤涼帰る
冠剣　時に釈くことなく
軒車　漏を待って飛ぶ
明朝　漢柱に題せば

酬蘇員外味玄夏晩
寓直省中見贈

沈佺期

並命登仙閣
通宵直礼闈
大官供宿膳
侍史護朝衣
巻幔天河入
開窓月露微
小池残暑退
高樹蚤涼帰
冠剣無時釈
軒車待漏飛
明朝題漢柱

三署　光輝有らん　　三署有光輝

〔題〕同役の郎官が、六月（「夏晩」。夏の終り）の末、天子の宿直番にいて詩を作ってこしたに、酬ふ（返しの詩を作る）なり。

〔並び……礼闈に直す〕「員外」は、尚書省に属して、神仙門の内にあり。故に「仙閣」と云ふ。崇礼門は尚書下舎の門なるゆへ、「礼闈」と云ふ。今、われもそなたも同じ郎官に命ぜられて、仙閣にのぼる。ことに今夜はそこもとの当番で、員外郎のつとめ処、崇礼門のわきにある礼闈に寓直して、とどまってござる。

〔大官……朝衣を護す〕それゆへ、天子の大手の台所（「大官」）から夜食を供しあてごう。「侍史」は女官で、（世話をする対象のあなたが）郎官のことゆへ、女官が二人して、明朝参内の朝衣に伽羅などをたきこめ、守護している。

〔幔を……月露微なり〕役処の景を云ふ。幔をまくと直に天河がさしこむやうに見へ、窓を開くと、うす月夜ゆへ、露の置いた気色などがほのかに見へる。

〔小池……蚤涼帰る〕夏晩のことゆへ、暑気もしりぞき、涼しくなり、まだ秋にならぬうちから、冷やかに秋になりかかった様子である（「蚤涼」は「早涼」。早くも訪れた涼しさ）。

〔冠剣……待って飛ぶ〕公用の繁い役処ゆへ、装束を解く（「釈く」）間もなく、夜明けの漏を待って直に（「軒車」官人用の車で）参内せらる。「漏」は、水時計なり。

〔明朝……光輝有らん〕漢の田鳳が郎官を勧めし時、容儀端正なり。霊帝の目にとまり、柱に題して（書きつけて）曰く、「堂々たるかな、張、京兆の田郎」とほめられたことがある。明朝そこもと参内せられ、器量すぐれたゆへ、格別に天子の御目にとまり、柱に題せらるるならば、同役のわれら、三署の者までもいこう外聞のよいことぢゃ。尚書省・門下省・中書省を「三署」と云ふなり。

韋舎人と同じく早に朝す

閶闔　雲に連なって起り
巌廊　霧を払うて開く
玉珂　竜影度り
珠履　雁行来たる
長楽　宵鐘尽き
明光　暁奏催す
一経　旧徳を伝へ
五字　英材を擢んづ
儼として神仙の去って
紛として霄漢より回るが若し
千春　休暦を奉じ

同韋舎人早朝　沈佺期

閶闔連雲起
巌廊払霧開
玉珂竜影度
珠履雁行来
長楽宵鐘尽
明光暁奏催
一経伝旧徳
五字擢英材
儼若神仙去
紛従霄漢回
千春奉休暦

分禁　趨陪を喜ぶ　　分禁喜趨陪

〔題〕　朝早くから参内するゆへ、夜明けのことを云ふ。

〔閶闔……払うて開く〕　夜が明けはなれると、禁裏の表御門（「閶闔」）の、雲に連なって高く起ってあるが見へ、廊下廻りの扉なども、暁方霧を払うてそろそろ開く。「巌」は、ただ「高い」と云ふことについたものぢゃ。

〔玉珂……雁行来たる〕　それより官人どもが、玉珂（飾り玉）の飾り立てた、竜の影のやうなすぐれた馬に乗って来るもあり、珠履（真珠の飾りをつけた靴）を踏んで、順に列なって参内するもあり。

〔長楽……暁奏催す〕　長楽宮は、鐘のある処で、夜のうちにつく鐘もつきしまうたゆへ、明光殿に天子へ奏聞する儀を催し、忙しくなってきてと、これまでは（ここまでは）、われも韋舎人と同じやうに勤めていることを云ふ。

〔一経……英材を擢んづ〕　以下二句で、（韋舎人の）学文をほめる。そこもとは親の旧徳を伝えて、漢の韋賢（以下の故事からすれば、「韋玄成」とあるべきところ）にも劣らぬ才のすぐれた人である。漢の韋賢、丞相と為る。少子（子供）玄成、復た明経（経書に精通していること）を以て位を宰相に歴。鄒魯（儒者の異称）の諺に曰く、「子に黄金満籯（かごいっぱい）を遺すは、子に一経を教へんには如かず」と。魏の景王の（臣の）虞松が草表（上表文の草稿）を、鐘会が（わずかに）五字直したれば、明文（名文）になって、帝の御気嫌に入ったことがある。そこもとの英才で文章を書かれたならば、さだめて（帝の）御気嫌に入るであらう。

〔儼として……回るが若し〕　装束つき・立ち廻り（立居振舞）の立派なことをほめて、天子の御目通り（目の届く所）を往来せらるるに、衣裳つきが「儼にして」立派なことぢゃ。神仙の去って、（ふたたび）ひらりと霄漢（天上）より下るごとく、凡骨のぬけ通る（意味不明。『唐詩選諺解』には「分骨のすけ通る」とある）立ち振舞をする人である。「紛」は、ひらひらとするあんばいである。

〔千春……趨陪を喜ぶ〕　千春ともに（千年ののちまでも）かやうな結構な御世に奉じ仕へて、才徳のすぐれたそこもとと禁を分ち、ともども趨陪する（帝にお仕えする）は、仕合せな儀と喜ばしう存ずる。「休暦」は、変らぬ結構な御代と云ふ義になる。「趨」は、趨走の義で、うやまうこと。「陪」は、相伴ふこと。「分禁」と云ふは、韋氏は中書郎、手前（自分）は尚書郎で、ともに御近習むきの役なれども、禁中の内で役処が違うゆへ、「分禁」といふ。

奉和幸長安故城未央宮応制　　宋之問

「長安の故城、未央宮に幸する」を和し奉る。応制

漢王未息戦　　漢王　未だ戦ひを息めず

蕭相乃営宮　　蕭相　乃ち宮を営む

壮麗一朝尽　　壮麗　一朝に尽き

威霊千載空　　威霊　千載空し

皇明　前跡を悵み
置酒　群公を宴す
寒は軽し　綵仗の外
春は発す　幔城の中
楽思　斜日を廻らし
歌詞　大風を継ぐ
今朝　天子貴し
叔孫通を仮らず

皇明悵前跡
置酒宴群公
寒軽綵仗外
春発幔城中
楽思廻斜日
歌詞継大風
今朝天子貴
不仮叔孫通

〔題〕十二月三十日の御幸なり（『唐詩紀事』に、中宗の景竜二年〈七〇八〉十二月三十日と）。漢の都のあと、未央宮のあった処は、長安よりはすこし北へよってある。御幸の作を和するなり。

〔漢王……宮を営む〕漢の高祖の戦ひをやめず、自身征伐に出られたあとで、蕭何（高祖の功臣。この時の宰相）が未央宮を作った。

〔壮麗……千載空し〕（蕭何の考えで）壮麗になければ（高祖の）威が軽いとて、立派に作りたてた殿閣も、一朝に尽き果てて、すぐれたる処の（高祖の）威霊も年をへてあとかたもなくなりてしまい。

〔皇明……群公を宴す〕今、徳の明らかな天子の、この処へ行幸あって、昔の跡を御覧なされ、さてもはかないことと悵み思召し、それゆへ群臣へも御酒宴を下される（「置酒」は酒席を設けること）。

〈寒は……幔城の中〉天気もよく、天子の行幸ゆへ寒も薄く、暖かに思はるる。「綵仗」と云ふは、天子の御先払いの道具で、戈の槍のと云ふもので、金銀の箔を以て彩色して、五色の房などがさげてある。それを御殿の外に立ててあるゆへ、「綵仗の外」と云ふ。幔（幔幕）をもって仮に作った御座処の中も、そろそろ春めかしくなり。

〈楽思……大風を継ぐ〉「斜日を廻らす」は、『淮南子』（覧冥訓）の故事で、天子も楽しう思召す御酒宴ゆへ、日を永くしたく思召し、西へ傾く日を御威勢を以て呼びかへし。日を三舎（九十里）反すは、（『淮南子』の）魯の陽公が故事である。天子の御制作をほめて、むかし漢の高帝（高祖）、沛宮に御幸あって、酒酣にして、「大風起って雲飛揚す」と云うて、（古来、その「大風の歌」を）すぐれたことに云ふが、今日の天子の御制作歌詞も、「大風の歌」に相継いで劣らぬ、すぐれたことである。

〈今朝……仮らず〉以下、抑揚して（「変化をつけて」の意か）天子への御挨拶を云ふ。漢の高祖は、在郷（田舎）から出て天子になられたゆへ、朝儀（朝廷の礼儀作法）が治まらいで、叔孫通が朝儀を起したと云ふが、今の天子に於いては、もとより貴いゆへ、叔孫通がやうな者を借るに及ばぬ。高祖よりまさった、となり。漢の初め、群臣飲酒して功を争ふ。酔うて妄りにさけび、剣を抜いて柱を撃つ。高祖これを御厭いなされ、叔孫通に仰せつけられ、朝儀の礼を起されたれば、諸侯・王以下、百官群臣、威を畏れて慎む。高祖曰く、「吾今乃ち皇帝為るの貴きを知る」と云はれたことがある。

【補説】

「叔孫通」は、古来「しゅくそんとう」と読み慣わしているが、本書にも宝暦八年版『唐詩選』にも、「シュクソンツウ」と振り仮名をつけるので、それに従う。

奉和晦日幸昆明池応制

宋之問

春予霊池会
滄波帳殿開
舟凌石鯨度
槎払斗牛廻
節晦蓂全落
春遅柳暗催
象溟看浴景
焼劫弁沈灰
鎬飲周文楽
汾歌漢武才
不愁明月尽
自有夜珠来

「晦日、昆明池に幸する」を和し奉る。応制

春予　霊池の会
滄波　帳殿開く
舟は石鯨を凌いで度り
槎は斗牛を払って廻る
節晦にして蓂全く落ち
春遅うして柳暗に催す
象溟　浴景を看
焼劫　沈灰を弁ず
鎬飲　周文の楽
汾歌　漢武の才
明月の尽くるを愁へず
自ら夜珠の来たる有り

〔題〕『世説』にもある通り、正月晦日の行幸なり。

〔春予……帳殿開く〕春の行幸ゆへ、「春予（春の遊び）」と云ふ。「霊池」とは、ほめた言葉である。春、昆明池（後出の摩騰・竺法蘭の故事とともに本書1、二三三・二四四ページ参照）に御幸なされるについて、池の滄波にのぞんで（帳をめぐらした）仮の御殿が押し開きて立ててある。

〔舟は……払って廻る〕武帝の時に池に石鯨をこしらへたがある。御座舟を押しこんで（「押し出して、くり出して」の意か）通る。同じ池中に牽牛・織女を石を以てこしらへたがある。そのあたりを棹をさして乗ってまわる。「槎」の字、「斗牛」の字に縁があるゆへ、仮りて「楫」の字に代へる。

以下の二句、正月晦日と云ふことを聞かせる。

〔節……暗に催す〕「蓂草」は、時計のやうな草で、堯の時に生じた。当代をほめる義になる。「蓂」は、（毎月の）朔日より一葉づつ生じて、十六日から一葉づつ散る。今、晦日のことゆへ、「全く落つ」と云ふ。春のことながら、まだ余寒があるゆへ、柳などももへ出ぬゆへ、「暗に（春を）催す」と云ふ。

〔象溟……沈灰を弁ず〕「象溟」は、池の大きなことを云ふ。溟海と云へば海のことになるゆへ、「溟に象る」といふ。「浴景」は、朝日の海水に沐浴するやうに出るを云ふ。ここでは、池に日影の映るを見て、「浴景」と云ふである。池の深いことは、三災（火災・水災・風災。ここでは、かつてこの世を滅亡させた劫火）の焼け灰を、武帝の時、此の池を掘るとて底から掘り出されて、摩騰・竺法蘭（後漢に西域からやって来た僧）が見て、劫灰と云ふことを知った。これ甚だ深いことを云ふ。

〔鎬飲……漢武の才〕今日の天子の御制作は、漢の武帝の汾河を渡って「秋風の辞」を作られた（本書3、蘇頲の五言絶句「汾上、秋に驚く」参照）にも劣らぬ。今日の音楽は、周の文王の（周の都、鎬京における）楽にも劣らぬ。

〔明月の……来たる有り〕 今日はめづらしい御遊興で、ことに夜に入るまで還御ならぬ。今宵は晦日のことゆへ、月がなけれども、それも苦労にならず。大方魚が明月の珠を含んで来るであらう（それが月のかわりをしてくれる）。昆明池の魚が武帝に珠を献じた故事がある。

【補説】

〔題〕の国字解にいう『世説』は『世説新語』ではない。いかなる書物か未詳。千葉芸閣の『唐詩選講釈』には「『世説』に、景竜三年（七〇九）正月晦日、中宗幸せられ、酒盛りありし」という。「槎は斗牛を払って廻る」。「斗牛」は、北斗七星と牽牛星のことであるが、ここでは織女と牽牛の意で用いられている。「払って」は、そのあたりをかすめて、の意。黄河の下流に住む人が、毎年七月七日に上流から槎が流れてくるので、それに乗ったところ、槎は川をさかのぼってゆき、やがて牛に水を飲ませている男と、機を織っている女を目にした。あとで聞くと、川をさかのぼって、いつの間にか天の川に入り、牽牛と織女に会ったのだった、という伝説を踏まえる。

和姚給事寓直之作　宋之問

清論満朝陽
高才拝夕郎
還従避馬路
来接珥貂行

姚給事「寓直」の作を和す

清論　朝陽に満ち
高才　夕郎に拝す
還って馬を避くる路より
来たって貂を珥む行に接す

寵は就く　黄扉の日
威は廻る　白簡の霜
柏台　鳥を遷して茂し
蘭署　人を得て芳し
禁　静かにして　鐘初めて徹し
更　疎にして　漏更に長し
暁河　武庫に低れ
流火　文昌を度る
寓直　光輝重く
乗秋　藻翰揚がる
暗投　空しく報ぜんと欲すれども
下調　章を成さず

寵就黄扉日
威廻白簡霜
柏台遷鳥茂
蘭署得人芳
禁静鐘初徹
更疎漏更長
暁河低武庫
流火度文昌
寓直光輝重
乗秋藻翰揚
暗投空欲報
下調不成章

〔題〕（姚という人が）御史より給事（門下省に属する）になったと見ゆる。

〔清論……夕郎に拝す〕 そこもとのことは、大勢の中でもすぐれた者と朝廷（「朝陽」）一ぱいの評判（「清論」）ゆへ、高才を以て選び出され、郎官に仰せ付けられた。（給事の職務として）日暮、（宮城に）入りて青瑣門（一六三ページ参照）に対して拝するを、「夕郎」といふ。

〔還って……行に接す〕 そこもとは、人に馬を避けらる（「る」脱か）処の御史の役より来て、（天子の）御近処むきの、（冠に）貂をさしばさむ給事の行（官列）に入れられた。（剛直ゆえに人々が道を避けた御史） 後漢の桓典が故事なり。「貂を珥む」とは、いたちの尾のやうなものを冠の間にさしばさむ。

〔寵は……白簡の霜〕（現在は）御近処むきのことゆへ、天子の御そばへ近付いて格別に御寵愛を受けられ、もとの御史の時には、白簡（上奏文を書く白い簡札）に邪悪の者を書付けて直に天子に御目にかける。きつい霜の如くなる威勢は廻って、何（「者」など脱か）でも恐れた。

〔柏台……得て芳し〕 そこもとの本（「の」脱か）役処、柏台（御史台）も、鳥を遷してそこもとの役替をせられたゆへ、あとも繁昌にある筈。朱博が朝夕鳥の故事を持ちこんだ（『漢書』朱博伝に、御史台の柏並木に数千羽の鳥が巣くい、朝飛び立っては夕方帰ってくるので、朝夕鳥といった、と）。郎官の役所、蘭署も、そこもとを得てより外分（外聞）もよく、芳しうてある。

〔禁……更に長し〕 寓直（宿直）の様子を云ふ。禁裏に夜もすがらもの静かにしていらるる時に、鐘をつき出すと、（あたりが静かなので）はやく通り抜けて聞へ、更（時刻）の移るも間が遠く、刻を告げる（「漏」水時計の音）も長く思はれ。

〔暁河……文昌を度る〕 暁方、空を見れば、禁裏の西南の方にある武庫（武器庫）の方へ天河が低れ、時分がら七月のことゆへ、大火（別名は）心星も西南にある文昌宮の方に渡り。

〔寓直……藻翰揚がる〕 寓直の様子も、そこもとの番をしていらるるゆへに、人も格別に思ひ。「乗秋」とは、秋の気色（様子）に乗じて、文章（「藻翰」）もすぐれてよく出来るであらう。「翰」は、文章のことながらも、（この文字は本来）鳥の高く飛び上るやうな意を含んである。

〔暗投……章を成さず〕思ひもよらず、名詩を見る（鑑賞する）こともならぬこの方に暗に投じてくれた（折角の名詩を無駄に贈ってくれた）ゆへ、出来ぬことながらも和（唱和）をしたう思へども、何を云ふても下調（つまらぬ詩）のことゆへ、章句をなさぬが残念なと、謙退して云ふなり。

【補説】

この詩は唐代の官制などにかかわる語が多く、また姚給事の事跡が不明なので、解釈がむつかしく、諸説まちまちである。

「寵は就く、黄扉の日」。『唐詩訓解』に、

切に君（天子）に近きときは、寵、日に就くが如し。

とある。「黄扉」は、門下省の別名。これに従えば、「門下省で天子に近侍するということは、その恩寵は太陽に近づくようなものだ」の意。

「柏台、鳥を遷して茂し」。現代の注釈書は大むね、「鳥を遷す」を、主人公姚給事がかつて他の役所から御史台に転じてきたことととって、一句を「かつてあなたが御史台に転じてきた時、御史台は栄えた」の意と解する。国字解は、「鳥を遷す」を、このたび姚給事が御史台から門下省に転じたこととっているから、「あとも繁昌にある筈」というのは、「御史台はあなたのようなすぐれた人材を門下省に送り出したという名誉によって、あなたのいなくなったあとでも栄えているはず」の意であろう。苦しい解釈というべきか。

「蘭署」は、秘書省のこと。給事は門下省の官であるから、この語を姚給事の現在の役所と解する国

字解の説（『訓解』に従ったもの）は誤りということになる。高木氏注では、門下省所属の姚給事が所属官庁ならぬ秘書省に宿直したものと説明し、この一句を、今晩は秘書省があなたという人材に宿直してもらって云々と解する。

「流火、文昌を度る」。国字解に「時分がら七月のことゆへ」というのは、『詩経』豳風（ひんぷう）「七月」の詩に「七月、流火あり」とあるのによる。

「寓直、光輝重く」。『唐詩訓解』には「寓直の栄に因って詩を作り……」とあって、天子のおそば近く寓直すること自体が「光輝」である、ということである。国字解に、

　そこもとの番をしていらるるゆへに、人も格別に思ひ。

というのは、天子の恩寵あつい、光輝あるあなたの寓直ゆえに、人も重大に思う、という解釈であろう。

「暗投」は、暗闇で人に宝石を投げつけるように、それの価値の分らない相手に物を与えること。

早発始興江口
至虚氏村作　　宋之問（そうしぶん）

候暁踰閩嶂
乗春望越台
宿雲鵬際落

早（つと）に始興（しこう）の江口（こうこう）を発して
虚氏村（きょしそん）に至って作す
暁（あかつき）を候（うかご）うて閩嶂（みんしょう）を踰（こ）え
春に乗じて越台（えつたい）を望む
宿雲　鵬際（ほうさい）に落ち

残月　蚌中に開く
薜茘　青気を揺かし
桄榔　碧苔を翳ふ
桂香しうして多露裛し
石響いて細泉回る
葉を抱いて玄猿嘯き
花を銜んで翡翠来たる
南中　悦ぶべしと雖も
北思　日に悠なるかな
鬒髪　俄かに素と成り
丹心　已に灰と作る
何か当に帰路に首ふべき
行く故園の萊を翦らん

残月蚌中開
薜茘揺青気
桄榔翳碧苔
桂香多露裛
石響細泉回
抱葉玄猿嘯
銜花翡翠来
南中雖可悦
北思日悠哉
鬒髪俄成素
丹心已作灰
何当首帰路
行翦故園萊

〔題〕宋之問が南方に左遷せられた時分に、南方始興県（広東省曲江）の江口より発足して、虚氏村と云ふ処に来て作る。

〔暁を……越台を望む〕「暁を候うて」夜の明くるを見合せ（見はからい）待って、閩山（福建省の山。「嶂」は、けわしい山）をこへて越の方へ行く。春に乗じて越王の台の跡などを見る。

〔宿雲……蚌中に開く〕「鵬際」とは、『荘子』（逍遙遊篇）に、「北溟に魚有り。其の名を鯤と為す。化して鳥と為る。其の名を鵬と為す。鵬の背、其の幾千里なるを知らず。怒って飛ぶ。其の翼、垂天の雲の若し」とあるゆへ、雲と鵬と釣合になって、「鵬際」とは、実に天際（天の果て）のことになる。宵の内から宿雲（たれこめる雲）が見へたが、暁方に見れば、天際に落ちて、見へぬ、と云ふことなり。「蚌」は、水中にあるもので、蚌の貝の中から玉（真珠）が出ると云ふことゆへに、月と釣合せて、ただ、西の方を見れば、残月が水上に見ゆると云ふ義ぢや。

〔薜茘……碧苔を翳ふ〕山路の体を云ふ。夜の明けるに随って、薜茘などの青々と繁りてあるが見へる。桄榔は、南国に沢山ある木で、葉の大分ついてある木で、此の方の棕櫚のやうなものそうな。苔の上に覆うてあるゆへ、「翳ふ」と云ふ。

〔桂……細泉回る〕桂はたださへ香しいものが、朝露が一ぱい湿りついてある（「裛す」）ゆへ、尚々香しい。谷あいなどの泉の、さらさらと石に響きて流るる音が聞へる。

〔葉を……翡翠来たる〕山の木の葉のかげで猿の嘯く声が聞へ、中国にはめづらしい翡翠鳥が花を含んで飛びまわる。

〔南中……悠なるかな〕かやうな面白い儀を悦ぶべしと雖も、面白うないは、なぜなれば、都を思ふ「北思」が日々はるかになって、いつ帰ると云ふことも知れぬゆへである。

〔鬒髪……灰と作る〕それゆへ、吾が黒髪も素くなり、大功をたてて立身しやうと思うた丹心（情熱的な心）も灰となり、なにもかも役に立たぬ。浅ましい儀ぢゃ。心は火なり。火の色は赤によって、「丹（赤）」と置いたもので、火より灰と釣合うてある。

〈何か……萊を翦らん〉「何か当に帰路に首ふべき」。都に帰ってあらうならば、故園の草（「萊」。雑草）のはえ繁ってある処を刈り払うて、引っこむ（隠居する）気になった。謝朓が詩に、「方に勝戦の者と同じく、去って北山の萊を翦らん」とあり。

【補説】

「越台」。秦末・漢初のころ、南越王尉陀が広東省の越秀山に築いた台。国字解のように単に「越」というと、いわゆる越の国、広東省より北方の浙江省を指すことになってしまうので、誤りである。中国の地理に不案内な江戸時代の注釈者は、あまり厳密に考えなかったのであろう。

「鵬際」。『荘子』の国字解引用部分の次に、「是の鳥や、海運けば則ち南の冥に徙らんとす」とあって、「これから自分が流されてゆく南の果て」の意を寓する。国字解は粗雑で、南郭の説とは思えない。

「薜茘、青気を揺かし」。国字解には「揺かす」の解が漏れている。現代の諸注は、「揺」字は薜茘の風にそよぐさまを伝えるととって、高木氏注に「風にそよぐ薜茘が、緑一色の山の大気をゆるがせ」などとあるごとくに解する。なお「薜茘」の「つたかずら」の振り仮名は、千葉芸閣の『唐詩選講釈』に見えるのを採用した。

「玄猿」。現代の諸注は「玄い猿」とする。『唐詩選講釈』は「玄き猿」とする。

「悠なるかな」。国字解に「はるかになって」というのは、あいまいである。高木氏注に、『詩経』周南「関雎」を引いて、「思う心の深きをいう」とあるのに従うべきであろう。

「萊を翦らん」。国字解に隠遁生活を象徴する行為のように解するのは、『唐詩訓解』に「安んぞ帰路に向って、故園の萊を翦って棲隠することを得んや」というのによる。

同じく楊将軍の原州の都督・御史中丞を兼ぬるを餞す

右地　亀沙に接し
中朝　虎牙に任す
然明　方に俗を改め
去病　家を為さず
将礼　壇に登って盛んに
軍容　塞を出でて華やかなり
朔風　漢鼓を揺かし
辺月　胡笳を思ふ
旗合して正を邀ふることなく
冠危うして邪に触るること有り

同餞楊将軍兼原州都督御史中丞　　蘇頲

右地接亀沙
中朝任虎牙
然明方改俗
去病不為家
将礼登壇盛
軍容出塞華
朔風揺漢鼓
辺月思胡笳
旗合無邀正
冠危有触邪

当に看るべし　労旋の日　　当看労旋日
此の御溝の花に及ばん　　及此御溝花

〔題〕此の時、大勢てんでに（楊将軍に詩を）送ったものゆへ、「同じく」と云うたものぢゃ。楊将軍が原州（甘粛省固原）都督と御史中丞とを兼ねて、西域の方へ行くを、送るなり。

〔右地……虎牙に任す〕をよそ人、南面する時は、西は右にあたる。そこもとの行かるる「右地」西域の夷口（「異民族との接点」の意か）の亀沙に続いてある処は、大切の処ゆへ、朝撰（「中朝」朝廷の選択）に於いてそこもとを虎牙将軍の重い官に仰せ付けられて、つかわさるる。「虎牙」は、漢の将軍の号で、「亀沙」と対をとる（対となる）。

〔然明……家を為さず〕そこもとの胡の地へ行かれて、（辺境の統治で有名な）漢の張然明が如く、夷の風俗を改めんとせらるる。漢の武帝、霍去病（匈奴を撃破した将軍）がために第（屋敷）を治めんとす（立派にしてやろうとした）。去病、辞して曰く、「匈奴未だ滅せず。何ぞ家を以てすることをせん」と云うたことがある。

〔将礼……華やかなり〕それゆへ、天子よりもきっと（きちんと）壇を設けて、大将の（任命の）礼を整へり。盛んなことである。この度大勢の人数を引きつれて塞に出らるる（「軍容」軍隊の様子）は、誰が見ても華やかなことぢゃ。

〔朔風……胡笳を思ふ〕さて、あの方へ行かれたならば、塞の朔風（北風）がこの方の漢鼓（漢軍の陣太鼓）をうごかし、また月夜ざしの時分、胡笳（異民族の吹く笛）を聞かるるであらうと、今思ひやる。

〈旗……触るること有り〉「旗合して」と云ふは、人数のよくそろうたことになる。この方の正しきに夷どもが向ひ近づくことはなるまい。殊に（綱紀粛正を任とする）御史を兼ねて行かるるゆへに、人のおそるる冠（獬豸冠。一四ページ参照）をかぶって居られうによって、夷どもがをそれるであらう。

「邪に触る」と云ふは、御史がきっと吟味して、姦邪な者に触れ当ること。

〈当に……花に及ばん〉「労旋」と云ふは、辺塞（国境のとりで）に出て手がらでもあると、天子より、いこう苦労にあったとて御酒宴を下されるを云ふ。大方辺塞へ行かれたならば、そのまま治めて帰らるるであらうによって、御酒宴を下さるるのが、ちゃうど此の御溝（長安の宮城をめぐる堀）の花の咲く時分にあらうと、祝うてやるなり。「及ぶ」とは、一足ちがうても「及ぶ」ではない。ちゃうどそこへゆくが、「及ぶ」なり。

【補説】

「亀沙」は、現代の諸注は西域の「亀茲」と「流沙」のこととするが、千葉芸閣の『唐詩選講釈』に、「秦の恵王、蜀を取り、亀の行きすぎた形に城を築かれたゆへ、亀沙と云ふ」という説を掲げる。

奉和聖製
途経華嶽　　張説

聖製「途、華嶽を経る」を和し奉る

西嶽鎮皇京
西嶽　皇京を鎮し

中峰　太清に入る
玉鑾　重嶺応じ
緹騎　薄雲迎ふ
白日　高掌に懸り
寒空　削成に映ず
軒遊　神に会する処
漢幸　仙を望む情
旧廟　青林古り
新碑　緑字生ず
群臣　岱に封ぜんことを願ふ
駕を廻らして鴻名を勒せん

中峰入太清
玉鑾重嶺応
緹騎薄雲迎
白日懸高掌
寒空映削成
軒遊会神処
漢幸望仙情
旧廟青林古
新碑緑字生
群臣願封岱
廻駕勒鴻名

〔題〕天子の行幸なさるるについて、「華嶽を経」といふが天子の（お作りになった詩の）題で、太華山（「華嶽」「西嶽」）は都の西にあたって、天下の五岳の中の一なり。

〔西嶽……太清に入る〕先づ此の華嶽は都の西に在って、皇京の鎮護になる山で、頂に三峰がある。真ん中の一峰は天（「太清」）にとどいてあるやうに見ゆる。

〔玉鑾……薄雲迎ふ〕それへ行幸なさるゆへ、天子の御車の玉鑾（鈴）と云ふものがこだまに響いて山に応じ、「緹騎」の赤い装束した御先手（先鋒部隊）が薄雲を分け上るゆへ、「迎ふ」といふ。

〔白日……削成に映ず〕白日が高く掌（の形をした岩）のあたりに懸って見へる。『華山記』に、「華山、四面峻しく、削成する（削ってしあげる）が如し。上に五崖有り。壑を比べ、嶽を破って連なる。下より遠望すれば、掌の如し」と。「寒空」と云ふは、空の晴れきったことで、削成（の峰）に映じ、はっきりと見ゆる。

〔軒遊……仙を望む情〕この山で黄帝軒轅氏の神仙に会せられた処で、漢の武帝のこの山に行幸して、高台を建てて神仙を望まれた情も、今日、天子の思召しも同じことであると、昔のことを云うて、今の天子のことに比す。

〔旧廟……緑字生ず〕青林の中に山神を祭ってある旧廟は、もの古りて見へ、此のごろ建てられた石碑にも、なだらかに苔が生じてある。

以下、『訓解』の註が悪い。

〔群臣……鴻名を勒せん〕群臣どもが兼々岱山封禅の儀（天子が泰山に登って天地を祭る儀式を行うこと）があれかしと願うているについて、これよりすぐに天子にも駕をめぐらし、岱山に御幸なされ、封禅の御儀式があって、天子の鴻名（偉大な名）をも勒し（石に刻み）、われわれまでも名をしるして帰りたいものと、天子をお勧め申す心に云ふなり。

【補説】

「西嶽」。五岳の中では西方にあるゆえこの名があるのであって、長安よりは東方に位置する。国字解に「都の西に在って」などというのは、中国の地理に無頓着に適当に下した解釈である。

「重嶺」は、重なった峰々。

「軒遊」は、黄帝軒轅氏が遊ぶ、の意。

「新碑、緑字生ず」。国字解の解釈は、『唐詩訓解』に「また緑苔の字間に生ずるを見る」とあるのによる。高木氏注は「生」字を「生なまし」と読み、「緑字生なまし」を「緑の文字が真新しい」と解する。説明を加えて、「緑字は、『洛書』という神秘の書の文字がみな緑色だったという伝説にもとづいたもの。生なましとは、上句の「古」に対応する言葉で、新鮮なさま」と。『訓解』も、語注の部分には「洛書、五十六字、皆緑なり」と述べてあるから、解釈で右のように「苔」というのは、『洛書』緑字の故事を踏まえつつ、眼前の苔を詠じた、という理解であろう。

最後の二句、現代の諸注は大むね、「願」を最後までかけて、

　群臣　願ふらくは岱に封じ　　駕を廻らして鴻名を勒せんことを

と読む。国字解で「悪い」といわれた訓解の解釈は、次の通りである。

　帝の此の行、方に泰山に事有り。故に言ふ、群臣、岱に封ぜんことを願ふと雖も、然れども駕を回らすの日、また当に名を此に勒して、以て来遊の意を紀すべしと。

すなわち、泰山に何か支障があって、そのかわりにここ華嶽に行幸してきた。泰山での封禅が本来であるけれども、ここへ来たのだから、とりあえずはここに名をしるそうと。この解釈は、華嶽で詠じた詩に泰山が出てくることを不自然に感じて、つじつまを合せようとしたのであろうが、それは、国字解にいうように、「これよりすぐに……岱山に御幸なされて」と解すればよい。

聖製「早に蒲関を度る」を和し奉る

魏武　中流の処
軒皇　道を問うて廻る
長堤　春樹発し
高掌　曙雲開く
竜は王舟を負うて度り
人は仙気の来たるを占ふ
河津　日月を会し
天仗　風雷を役す
東顧　重関尽き
西馳　万国陪す
還って聞く　股肱の郡
元首　康哉を詠ずることを

奉和聖製
早度蒲関　　張九齢

魏武中流処
軒皇問道廻
長堤春樹発
高掌曙雲開
竜負王舟度
人占仙気来
河津会日月
天仗役風雷
東顧重関尽
西馳万国陪
還聞股肱郡
元首詠康哉

〔題〕四字（「早度二蒲関一」）が天子の（お作りになった詩の）題で、蒲関（陝西省朝邑の東。近くに函谷関や潼関があるので、後文に「重関」、いくつも重なった関所という）は汾水のわきの関処なり。

〔魏武……問うて廻る〕（蒲関は）昔、魏の武侯、呉起と西河（の中流）に舟を泛べて、「美なるかな、山河の固め。是れ魏国の宝なり」と云われた処で、今、天子も都に御帰りなさるる儀なれば、古へ黄帝軒轅氏の広成に道を問われし（一八ページ参照）に同じことであると、（玄宗を）聖人に比して云ふ。

〔長堤……曙雲開く〕汾水の堤に植えてある並木どもも、春を得て花が開き。以下の一句で題の「早」の字が聞へる（理解できる）。華山の高掌（手のひらのような形をした岩。四九ページ参照）のある方をはるかに見のぞめば、夜の明けるにしたがって雲も開き。

〔竜は……来たるを占ふ〕天子のことゆへ、水中にいる竜も王舟を負うて度り、この処の人も、天子の御帰りなさるることを雲気で見て知り。此れは、令尹喜（函谷関の番人）が、老子の東より来たられしを、紫気の立つを見て知ったことに比して云ふ。

〔河津……風雷を役す〕河津の水神が日月を会し、天子の御供をし、風雷が御先払ひをすると見へる。『文選』の相如の賦の意である。天子の旗もさまざまあるが、みな模様に日月風雷が画いてあるゆへ、そのことを云うたものである。「日月を会し」とは、正月晦日のことを聞かせたもので、晦（みそか）・朔（ついたち）の間に日月が会するゆへ、月がなくなるである。

〔東顧……万国陪す〕東の方、関処を通り尽し、西の方の国々の諸侯たちも（天子の）御帰りのことゆへ、みな御迎へに出る。いかさま繁昌なことである。

〔還って……詠ずることを〕いにしへ漢の世からして、此の蒲関あたりは都近くのことゆへ、股肱（手足）の如く大事に思召す処ぢゃ。今、「元首」天子の、四海（天下）康らかなる哉、安寧に治まった様子を詩に御作りなされたを見て、股肱の者もみな「康哉」を詠じ、われもまた天子の和韻（同じ韻を踏んで詩を作ること）を作ります、といふことなり。『書経』（益稷篇）に、「元首明なる哉。股肱良なる哉。庶事康らかなる哉」とあり。

【補説】

「河津、日月を会し、天仗、風雷を役す」。渡し場には日月が集まり、天子の儀仗（儀礼用の武具）は風神や雷神を使役して、行列の先ばらいをさせる、の意。国字解に『文選』の相如（司馬相如）の賦の意」とあるが、該当するものがない。何かの誤りであろう。

和許給事
直夜簡諸公　　　張九齢

未央鐘漏晩
仙宇靄沈沈
武衛千廬合
厳扃万戸深
左掖知天近
南窓見月臨

許給事が「直夜に諸公に簡する」を和す

未央　鐘漏晩る
仙宇　靄として沈沈
武衛　千廬合し
厳扃　万戸深し
左掖　天の近きを知り
南窓　月の臨むを見る

樹は揺かす　金掌の露
庭は接す　玉楼の陰
他日　更直を聞く
中宵　所欽に属す
声華　大国の宝
夙夜　侍臣の心
逸興　高閣に乗り
雄飛　禁林に在り
寧ろ思はんや　窃に抃うつ者
情発するは知音の為なり

樹揺金掌露
庭接玉楼陰
他日聞更直
中宵属所欽
声華大国宝
夙夜侍臣心
逸興乗高閣
雄飛在禁林
寧思窃抃者
情発為知音

〔題〕（許給事が）「（「直夜」。宿直の夜に）諸公に簡す」を題にして作った詩で、九齢も諸公の内ゆへ、和する（唱和する）なり。「簡」は、手紙のやうにしてつかわすことなり。

〔未央……靄として沈沈〕暮合の様子から云うたもので、未央宮に於いて入相の鐘も鳴り、日も暮れて、禁裏（宮中）の御殿（「仙宇」。神仙の家）もこんもりと小暗く、「沈沈」と奥深く見ゆる。

〔武衛……万戸深し〕「武衛」は、夜もすがら張番をする役で、役処（「廬」。宿直者の詰所）がぐるりととりまわしてある（御殿をとりかこんでいる）ゆへ、「合す」と云ふ。「扃（かんぬき）」は、万戸にきっと（厳重に）番をしていて、非常の者などがめったにのぞき見もならぬやうにしているを云ふ。

〔左掖……臨むを見る〕　そこもとの詰めていらるる左掖（門下省）は、直に天子の御近処にあって、南窓を開くと月影が頭の上からさしこむ。

〔樹は……玉楼の陰〕　甚だ高い承露盤（一六五ページ参照）が立ちのぼり、庭の樹木もつっと高く、金茎（承露盤の支柱）によりかかって見ゆるゆへ、「揺かす」と云ふ。左掖の庭は禁裏の玉楼の後にある。

〔他日……所欽に属す〕　この中から（「他日」。先日来）そこもとの代り番（「更直」。交替して宿直すること）に出らるると云ふことをば聞いていたが、しかと知れなんだに、中宵ちゃうど当ってきた、と云ふ意で、「欽む所に属く」と云ふ。

〔声華……侍臣の心〕　ほめて、そこもとのやうに声華人と云ふ者は、まことに大国（わが唐朝）の宝である。夙夜（朝早くから夜遅くまで）君（天子）の左右に侍して、忠義を尽さるる心でいらるるならば、これにまさる国の宝はない。

〔逸興……禁林に在り〕　才人のことゆへ、興に乗じて高閣に登り、詩を作ってよこされたが、今、禁裏に寓直（宿直）している中にも、そこもとに先達って飛ぶ者はあるまい。誰でもそこもとに続く者はない。「雄飛」といふは、男鳥の女鳥に先達って飛ぶ意である。

〔寧ろ……知音の為なり〕　吾もとより詩を作る気もなかったが、そこもとのすぐれた詩を見て、思はず知らずに和する情の発するは、そこもとの詩を喜ぶものがあるが、何とどう思やるぞ、「寧ろ思はんや」と、（後から前へ）返って見ねばならぬ。「窃に抃うつ（手をうって拍子をとる）」と云ふは、楽のことなれども、此の方（わが国）の、小謡をよくうたふ者の近処に居て聞く時に、手前に心覚へのある者は、面白い処へゆくと、思はず知らずに手拍子をうつやうなが、「窃に抃うつ」である。「知音」は、鐘子期・伯雅が故事であって、琴の音を聞き知る音楽の上についたことなり。

【補説】

「鐘漏」の「漏」は、「漏刻」、水時計。

「厳扃、万戸深し」。沢山の扉は厳重にとざされ、奥深く見える、の意。

「他日……所欽に属す」。この二句、国字解と現代の注釈書とで、解釈がまったく異なる。現代のそれは、たとえば高木氏注に、

　他日聞く　更直して　中宵　欽う所に属すと

と読み、

　かつて噂に聞けば、君は宿直の番にあたっての夜なか、ものされた詩を敬愛する諸公たちへ贈られたとか。……欽う所とは、敬愛する人々。それに属すとは、手紙につけておくること。

とあるごとくである。『唐詩訓解』には、

　我、他日に於いて此の終宵更直する者を聞く。乃ち生平欽慕する所の人、蓋し其の声華既に朝に重く、……

などとあって要領を得ない。国字解の解釈は、南郭が苦心して独自に考えついたものであろう。なお国字解中の「中宵」の「こよい」という振り仮名は、『唐詩選諺解』から採った。次の「声華」の「なだ

かい」も同様。「欽む所に属く」（底本「属所欽」）の読み下しと振り仮名は、本書と同じ解釈を下す千葉芸閣の『唐詩選講釈』に「中宵は欽所て、属いてをられん」とあるのによった。

酬趙二侍御史西軍
贈両省旧寮之作　　張九齢

石室先鳴者
金門待制同
操刀常願割
持斧竟称雄
応敵兵初起
縁辺虜欲空
使車経隴月
征旆繞河風
忽枉兼金訊
非徒秣馬功

趙二侍御史が「西軍にして
両省の旧寮に贈る」の作に酬ゆ

石室　先鳴の者
金門　待制同じ
刀を操って常に割かんことを願ふ
斧を持して竟に雄と称す
敵に応じて兵初めて起り
辺に縁って虜空しからんと欲す
使車　隴月を経
征旆　河風を繞る
忽ち兼金の訊を枉ぐ
徒に馬に秣かふ功のみにあらず

気は清む　蒲海の曲
声は満つ　柏台の中
己れを顧みるに華省を塵す
欣ぶ　君が遠戎を震かすことを
明時　独り報ずるにあらず
常に微躬を退かんと欲す

気清蒲海曲
声満柏台中
顧己塵華省
欣君震遠戎
明時独匪報
常欲退微躬

〔題〕（趙二侍御史が）西軍（西域に派遣された軍隊）の大将になっていて、「旧寮」といへば、もとの相役で、九齢も同役であったと見へる。それに詩を贈ったものである（そして張九齢が答えた）。

〔石室……待制同じ〕「石室」は、天子の秘書（大切な書物）を収めてをかるる蔵で、学者の集まる処である。「先鳴」は、『左伝』（襄公二十一年）にもある通り、雞の蹴合に勝った方が先に鳴きはじめること。さて、石室で大勢集まっている中にも、人に先立って鳴き出したは、そなたぢゃ。金馬門（天子の諮問を待つ学者たちの詰所）に天子の詔を待って（科挙に合格して出仕することをいう）、同じく及第をした（同年に進士に及第した）ものゆへ、そなたの器量のすぐれたことをよく知っている。

〔刀を……雄と称す〕「刀を操って割く（庖丁をもって肉をさく。政治を処理することのたとえ）」といふは、黄帝の言を述べて、民を治むることになる。もとより才のすぐれた人ゆへ、刀を操って、何ぞ一つむつかしい、治めにくいことがあらば、治めてみたいと、常に願うていらるるゆへに、斧（断罪の権限の委任のしるしとして天子が授ける）を持して大将になられた。竟に雄と称をとられた。

〔敵に……空しからんと欲す〕「敵に応ず」と云ふは、この方から頭がちに（威圧的に）（軍勢を）出すに、随分敵が騒いで、あの方から軍をしかけるを待って、とっくと様子を見とどけて、此の方の人数を起し、敵に応じて防ぐゆへ、いつでもこの方の勝になる。「辺に縁る」といへば、「縁」は、衣裳などでいへば、ぐるりのへりのことになる。辺塞（国境のとりで）の北から西をおしまわして（国境に沿ってぐるりと）夷（「虜」。異民族）どもがみなみなそこもとに追はれて、逃げてしまふである。

〔使車……河風を繞る〕（あなたは）御用で往来することゆへ、使車（「に」脱か）旗（「旆」。旗じるし）を立てて、隴頭・交河のあたりを往来せらるるであらう。

〔忽ち……功のみにあらず〕ことに隙のない中から、詩といふ心もこもってある結構な訪れ（「兼金の訊」。普通の金の数倍の価値を持つ良質な金にも相当する便り）をしてくれられて、かたじけない。「枉ぐ」とは、こすまじき処から（来るはずのない所からわざわざ）こしたが、「枉ぐ」である。今そこもとの結構な詩を見るに、徒に馬に秣かふの武功のみにあらず、文章もすぐれた人である。

〔気は……柏台の中〕器量のすぐれた人ゆへ、蒲海（西域の湖）あたりも静謐に治まり、その名の聞へも、柏台（御史台）あたりに満つるであらう。

〔己れを……震かすことを〕そこもとのやうなすぐれた人もあるによって、吾が身を顧みれば、何の功も立てず、歴々と一つ役処にいて華省（立派な役所）をけがしているは、恥づかしいことぢや。こなたが遠戎（遠方の異民族）に威を振わるるは、羨ましいことである。

〔明時……退かんと欲す〕御当代は明徳な御上ゆへに、なんぞ一つ功を立てて、御恩さへ報じてあらうならば、なげやりには（疎略には）なされまい。それも得ならぬについては、いつかこの少しの微躬（卑小なわが身）を退き引っこまうと存ずる。

【補説】

「隴月」は、隴山（陝西省と甘粛省の境にある山）に照る月。国字解の「隴頭」は、隴山のほとり。「河風」。国字解にいう「交河」は、新疆ウイグル自治区トルファン付近を流れる川。現代の諸注は「黄河の川風」と解する。中国の地理に不案内な江戸時代の注釈者にとっては、漠然と西域の土地であれば十分なのであって、交河・黄河のどちらでも、所詮はかまわないことであったであろう。

聖製「尚書燕国公説、朔方の軍に赴くを送る」を和し奉る　　張九齢

奉和聖製送尚書燕国公説赴朔方軍

宗臣　征有ることを事とす　　宗臣事有征
廟算　兵を休むるに在り　　廟算在休兵
天は三台の座を与へ　　天与三台座
人は万里の城に当る　　人当万里城
朔南　方に革を偃し　　朔南方偃革
河右　暫く旌を揚ぐ　　河右暫揚旌

寵賜　仙禁よりし
光華　帝京を出づ
山川　遠略を勤め
原隰　皇情を軫す
為に薫琴の倡を奏し
仍ほ瑤剣の名を題す
風を聞いて六郡勇み
日を計って五戎平らぐ
山甫　帰ること疾かるべし
留侯　功復た成る
歌鐘　旋や望むべし
枕席　豈に行き難からんや
四牡　何れの時か入って
吾が君　履声を聴かん

寵賜従仙禁
光華出帝京
山川勤遠略
原隰軫皇情
為奏薫琴倡
仍題瑤剣名
聞風六郡勇
計日五戎平
山甫帰応疾
留侯功復成
歌鐘旋可望
枕席豈難行
四牡何時入
吾君聴履声

〔題〕　大臣燕国公張説が朔方（内蒙古自治区オルドス地方）の軍に赴かるるについて、天子より御直に送別の詩を下さるる。それを和しませいと詔ありて、和する（唱和する）なり。

〔宗臣……休むるに在り〕　かやうな、大将の征伐に出づる折には、天子をはじめ百官が宗廟（皇室の先祖を祭るお霊屋）に於いて御儀式の上で、仰せ付けらるるによって、「廟算」と云ふ。「算」は、「はかり事」なり。「宗臣」は、「一の大臣」と云ふ意。鎮まりにくい朔方に一の大臣の征伐せらるるは、一通りの軍を治むるやうな大将とは違うて、兵を休むる（戦争を終結させる）ことをもととして行かるる。

〔天は……城に当る〕　大臣と云へば、天に於いては三台（三台星）、人事の上では三公（人臣の最高位）に当って、甚だ重いことで、その人といへば、一人で万里の城に当る（相当する）ほどの人ゆへ、夷（異民族）どもがめったに敵たふ（敵対する）ことは及びもないことぢゃ。

〔朔南……旌を揚ぐ〕　かやうな人ゆへ、朔南（オルドスの南部）に行かれて直にしづまり、兵革をのべふし（武器を伏せて。戦争をやめて）、治むるであらう。河右（黄河の西側。陝西省北部）のあたりにしばらく旗を揚げられたら、忽ち乱もしづまるであらう。

〔寵賜……帝京を出づ〕　それゆへに天子（「仙禁」。禁裏）よりも格別いろいろの賜を下され、その上に御製作（御製の詩）まで下され、花やかな体で都を出てゆかるる。

〔山川……皇情を軫す〕　山川の遠い処まで、謀（「略」）をめぐらし勤むる心で行かるる。世界の果て、野・原・沢（「原隰」。原野と湿地帯）の奥までも、天子の公なる（公平無私な）皇情を軫らして、今そこもとをつかはされる。「軫」は、車の横木をして車をやるものなり。張説がことになる。また、琴の糸を締めよせるものを云ふ。「締めくくる」と云ふ意なり。

〔為に……名を題す〕それゆへに、（天子は）今そこもとのために、（昔、帝舜が琴を弾じながら歌った）「南風」の詩（「薫琴」。詩中に「薫」字があることからいう）を、音頭をとりて歌われてある。（ここで「薫琴」というのは）此の送別の詩（詩題にいう「聖製」）を指して云ふ。「倡」は、音頭をとることなり。よって、その上にも（「仍ほ」）天子より結構な瑤剣（宝剣）に（あなたの）名を書きつけて、下さる。（宝剣に臣下の名を手ずから書きつけて賜るのは、後漢の）粛宗（章帝）のせられたことなり。

〔風を……五戎平らぐ〕「風を聞く」とは、先（あなたが旅行く先）のことを云ふ。さきにいる処の（西域の）六郡の武士どもは、そこもとの家風（様子）を聞いて、喜びいさんで、待ちかけている。こうした勢ひのよいことなれば、日を計へて、追付け夷ども（「五戎」。五つの蛮族）が平らぐであらう。

〔山甫……功復た成る〕仲山甫は、周の宣王の一の大臣ゆへ、張説に比して云ふ（仲山甫が斉に赴いた折、尹吉甫が詩を作って「式れ遄かに其れ帰れ」といった《『詩経』大雅「烝民」》故事を踏まえる）。上の句をうけて、五戎が忽ちに平らぐことゆへ、さだめて早く帰らるるであらう。張良（「留侯」。漢の高祖の功臣。特に外征に功があった）が如く、骨も折らず大功を立て。

〔歌鐘……行き難からんや〕間もなく帰らるるについては、天子より（戦功を賞して）楽器の歌鐘を下さるるを、追付け望み見るであらう。今、辺塞を治められたならば、（朔方を行軍するのも）畳の上を行くやうに、心易くなるであらう。

〔四牡……履声を聴かん〕凱陣（凱旋）の折には、四牡の車（四頭立ての馬車）に乗り、何れの時か早う帰られて、吾が君のそこもとの履の声を聞いて、喜ばせらるるやうにしたいものである。漢の哀帝、鄭崇が履声を知る（聞きわける）。尚書の故事で、「親しい」義なり（「尚書」は鄭崇の官。このところ、文章に乱れあるか）。

【補説】

「廟算」は、廟堂（朝廷）が策する戦略。国字解の「宗廟に於いて云々」が、「廟算」の「廟」を釈したものであるのなら、誤りである。

「天は三台の座を与へ」。国字解が、大臣の位が天では三台星、人事では三公に相当する、という一般論のように解釈しているのは粗雑である。現代の注釈書は大むね、天子が張説に三公の位を与えた、と解する。『唐詩訓解』も、「天子、因って処するに高位を以てす」と、張説個人のことをいったものと解する。

「歌鐘」。『左伝』襄公十一年に見える故事。晋の悼公が鄭を攻めた時、鄭人が降服のしるしとして悼公に献上したものの中に、歌鐘があった。悼公はその半分を功臣魏絳に与えて、多年にわたる外征の功を賞した。この故事を踏まえた表現であって、実際に歌鐘を与えられるわけではなく、恩賞を賜わるであろう、の意である。

「枕席」は、枕とふとん。寝ながらでも行軍できるほど、安全であることをいう。

聖製「暮春、朝集使の郡に帰るを送る」を和し奉る。応制　　　　王　維

奉和聖製
暮春送朝集使
帰郡応制

万国　宗周を仰ぎ
衣冠　冕旒を拝す
玉乗　大客を迎へ
金節　諸侯を送る
祖席　三省を傾け
褰帷　九州に向ふ
楊花　上路に飛び
槐色　通溝に蔭す
来たって鈞天の楽に預り
帰って漢主の憂へを分つ
宸章　河漢に類す
垂象　中州に満つ

万国仰宗周
衣冠拝冕旒
玉乗迎大客
金節送諸侯
祖席傾三省
褰帷向九州
楊花飛上路
槐色蔭通溝
来預鈞天楽
帰分漢主憂
宸章類河漢
垂象満中州

〔題〕「朝集使」は、国々の郡主の方から人別帳（戸籍簿）などを持って（都へ）上って、すぐに正月の御儀式に逢うて帰る。郡主が間には（時には）直に（代理でなく本人が）来ることもある。郡主を以て古への諸侯に比して作る。天子の御製作があるに付いて、それを和する（唱和する）なり。

〔万国……冕旒を拝す〕　春秋の時分のやうに云ひかける。唐の都のことを周（「宗周」。周の都鎬京）と云ひ出して、郡主を諸侯に比す。万国の諸侯がみなみな唐の御世を貴び、きっと（壮重に）衣冠束帯をして、冕旒（天子の冠）の御衣を召してござるを拝みに来るによって。

〔玉乗……諸侯を送る〕　玉乗（玉で飾った天子の乗物）を以て大客（尊貴な客人）を御迎へなされ、帰らるるには金の節旄（旗じるし）を下され、道中筋もはばで（誇らしげに）帰らるるであらう。金節・玉乗ともに、重器（重要な道具）なり。

〔祖席……九州に向ふ〕　今、帰らるるについては、餞座敷の「祖席」には三省傾いて（尚書省・門下省・中書省こぞって）、みな官人たちが馳走する。太守の車は、帷を褰ぐ。「九州」は、方々の国々（中国全土）のこと。

〔楊花……通溝に蔭す〕　時節がら春のことゆへ、楊花（柳絮。柳の白い綿毛。一七七ページ参照）なども飛び散って、都の海道（街道）も賑やかにある。御溝（宮城のまわりの堀）のまわりにある槐樹なども繁って、水に蔭が浮ぶ。

〔来たって……憂へを分つ〕　都に来ては、正月の御儀式「鈞天の楽」にあづかり、国に帰っては天子の憂へ（政治について色々心配すること）を分って、民百姓を大事にかけらるる。

〔宸章……中州に満つ〕　以下、天子の御製作の挨拶で、天子はただ詩を一首作って皆に下される。天子の「宸章」の御製作は、天の河漢の如くにして（美しく輝き）、その「垂象」の光が九州（「中州」。中国）に満ちわたって、残る処もない。大なる儀と、手前の詩は和作ゆへ、天子をほめて云ふ。

【補説】

「冕旒」は天子の冠のことであるから、「冕旒の御衣を召してござる」という国字解の表現はおかしい。「冕旒」の語義を正確に解さず、漠然と天子の装束ととったのであろう。

「金節」。国字解は節旄のこととするが、現代の諸注は、天子が使者の帰国に際して与える割符のこととする。

「褰帷」は、帷を褰げること。後漢の賈琮が郡を巡行する際に、民衆の実情を見るために、普通なら下々の者に姿を見せぬようにおろしてある車の帷をまき上げさせた。この故事から太守の車をいう。

「垂象」は、天が地上に垂れ示す現象。国字解では、前句で天子の詩を天の河にたとえたことをうけて、その天の河の光を指すととる。この解釈は『唐詩訓解』による。現代の注釈書は大むね、前句と切り離して、天子が下々に示す恩徳を指すととる。

送李太守赴上洛　　王維

商山包楚鄧
積翠藹沈沈
駅路飛泉灑
関門落照深
野花開古戍

李太守の上洛に赴くを送る

商山　楚鄧を包ぬ
積翠　藹として沈沈
駅路　飛泉灑ぎ
関門　落照深し
野花　古戍に開き

行客　空林に響く　　行客響空林
板屋　春　雨多く　　板屋春多雨
山城　昼　陰れんと欲す　　山城昼欲陰
丹泉　虢略に通じ　　丹泉通虢略
白羽　荊岑に抵る　　白羽抵荊岑
若し西山の爽を見ば　　若見西山爽
黄綺の心を知るべし　　応知黄綺心

〔題〕　李氏が上洛郡（陝西省商県）の太守になって行くを、送るなり。

〔商山……藹として沈沈〕　そこもとの行かるる商洛山（「商山」の別名。商県の東方にある山）のあたりは、古へ漢の時は楚・鄧の間。ことに春のことゆへ、山が青々として（「積翠」は、木々の緑が積み重なるさま）、藹々として小暗く、「沈沈」と奥深いことで、何ほど続いてあることやら知れぬ。

〔駅路……落照深し〕　山路を登ってゆかるるゆへ、はるかに高い処から飛泉（滝の水）などがそそぎて落ち、落照（夕日）の折は、関門（関所の門）に入らるるならば、さぞさびしいことであらう。「深」の字に気をつけて見るがよい。

〔野花……空林に響く〕　そこもとの行かるる役処は、山奥にあるゆへ、そのあたりにある荒れはてた番手屋敷（「戍」。警備の兵士の詰所）などに、「野花」のなにとも名の知れぬ花などが咲いてあるであらう。行客の足音が人影もない空林に響いて、ものさびしい海道（街道）で。

〔板屋……陰れんと欲す〕奥山の家なども、板屋根にしてあるゆへ、春雨が降りかかれば騒がしいによって、「(雨が)多し」と云ふ。山城ゆへに、昼も雲が掩うて、薄く曇ってあり。

〔丹泉……荆岑に抵る〕「丹泉」は、川の名で、この流れは虢略県の方に通じてある。また、白羽山などといふ高い山が、楚国の荆山の方にたれてある。

〔若し……心を知るべし〕「西山」は、即ち商山で、商山の爽とした景色を見られたならば、古へ商山に隠れていた（「黄綺」。夏黄公・綺里季など）四皓の心の高いをも知らるるでがなあらう。奉行などは山を見る隙のあるをよいとするゆへ、かく云うてやるなり。

【補説】

「駅路」は、駅（宿場）のある街道。国字解がわざわざ「山路」というのは不審。

「山城」は、国字解にそのまま「山城」というのは不適切。「山間の町」の意。

「丹泉、虢略に通じ、白羽、荆岑に抵る」。四つの地名について、中国の地理に不案内な南郭は何の実感も持てず、適当に解釈したようである。現代の諸注に引く『後漢書』郡国志に「陸渾の西に虢略の地あり。……もと楚の白羽の地」とあって、虢略と白羽は同一地であるが、そのことを顧慮した様子はない。また国字解に「白羽山」というが、現代の注釈書はそのような名の山の存在に言及しない。南郭の勝手な想像か。

最後の句の国字解にいう「商山の四皓」とは、夏黄公・綺里季に東園公・甪里先生を加えた四人。「皓」は白髪の意。秦の暴政を避けて商山に隠れた。名利に恬淡とした高士とされる。

秘書晁監が日本に還るを送る　　送秘書晁監還日本　　王維

積水　極むべからず　　積水不可極
安んぞ知らん　滄海の東　　安知滄海東
九州　何れの処か遠き　　九州何処遠
万里　空に乗ずるが若し　　万里若乗空
国に向う　惟日を看　　向国惟看日
帰帆　但風に信す　　帰帆但信風
鰲身　天に映じて黒く　　鰲身映天黒
魚眼　波を射て紅なり　　魚眼射波紅
郷国　扶桑の外　　郷国扶桑外
主人　孤島の中　　主人孤島中
別離　方に異域　　別離方異域
音信　若為か通ぜん　　音信若為通

〔題〕「晁監」は、阿倍仲麿がことで、玄宗の時、秘書監をしていて、日本へ帰るを送るなり。

〔積水……滄海の東〕「積水」は、海なり。海といふものは、どこまでも続いて果てもないゆへ、「極むべからず」と云ふ。滄海の東に何があると云ふことも知れぬ。

〔九州……乗ずるが若し〕　いにしへ騶衍（戦国時代の学者）が、天地の間に唐のやうな国が九つあると云うたが、そこもとの帰らるる日本も九州の内であらうが、何ほど遠いやら知れぬゆへ、めったに（やたらに）ただ空に乗ずるやうにして（虚空を泳ぐようにして）、行かるる。

〔国に……風に信す〕　聞けば、朝日の出づるを目あてにして行くと云ふが、帰ると云うても、急ぐこともならず、とどまることもならず、風したがいにして、風を頼みに行くと云ふものである。

〔鰲身……射て紅なり〕　海中に「鰲魚」の舟を呑みそうな大魚などが、時々浮んで、天に映じてまっ黒に見へ、魚眼の光が波を射て紅に見ゆる。そのやうな処を通って行かるると云ふものは、いこう難儀なことであらう。

〔郷国……孤島の中〕　そこもとの国は、日の出づるに近いと云ふによって、扶桑の木（中国の東方の海上の島にあるという伝説の木）の近処であらう。こなたの主人、孤島の中での天子ゆへ、そこもと中国から帰り、大きなことばかり見た目では、さぞきうくつにあらう。

〔別離……若為か通ぜん〕（あなたが帰国されたら）異域に別れていることゆへ、音信を通ずると云ふこともなるまいと思へば、別して名残り惜しう存ずる。

【補説】

「鰲身」。「鰲」は海中の大亀。『列子』湯問篇に、東海の五山を十五匹の巨大な亀が背負っているという。『唐詩訓解』には『列子』のこの一節が引かれているのに、国字解に「大魚」といい、千葉芸閣の『唐詩選講釈』にも「鰲と云ふ大魚」とある。近世には「鰲」を大魚とする解釈が行われていたものか。

「主人、孤島の中」。国字解が「主人」を晁監の主人、日本の天子ととるのは、『訓解』に「主人に孤島に就く」とあるのによる。現代の注釈書は大むね、「主人」を晁監自身ととり、一句を、高木氏注に「あるじなる君は、孤島の中に住む身となろう」というごとくに解する。従うべきであろう。

儲邕が武昌に之くを送る　　李　白

黄鶴　西楼の月
長江　万里の情
春風　三十度
空しく憶ふ　武昌城
爾を送って別れを為し難し
杯を銜んで惜しんで未だ傾けず
湖は楽を張る地に連なり
山は舟を泛ぶる行を逐ふ
諾は楚人の重きを謂ひ
詩は謝朓が清きを伝ふ

送儲邕之武昌

黄鶴西楼月
長江万里情
春風三十度
空憶武昌城
送爾難為別
銜杯惜未傾
湖連張楽地
山逐泛舟行
諾謂楚人重
詩伝謝朓清

滄浪(そうろう) 吾(われ)曲有り
寄(よ)せて櫂歌(とうか)の声に入る

滄浪吾有曲
寄入櫂歌声

〔題〕李白、江夏（武昌付近の地名）にある時、折々江に臨(のぞ)んで月を見る。（武昌へ行く儲邕と）別るるについて、（江夏にいた時のことを）思い出して作る。

〔黄鶴……万里の情〕今、そこもとの行かるるについて、われも共に行きて、武昌（湖北省武漢）の黄鶴楼（一五五ページ参照）の月を見たいと思ひ出し、（万里にわたる）長江にのぞんでの情、さぞ面白からう（と思いやる）。

〔春風……武昌城〕行きたいと思ふのみで、春の来るたびごとに三十年このかた、空しく思ふばかりで、武昌へ行かずにいる。

〔爾を……未だ傾けず〕今、そこもとが行かるるに随(したが)って共々(ともども)行かれぬゆへ、爾(なんじ)を送るがことのほか別れにくう思ふ。今この酒を飲んでしまふと、直(すぐ)に行かるるによって、すこしも坐を長うしたう思うて、盃を傾(かたぶ)けて飲みかぬる。

〔湖は……行を逐ふ〕さて、道すがら、むかし黄帝の咸池(かんち)の楽を洞庭の野に張られた（『荘子』天運篇）、（その洞庭湖は）これ名処(めいしょ)であるが、それを見ながら通らるるであらう。舟に乗って山を見ながら通らるるならば、さぞ面白いであらう。山を見ながら通るゆへ、「（山が）逐ふ」と云ふ。

〔諾は……清きを伝ふ〕季布(きふ)（本書1、七一ページ参照）は、楚国の者ゆへ、故事を出して、昔より楚国は人の頼もしい処(ところ)と云ふ。ことに謝朓と云ふ名高い詩人もいた処ゆへ（謝朓に前出の黄帝の故事を踏まえた「洞庭は楽を張る地」という詩句があるので、名を出した）、今にその時の位（詩の伝統の中での江南の地位）を伝へて、詩人もあらう。

〔滄浪……声に入る〕二句、謙退（謙遜）して云ふ。吾が「漁父」の歌（『楚辞』漁父篇。屈原の作）の如き詩を作って、送別に寄せるが、せめて船中の櫂歌（櫂をこぐ時の舟唄）にでもしてくれられい。

【補説】

「黄鶴、西楼の月」。黄鶴楼は武昌の町の西南隅にあるので、「西楼」といった。

「滄浪」。川の名であるが、ここでは漁父篇中の次の歌を指す。

滄浪の水清まば、以て我が纓（冠の紐）を濯ふべし
滄浪の水濁らば、以て我が足を濯ふべし

世の中がよく治まっている時には、出でて官に仕え、乱れている時には、退いて身を守る、の意。

陪張丞相自松滋江東泊渚宮　　孟浩然

張丞相に陪して松滋江より東して、渚宮に泊す

放溜下松滋　　溜に放って松滋を下らんとす
登舟命楫師　　舟に登って楫師に命ず
寧忘経済日　　寧ろ経済の日を忘れんや
不憚沍寒時　　沍寒の時を憚らず

幘を洗ふこと豈に独り古へならんや
纓を濯ふこと良に玆に在り
政 成って人 自ら理し
機息んで鳥疑ふことなし
雲物 孤嶼に凝り
江山 四維を弁ず
晩来 風稍や緊しく
冬至 日行くこと遅し
猟響 雲夢を驚かし
漁歌 楚辞を激す
渚宮 何れの処か是なる
川瞑うして安んか之かんと欲す

洗幘豈独古
濯纓良在玆
政成人自理
機息鳥無疑
雲物凝孤嶼
江山弁四維
晩来風稍緊
冬至日行遅
猟響驚雲夢
漁歌激楚辞
渚宮何処是
川瞑欲安之

〔題〕張説丞相の相伴をして、松滋江（湖北省松滋付近を流れる揚子江の分流）より渚宮（戦国時代の楚の襄王の古跡。松滋の五〇キロほど下流の江陵にあった）まで下る道すがらの様子を作る。

〔溜に……楫師に命ず〕「溜に放る」とは、「溜」は、水の川上より流れきて、よどんでつっと流るる川である。舟を放って、溜にしたがって松滋江を乗り出すつもりで、舟に登り、楫師（船頭）にこれより渚宮へ舟をやりませいと命つける。二句、倒句（倒置の句）である。

〔寧ろ……憚らず〕「沍寒」の寒い折に、憚らず（ものともせず）渚宮に下らるるは、慰みのためではない。（丞相の時分の）天下を治むる処の「経済」の政を、（丞相をやめた今でも）心にかけて忘れずいらるるゆへである、と云ふが、張説への挨拶なり。「経済」は、政事の世話をやいて、民を治むるを云ふなり。

〔幘を……茲に在り〕 いにしへ陸通仙人が冠（「幘」）を水に洗うたと云ふが、ひとり古へならんや。今そこもとも仙人に劣らぬ（超俗の）人である。纓（冠の紐）を濯ふ（七四ページ参照）と云ふやうな潔白な儀も、屈原ばかりではない。「良に茲に在り」、そこもとである。

以下、張説が治め方のよいを云ふ。

〔政……疑ふことなし〕 政事をなすにも、事が小細でなく、こせつかぬゆへ、人が自然に「理し」治まる。『列子』（黄帝篇）にある、海上（海のほとり）の人、機（術策）をくりやんでをる間は、鳥が疑わずに一つになって遊んで、去らなんだと云ふが（本書1、一五〇ページ参照）、今、張説も無心無為にして治めらるるゆへ、民も自然になつく。

〔雲物……四維を弁ず〕 舟中より見る処の景を述べて、向ふの離れ島（「孤嶼」）などを見れば、寒い時分ゆへ、雲が一処にかたまってあるによって、「凝る」と云ふ。江山も、四方の隅（「四維」）まではっきりと見へる。

〔晩来……行くこと遅し〕 冬のことゆへ、晩方には風がいよいよきびしく吹いて寒く、冬至より後は、日も少し長うなるによって、人の心もゆるやかになる。

〔猟響……楚辞を激す〕 楚の土地を過ぐるゆへ、雲夢沢（洞庭湖の北に広がる沼沢地）の方を見れば、百姓が猟をする音が騒ぎ立って、雲夢を驚かして聞へ、川ばた通りに漁する者どもが、（わが国の）奥州のなまり節のやうな歌を、鼻にかけてすへはり（義太夫節の曲節スエハルのことか）に高く歌ふ。「楚辞」と云ふは、書物の名ではない。ここでは、奥州なまりなどと云ふほどのこと（楚地方独特のなまり）なり。「激す」は、「にはかに高く、はりあげて歌ふ」意である。

〔渚宮……之かんと欲す〕 吾が行く渚宮も、どこらと云ふことも知らず。その地を眺めているうちに、はや川も暗くなって、是れはどこへ行くぞと思ふやうである。

【補説】

「幘を洗ふこと……」。「幘」は頭巾のことで、国字解に「冠」というのは誤り。『高士伝』に、楚の陸通が幘を松の枝にかけておいたところ、鶴がそれをくわえていって、水辺に落した。陸通はそれを洗い清めて、鶴とともに飛び去ったという。一句は、そういう超俗の話も昔だけのことではない、今ここにも陸通に比すべき張丞相がおられる、の意。

「纓を濯ふこと……」。屈原の漁父篇における「纓を濯ふ」は、七四ページで触れたように、よく治まった世には官職につくという意を寓するので、国字解の、隠遁を匂わせるような「潔白な儀」という解釈はおかしい。高木氏注に、「ここはもって張九齢（張丞相）の境地にたとえたものである。荆州長史に左遷された九齢は、身の不遇をかこたず、官職についたまま、文史（文学・歴史）に優游自適したというが、……」とある解釈に従うべきであろう。

「冬至、日行くこと遅し」。現代の注釈書は大むね、高木氏注に「冬至をむかえて、日あしはだんだんのろくなった」というがごとくに解する。冬至で日あしがのろくなるというのは、やや不審である。国字解の「冬至より後は、日も少し長うなる」という解釈は、『訓解』に「至後、晷長く、日の行くこと稍や緩し」とあるのによる。これだと意は矛盾なく通ずるが、「冬至の後」というのは原詩の表現から離れている。

「楚辞」。現代の諸注は書名の『楚辞』と解する。「奥州なまりなどと云ふほどのこと」というのは国字解独自の解釈で、面白い。

柴司戸が劉卿が判官に充てられて嶺外に之くを送る　　高適

送柴司戸充劉卿判官之嶺外

嶺外　雄鎮を資る　　嶺外資雄鎮
朝端　節旄を寵す　　朝端寵節旄
月卿　幕府に臨み　　月卿臨幕府
星使　詞曹を出づ　　星使出詞曹
海は羊城に対して闊く　　海対羊城闊
山は象郡に連なって高し　　山連象郡高

風霜　瘴癘を駆り
忠信　波濤を渉る
別恨　流水に随ひ
交情　宝刀を脱す
才有れば適はずといふことなし
行け　徒に労することなかれ

風霜駆瘴癘
忠信渉波濤
別恨随流水
交情脱宝刀
有才無不適
行矣莫徒労

〔題〕「柴」は、氏で、司戸の官の者が、嶺南（大庾嶺の南。広東省一帯）の判官になり、押さへになっている者（権力者。ここでは劉という人物）の下役に充てられて行くを、送るなり。

〔嶺外……節旄を寵す〕そこもとの行かるる嶺外は、残らず雄鎮（有力な藩鎮、地方権力）を力にしてそれを持っている処。「雄」は、「重い」と云ふ意に此の字を置いたものぢゃ。「資る」と云ふは、「それを力にして治むる」意なり。それゆへ、朝廷にも格別に節旄（旗じるし）を寵したまうて（恩寵としてお与えになって）。

〔月卿……詞曹を出づ〕文官の九卿の劉卿が武官になって嶺南の役処「幕府」にのぞみ、大将になって向はるる。

〔海は……連なって高し〕嶺南の景を云ふ。海は五羊城（広東省広州）に対してくゎらりと押し開いてあり、山は象郡（広西省桂林）の方へ続き連なって、高くそびへ。

〔風霜……波濤を渉る〕そこもとの霜の如くぐっとする（きびしい）威勢をもって、南方の熱気（「瘴癘」。熱帯の毒気）をも駆り出さるる（追いはらわれる）であらう。ただ一すじに忠信を思ひこんで、波濤をも何とも思はずに行かるる。

〔別恨……宝刀を脱す〕今そこもとが流水に随って行かるるについて、吾が別れの恨みもしたがって行くやうに思はれる。それゆへに、はなむけに吾が大事の宝刀を抜いて（腰からはずして）、やる。

〔才有れば……ことなかれ〕そこもとのやうな才のある人は、どこへ行っても適はぬといふこともなく、みな人がもてはやすものゆへ、折角息災で、とてものことに、むだ骨を折らずに功を立てて帰られいとなり。

【補説】

「朝端」は、朝廷の首位にある者。ここでは藩鎮の劉卿を指す。

「月卿、幕府に臨み、星使、詞曹を出づ」。国字解が、この二句ともに劉卿のことをいうと解するのは、誤りである。現代の諸注に、「月卿」は劉卿を、「星使」はこの詩を贈られた柴司戸をそれぞれ指すと解する。また、「文官の九卿の劉卿」といういい方に示される、月卿＝九卿＝文官という解釈には二重の誤りがある。月卿は「朝臣」の意であって、「九卿（九つの主要な官職）」という限定された地位を指すわけではないし、その九卿には武官も含まれている。この誤りは、この二句ともに劉卿のことをいうという解釈にもとづいて、劉卿の都での勤務場所は「詞曹」であるととったことに由来するのであろう。詞曹は「文筆をつかさどる役所」の意。かつ「幕府」は「将軍の役所」の意であるから、国字解の「文官の劉卿が武官になって」という解釈が出てきたものと思われる。「星使」は「朝廷からの使者」の意で、もとより正しくは柴司戸を指す。

「風霜、瘴癘を駆り」。国字解は、次の句とともにこの句も柴司戸のことをいうとするが、現代の注釈書は大むね、この句は劉卿のことをいうと解する。

陪竇侍御泛霊雲池　　高適

白露先時降
清川思不窮
江湖仍塞上
舟楫在軍中
舞換臨津樹
歌饒向晩風
夕陽連積水
辺色満秋空
乗興宜投轄
邀歓莫避聴

竇侍御に陪して霊雲池に泛ぶ

白露　時に先だって降る
清川　思ひ窮まらず
江湖　仍ほ塞上
舟楫　軍中に在り
舞は換ふ　津に臨む樹
歌は饒し　晩に向する風
夕陽　積水に連なり
辺色　秋空に満つ
興に乗じて宜しく轄を投ずべし
歓を邀へて聴を避くることなかれ

誰(たれ)か憐れまん　弱羽(じゃくう)を持(じ)して
猶(な)ほ鵷鴻(えんこう)に伴(ともな)はんと欲することを

誰憐持弱羽
猶欲伴鵷鴻

〔題〕竇氏が北方辺塞（辺境のとりで）の押(おさ)へ（支配）をしていると見ゆる。霊雲池（辺境の甘粛省武威にあった池）より川へ乗り出して、船遊山(ふなゆさん)（船遊び）するなり。

〔白露……窮まらず〕七月初めつ方(かた)のことゆへ、白露も降らぬはづぢゃに、辺塞のことゆへ時候に先立って降り、乗り出した処(ところ)の川の面の景色、面白うて思ひきわまらぬ（尽きない）。

〔江湖……軍中に在り〕いかさま南方の江湖へ船遊山に出たやうに思はるるが、能く気を付けて見れば、やはり辺塞で、舟もこの方の軍中である。

〔舞は……晩に向る風〕妓女の踊子(おどりこ)を乗せて、舞も歌も川ばた通りの木をあてにして、この木よりあの木までなに踊なに節(ぶし)と云ふやうに、それより先はだんだん（次々と）換へるである。歌も暮方(くれがた)かけて、さまざま風と同じやうに歌ふ。いかさま面白いことである。

〔夕陽……秋空に満つ〕夕日の影が川の面に横すぢかいに水に連なり、秋色が空に満ちて、面白い。

〔興に……ことなかれ〕かやうにめづらしい興に乗じて参ったことゆへ、いつまでもいるがよい。平生は御史（竇侍御を指す。「御史」は監察の官）のことゆへ恐れることなれども、今日はおぢず、打くつろいで、ゆるりと慰まうと存ずる。

〔誰か……欲することを〕吾がこの雀のやうな羽がいで、大鳥(おおとり)と遊ばうと思うているを、誰(たれ)もしほらしい心と憐れんでくれる者はあるまい。

【補説】

「辺色」は、辺境の景色。

「轄を投ず」。客を無理にひきとめること。「轄」は、車のくさび。漢の陳遵は客を招いて宴会を催す際、客の乗ってきた車の轄を井戸に投じて、客が帰れないようにした。「宜しく轄を投ずべし」というい方は、主人役である賓侍御への呼びかけ。

「驄を避く」。後漢の桓典は侍御史となって常に驄馬に乗ってまわり、人々は恐れてその馬を避けた。「避くることなかれ」は、同席の客たちへの呼びかけ。前句とともに国字解はその辺が不正確である。

行次昭陵　　杜甫

旧俗疲庸主
群雄問独夫
讖帰竜鳳質
威定虎狼都
天属尊堯典
神功協禹謨
風雲随絶足

昭陵に行次す

旧俗　庸主に疲る
群雄　独夫を問ふ
讖は帰す　竜鳳の質
威は定まる　虎狼の都
天属　堯典を尊び
神功　禹謨に協ふ
風雲　絶足に随ひ

日月(じつげつ)高衢(こうく)に継(つ)ぐ
文物多くは古(いにし)へを師とし
朝廷半(なか)ばは老儒(ろうじゅ)
直詞(ちょくし)寧(むし)ろ戮辱(りくじょく)せられんや
賢路崎嶇(きく)ならず
往者(おうしゃ)災(さい)猶ほ降(くだ)り
蒼生(そうせい)喘(ぜん)未(いま)だ蘇(そ)せず
指揮率土(そつと)を安んじ
盪滌(とうでき)洪鑪(こうろ)を撫(な)づ
壮士陵邑(りょうゆう)を悲しみ
幽人鼎湖(ていこ)を拝す
玉衣晨(つと)に自(おのずか)ら挙(きょ)し
鉄馬汗して常に趨(わし)る
松柏(しょうはく)虚殿(きょでん)を瞻(み)る

日月継高衢
文物多師古
朝廷半老儒
直詞寧戮辱
賢路不崎嶇
往者災猶降
蒼生喘未蘇
指揮安率土
盪滌撫洪鑪
壮士悲陵邑
幽人拝鼎湖
玉衣晨自挙
鉄馬汗常趨
松柏瞻虚殿

塵沙　瞑途に立つ
寂寥たり　開国の日
流恨　山隅に満つ

塵沙立瞑途
寂寥開国日
流恨満山隅

〔題〕　唐の太宗の陵（「昭陵」。長安の西北郊にある）のある処に行きかかり、太宗の功を立てられた様子を問ふ心に（問う気持で）、作るなり。

〔旧俗……独夫を問ふ〕　隋の末のことを云ひ出して、隋の末の旧俗（前代の人民）どもが、「庸」は「凡庸」で、並み並みの主人に使われて、かた息（虫の息）になっていた。そこで天下中に英雄が起って、煬帝（隋の皇帝）に云ひかかって、なぜこのやうに世を乱したと責め問ひつめて、とって除けるやうにした。「独夫」は、煬帝を指して云ふ。人に見はなされて、ひとり離れの男と云ふこと。

〔讖は……虎狼の都〕　太宗の四歳の時に、卜者（占い師）が見て、竜鳳の姿があるによって天下を取る人と、未来記（「讖」。予言）を云うたが、果してその通りになってきて、十八歳の年に切って出て、天下を取られた。乱世ゆへ虎狼のやうに人々の構へていた悪人ども（隋王朝）を、太宗の御威勢を以てをし潰してしまわれた。

〔天属……禹謨に協ふ〕　その上にも太宗の大人しい（思慮がある）儀は、手前（自分）は天子にならずに（父親の）高宗（高祖）に即位をさせて、手前は諸侯になっていられた。「天属」は、天然の（父子の）御続きと云ふ意。兄の太子建成（本書1、六九ページ参照）は悪人であったゆへ、『書経』堯典篇に伝えられるように）堯の（わが子丹朱をさしおいて）舜に（天下を）譲ったやうに、（兄の建成をさしおいて）位は自然に太宗の手に入ってきた。その世界の神妙に治められた処の功といふものは、（『書経』大禹謨篇に功績をたたえられた）夏の禹王にも劣らぬ人である。

〔風雲……高衢に継ぐ〕殊に臣下どももみな思ひ合うた（風雲が竜虎に随ふごとく太宗に心を合せた）ことゆへ、（太宗は）「絶足」の馬の足の早いなどと云ふやうに、何の苦もなくちっとの間に天下を取られた。それよりして、日月の如く、天子の御位を数代御継ぎなされた。

〔文物……半ばは老儒〕文物なにやかやも、みな古へを師とし、古への如くにせられた。太宗、学文好きをせられたゆへ、朝廷にも学文の功者な儒者どもも大勢集まりて。

〔直詞……崎嶇ならず〕きつく諫めなどを云ふ（「直詞」）者をば、天子もいやがるものである。（ところが太宗は）能く諫言を聞き入るる人で、諫めを云ふ者に戮辱（刑罰のはずかしめ）を加へると云ふこともなく、賢者をば、道のさかしい（けわしい）やうになく、つっと立身させてやる。以下、『訓解』の註、非なり。起句へ立ちかへりて、太宗の功をほめるなり。

〔往者……未だ蘇せず〕「往者（往年）」とは、隋の末のことを云ふ。隋の末には天よりひたもの（やたらに）災が降って、蒼生（人民）どももかた息（「喘」。あえぐこと）になっている処を。

〔指揮……洪鑪を撫づ〕太宗がさし招いて（「指揮」）、率土（全国）安寧に治められ、民を撫でて安んぜられ、天下をさっぱりと洗ひすすいだ（「盪滌」）やうにせられた。「洪鑪」は、天地造化のこと。

〔壮士……常に趨る〕さるほどに、今、どのやうな気象な（勇猛な）男が陵に来ても、太宗の功に感じて、悲しみ歎かぬ者はない。「幽人（隠者）」は、手前（杜甫自身）を指す。吾この処に来て、太宗の陵に感じていれば、御廟の中に太宗の御衣を入れた唐櫃があるが、時々は御衣がひとり出て箱の上にあると云ふ。大功を立てた人の魂は死んでも消へぬといふが、誠にそうもあるそうな。鉄馬（武装した馬）に乗って、時々はかけまわらるるそうで、（陵に飾られた石馬が）汗を流していると云ふが。

〔松柏……瞑途に立つ〕此の方の目には、ただ松柏の中に虚殿（人けのない御殿）の建ってあるをのみ見て、塵沙（じんしゃ）（砂ぼこり）のけがらはしい瞑途（夕暮の道）に立ってをる境界（きょうがい）（身の上）ゆへ、太宗の魂の騒いで歩かるるも見へぬである。

〔寂寥……山隅に満つ〕冬、寂々とものさびしうて、太宗の国を開かれた時分のやうなことはないゆへ、盛んなことを思ひ出してみれば、しきりにもの悲しうなってきて、（悲しみが）そこらの中の隅々（すみずみ）まで満ちわたる。「流」は、尽きぬ意なり。

【補説】

「行次」は、現代の注釈書は大むね「行きて次（やど）る」と読む。

「日月、高衢に継ぐ」。「高衢」は、天上の道。この句、国字解は、太宗以後、皇室が続いていることをいうとするが、現代の注釈書は大むね、太宗個人にかかわるものととって、高木氏注に「日月が天上の大路に続くがごとく、太宗の御徳の光は、王者の大道をおつぎになった」というがごとくに解する。

「往者、災猶ほ降り」以下、国字解に、「『訓解』の註、非なり」と。『唐詩訓解』にいう。

　今、往者の災、猶ほ降りて、未だ能く蒼生の喘を蘇する者有らず。向（さき）の安撫を思ひて得べからず。是（ここ）を以て壮士、陵邑に対して悲しみ、……

すなわち『訓解』の解釈では、「賢路、崎嶇ならず」で詩を一たん切って、以下、乱れた現在にあって、世のよく治まっていた太宗の時代をなつかしく思い起す情を述べたと解する。「往者……」「蒼生……」

の二句は、現在の有様を述べたもので、「往者の災」は安禄山の乱を指すということになる。現代の注釈書は国字解の説と同じく、「往者……」以下も前からの続きで太宗の功をたたえたものととる。

「鼎湖」は、太古の黄帝が天に昇った地。ここは昭陵をなぞらえていう。

「玉衣、晨に自ら挙し」。漢の武帝の時、高祖の廟に納めてあった御衣がひとりでに箱からぬけ出し、殿上に舞ったという故事を踏まえる。なお、「晨に（つと）」は、現代の諸注は「晨に（あした）」と読んで、「朝な朝な」と解する。国字解に「時々は」というのが「つとに」の解釈のつもりであるなら、粗雑である。

重経昭陵　　杜甫（とほ）

草昧英雄起
謳歌暦数帰
風塵三尺剣
社稷一戎衣
翼亮貞文徳
丕承戢武威
聖図天広大
宗祀日光輝

重（かさ）ねて昭陵を経（ふ）

草昧（そうまい）　英雄起（おこ）り
謳歌（おうか）　暦数（れきすう）帰す
風塵（ふうじん）　三尺の剣
社稷（しゃしょく）　一戎衣（いちじゅうい）
翼亮（よくりょう）　文徳貞（てい）なり
丕承（ひじょう）　武威（ぶい）を戢（おさ）む
聖図（せいと）　天　広大
宗祀（そうし）　日（ひ）　光輝

陵寝（りょうしん） 空曲（くうきょく） に盤（わだかま）り　　陵寝盤空曲
熊羆（ゆうひ） 翠微（すいび）を守る　　熊羆守翠微
再（ふたた）び松柏の路を窺（うかが）って　　再窺松柏路
還（かえ）って五雲の飛ぶを見る　　還見五雲飛

〔草昧……暦数帰す〕「草昧」は、天地開けざるを指して云ふによって、隋（ずい）の末の乱れ立った世の中を云ふになる。この乱れたった世の中に、英雄太宗（たいそう）の起られた。天の暦数（天子となる天命）の帰すると云ふことは、先達（さきだ）って謳歌（民衆が天子の徳をそなえた人をたたえて歌ふこと）にあらわれた。隋の煬帝（ようだい）の生きていらるるうちに、「楊（やなぎ）（「煬」に通ずる）枯れて、李（すもも）（「李」は唐の王室の姓）盛んなり。天の暦数、爾（なんじ）の身に在り」と云ふはやり歌が出た。

〔風塵……一戎衣〕（太宗は）漢の高祖の如く三尺の剣をふり携（たずさ）へて、たった一度軍（いくさ）して天下を治められた（周の）武王の如くである。

〔翼亮……武威を戢む〕「翼亮（補佐）」の二字で、太宗親子（唐の高祖とその子の太宗）のことになる。唐の高祖に天下を取らせて、太宗が「翼亮」し手伝ひして、文徳（平和に治めること）を貞実に変らず保っていられた。それから（皇位を）天より丕（おお）いに承（うけつ）がる。即位せられてより、弥々（いよいよ）荒（あら）ぎな（乱暴な）武威を袋に入れ収（おさ）めて、文を以てし礼を以てして、治められた。

〔聖図……日、光輝〕すぐれたる処（ところ）の計（はかりごと）（「図」）は天の如く広大にして、宗祀（祖宗たる太宗への祭祀）も日の如くに輝いて、子孫繁昌にあり。

〔陵寝……翠微を守る〕 陵の寝廟（お霊屋）が山の間に建て続いてある。外の構の方には（「熊羆」のように勇猛な）武士どもがきっと（厳重に）番をしている。

〔再び……飛ぶを見る〕 重ねて松柏の道をうかがひ、宗廟の高いをのぞみ見れば、何かは知らず五雲（五色の雲。めでたいしるし）を（「に」の誤りか）乗じて通るやうに見ゆるが、まだ（太宗の）神霊が消えうせぬそうである。

【補説】

「草昧、英雄起り」。国字解はこの「英雄」を太宗のことととっているが、現代の注釈書は大むね、「隋末に多くの英雄が起ったが（中でも唐の太宗に天命が帰した）」の意に解する。『唐詩訓解』にも、「群雄並起の初めに当って、天心已に帝に属す」という。

「社稷」は、国家。

「戎衣」は、軍服。

「空曲」は、人気のない山のかげ。

「翠微」は、木が青々と繁った山。

王閬州の筵にして十一舅が「別れを惜しむ」の作に酬い奉る　　杜甫

王閬州筵奉酬
十一舅惜別之作

万壑　樹声満ち

万壑樹声満

千崖　秋気高し
浮舟　郡郭を出で
別酒　江濤に寄す
良会　復た久しからず
此の生　何ぞ太だ労せる
窮愁　但骨有り
群盗　尚ほ毛の如し
吾が舅　手を分つことを惜しむ
使君　贈袍寒し
沙頭の暮黄鶴
侶を失って亦哀号す

千崖秋気高
浮舟出郡郭
別酒寄江濤
良会不復久
此生何太労
窮愁但有骨
群盗尚如毛
吾舅惜分手
使君寒贈袍
沙頭暮黄鶴
失侶亦哀号

〔題〕　閬州（四川省保寧）の奉行の座敷（「筵」）なり。「舅」は、母方のをぢゆへ、姓を書かぬである。

〔万壑……江濤に寄す〕　次の句に「浮舟」とあるゆへ、谷川（「万壑」は、多くの谷）を乗り出す景色を云ふ。秋のことゆへ、谷川の口にある樹どもに風の鳴る音が満ちわたり、舟の中より千崖（多くの崖）の巌の方を仰いで見れば、秋色が空寒う澄み上って高く、それより舟を国はづれの方まで乗り出して、直に「江濤」の波の上を酒盛りなどのしどころにして。

以下、歎きを云ふなり。

〔良会……毛の如し〕 かやうな（良い）出会と云ふも、明日までは継がれぬ。今の間に別れてしまはねばならぬ。どうしたことでおれはこのやうに難儀をすることぞ。至極愁へをきわめて、その身も骨ばかりになったやうにあり、乱のみぎりなれば、盗人どもが大勢（「毛の如し」）出て騒ぐゆへ、どこへ行くと云うてもあぶない。

〔吾が……贈袍寒し〕 それゆへ、吾が舅も別れを惜しまるる。杜氏が身にかかることと、時分がら秋のことゆへ、王氏の使君（地方長官。詩題にいう王閬州）が綿入れ（「袍」）を贈ってくれらるる。かたじけないと、范叔が故事を用いて云ふ。

〔沙頭の……哀号す〕 岸ばた通りを見れば、鶴が一羽、友鳥を失うて悲しそうに鳴くが、われもそことに別るるが、あの通りぢゃ（あの黄鶴のようなものだ）。

【補説】

「郡郭」は、郡の町の城郭。

「贈袍寒し」。これは享保九年版と宝暦八年版の『唐詩選』や本書に独自の読み方であるが、誤りであろう。現代の諸注、さらに千葉芸閣の『唐詩選講釈』も、「寒うして袍を贈る」、あるいは「寒に袍を贈る」と読む。国字解にいう「范叔が故事」は、『史記』范雎伝に見えていて、范雎（字は叔）が、その寒苦を見かねた旧知の須賈から綈袍を贈られたというもの（本書3、高適の五言絶句「詠史」参照）。

春(しゅん)帰(き)

杜(と)甫(ほ)

苔径(たいけい)江(こう)に臨(のぞ)む竹
茅簷(ぼうえん)地を覆(おお)ふ花
別来(べつらい)頻(しき)りに甲子(かっし)
帰到(きとう)忽(たちま)ち春華(しゅんか)
杖(つえ)に倚(よ)りて孤石(こせき)を看(み)
壺(こ)を傾(かたぶ)けて浅沙(せんさ)に就(つ)く
遠鷗(えんおう)　水に浮んで静かに
軽燕　風を受けて斜(なな)めなり
世路(せいろ)　梗(ふさが)ること多しと雖(いえど)も
吾が生　亦涯(またかぎり)有り
此の身　醒(さ)めて復(ま)た酔(え)ふ
興(きょう)に乗じて即(すなわ)ち家と為す

春帰

苔径臨江竹
茅簷覆地花
別来頻甲子
帰到忽春華
倚杖看孤石
傾壺就浅沙
遠鷗浮水静
軽燕受風斜
世路雖多梗
吾生亦有涯
此身醒復酔
乗興即為家

〔題〕（放浪していて）蜀の草堂へ（足かけ）三年めで帰るゆへ、「春帰」と云ふ。

〔苔径……地を覆ふ花〕草堂のまはりに竹が植えてあり、江の方へ小道（「苔径」。苔(こけ)むした小道）がついてある。春のことゆへに、吾がいる茅ぶきの軒の下に花が散ってある。

〔別来……忽ち春華〕「頻りに甲子」は、『左伝』の字を用いて、「頻年（年を重ねる）」の意なり。しきりに甲子を歴て、今帰ってみれば、三年めで、春のことゆへ、花なども見事に咲いてある。

〔杖に……浅沙に就く〕川ばた通りを杖にすがって、此の石も変らず、元の通りであるよと、気をつけて見て、是れは一盃飲まずばなるまいと思うて、沙地につい飲みかける（飲みはじめる）。

〔遠鷗……受けて斜なり〕遠く向ふの水の面を見れば、鷗などが水にもの静かに浮んでをり、燕が風をうけて横すぢかいに飛んでゆく。面白いことである。

〔世路……即ち家と為す〕吾が身のことを云ひ出して、故郷へ帰ることもならぬ、立身することもならず、世路（世渡りの道）があそここ行きつかへきて、思ふ通りなことは一つもない。「梗」は、「塞」の義で、吾がこの生と云ふものは、限りのあるもので、百までは生きず（だから、くよくよしても仕方がない）。随分醒めては飲み醒めては飲みして、興に乗じ（この場所を）即ち家郷（故郷）と思ひなしているである。


【補説】

「別来」は、（この土地に）別れてからこのかた。

「春華」は、国字解では「春の花」ととっているようであるが、それだと第二句の「地を覆ふ花」と重複する。高木氏注に「うるわしい春景色」とある。千葉芸閣の『唐詩選講釈』には「春の華やかさ」という。

「杖に倚りて孤石を看」。晋の謝安の住いに石が一つあり、謝安は常に杖をついてそれと向いあっていたという故事を踏まえる。
「壺を傾けて」の「壺」は、酒壺。

江陵にして幸を望む

雄都　尤も壮麗
幸を望めば欻ちに威神
地利　西のかた蜀に通じ
天文　北のかた秦を照らす
風煙　越鳥を含み
舟楫　呉人を控く
未だ周王の駕を枉げず
終に漢武の巡を期す
甲兵　聖旨を分ち
居守　宗臣に付す
早く雲台の仗を発して

江陵望幸　　　杜甫

雄都尤壮麗
望幸欻威神
地利西通蜀
天文北照秦
風煙含越鳥
舟楫控呉人
未枉周王駕
終期漢武巡
甲兵分聖旨
居守付宗臣
早発雲台仗

恩波起涸鱗

恩波　涸鱗を起せ

〔題〕　もと代宗の吐蕃（チベット）にいぢられる（干渉される）をいやに思召しては、江陵（湖北省の揚子江沿いの町）に都を遷そうといわれたことがある。今、杜氏、江陵の東に来ていて、今の天子もここへ御幸なされやうとあるによって、なるほど行幸なされてよいと云ふ心に作る。それゆへ江陵のよいことばかりを云ふ。

〔雄都……欻ちに威神〕　上元年中（正しくは上元元年、七六〇年）に江陵を南都と称した（それゆえ「雄都」という）。さてこの江陵は尤も立派で繁昌な処ぢゃ。今天子の御幸なされやうとあるゆへ、格別に威神（尊厳さ）の位があがってきたやうに思はるる。

〔地利……秦を照らす〕　いかさまこの処は自由のよい処で、地理をいへば、西の方蜀に続いて、通路もよく、天文（日月星辰）は北の方秦（長安のある地方）に近い（秦を近々と照らす）。

〔風煙……呉人を控く〕　風景は越の方へ籠め含んであり、船路は呉国の方へかけ、何を取り寄せやうも自由なところである。

〔未だ……巡を期す〕　いまだ「周王」天子の「駕を枉げ」行幸なされぬうちに、江陵の民どもが（漢の武帝の）巡狩（天子の国内見まわり）なさるるといふことを「期し」あてにして待っている。周の穆王・漢の武帝の（諸国巡幸の）故事なり。

〔甲兵……宗臣に付す〕　さるほどに、甲兵（武装した兵士）を以て夷（異民族）を防ぐやうな儀は、聖旨（天子のお心）を分って臣に仰せ付けられて、都（長安）の御留守居の儀は、一の大臣（「宗臣」。最上位の大臣）に御あづけなされ。

〔早く……涸鱗を起せ〕 はやく御供廻り（「仗」。儀仗兵）を発して、天子の御恩波（恩沢を波にたとえる）を以て、水に渇えている処の民をうるほさせかしと、天子の御幸を待つなり。「雲台の仗」とは、光武の二十八将のことで、ここでは天子の御供廻りのことになる。「涸鱗」、『荘子』の字なり。

【補説】

「風煙……呉人を控く」。高木氏注に、「風にたなびくもやは、南方越の地方から来る鳥をもおしつつみ、往き交う舟は、東のかた呉の地方の人々をも引きよせるといった土地柄である」とある。

「甲兵、聖旨を分ち」。武装兵が天子の行幸の御意志を体して、道中を警備する、の意。国字解が「夷を防ぐ」というのは、唐詩で軍事といえば夷狄、という連想によろうが、おかしい。

「雲台」は、後漢の明帝（国字解に光武帝というのは誤り）が名臣二十八将の肖像を画かせた凌雲台。ここでは朝廷の意に用いる。

「涸鱗」は、水に干あがった魚。『荘子』外物篇に、車の轍に落ちこんで干あがりそうになった鮒が、荘子に、少しの水でよいからすぐ持ってきて、自分を助けてほしいといったという寓話が見える。

奉観厳鄭公庁事
岷山沲江図　　杜甫

厳鄭公の庁事の岷山
沲江の図を観奉る

沲水臨中座
岷山赴北堂

沲水　中座に臨み
岷山　北堂に赴く

白波　粉壁に吹き
青嶂　雕梁に插む
直に訝る　杉松の冷かと
兼ねて疑ふ　菱荇の香
雪雲　虚しく点綴し
沙草　微茫を得
嶺雁　毫末に随ひ
川霓　練光を飲む
紅を霏ばして洲　蕊乱れ
黛を払ふて石蘿長し
暗谷　雨に関るにあらず
丹楓　霜の為ならず
秋城　玄圃の外
景物　洞庭の傍

白波吹粉壁
青嶂插雕梁
直訝杉松冷
兼疑菱荇香
雪雲虚点綴
沙草得微茫
嶺雁随毫末
川霓飲練光
霏紅洲蕊乱
払黛石蘿長
暗谷非関雨
丹楓不為霜
秋城玄圃外
景物洞庭傍

絵事功殊絶　　　絵事功殊絶
幽襟興激昂す　　幽襟興激昂
従来謝太傅　　　従来謝太傅
丘壑道忘れ難し　丘壑道難忘

〔題〕「庁事」と云ふは、この方（わが国）の書院座敷（書斎）のやうなもので、壁に岷山（四川省成都の西北にある山）・沲江（成都付近を流れる揚子江の支流）の図がかいてある。

〔沲水……雕梁に插む〕一句一句に画のことを聞かせる。沲水の流れの様子が壁に画いてあるによって、「中座に臨む（座敷の中を流れる）」と云ふ。岷山が北堂の方へ（向って）画き付けてあるゆへ、「赴く」と云ふ。沲水の白波の様子を隈取ってある（濃淡をつけて描いてある）が、白壁に吹きかけたやうに見ゆる。岷山の様子が青々として、（彫刻をした）梁のきわまで届くやうにかいてあるゆへ、「插む」と云ふ。

〔直に……微茫を得〕杉松の様子をよく画き取ったゆへに、冷とするやうにある。これは合点のゆかぬと思ふほどのことである。水中に浮草（「菱荇」）があまりよくかいてあるゆへに、見れば香がしてくるやうに疑はるる。雲が雪を催ふすやうにちょっちょっと切れ切れに画いてあるが、絵のことなれば、わきへ飛ぶと云ふこともないゆへ、「虚しく」と云ふ。川ばた通りの草（「沙草」。川辺の砂地の草）なども、遠い処（「微茫」。おぼろに霞むさま）をよく画き取った。「得る」とは、「よく画きををせた」と云ふ意なり。

〈嶺雁……石蘿長し〉 嶺(みね)を雁の渡る様子を、一筆(ひとふで)がきにゑがいてあるが、黒の色の濃い中にかいたのは雁が大きく見へ、段々薄くなるに随って小さく見ゆる。川の上に虹などがづいと画いてあるが、地絹(じぎぬ)（の光）を飲んだやうに見ゆる。赤い彩色絵具(えのぐ)で、草木の花の蕊(しべ)の様子を川ばた通り（「洲」。水辺）に赤うかいてあるゆへ、「乱る」と云ふ。「黛」は、青い絵具で、石に蘿(つた)のはへかかった様子が見へる。

〈暗谷……洞庭の傍〉 谷あいなどが暗う見へるが、雨の降って暗いではないが、画のことゆへ、暗いやうにかきなした処(ところ)が雨の降るやうに思はるる。楓の葉などが紅葉してあるが、霜ゆへではない。岷山の上に家が画いてあるが、仙境の玄圃のやうに見ゆる。淹水の景物は洞庭のやうに見ゆる。

〈絵事……激昂す〉 この二句で、山水のことをくくって（総括して）云ふ。まことに「殊絶に」世間にすぐれた結構な絵である。静かな山水を愛するところ、幽襟（静かな心）の興が出てくる。「激昂」は、画を見ているうちに、出てくるやうに見ゆること。

〈従来……忘れ難し〉 結句、厳武への挨拶に、もとより晋(しん)の謝安(しゃあん)が如く丘壑（岡と谷。山水）好(ず)きの人ゆへ、かねて座敷のまわりを山水をゑがいて、愛せらるる。おれらが物好(ものず)きと同じことである。

【補説】

「毫末」は、筆の毛の先端。「毫末に随ふ」とは、筆の先端の微妙な動きによって小さく描かれること。

「洲蕊」は、中洲に咲く花。国字解のように「花の蕊(しべ)」というと、細密画のようでおかしい。

「秋城、玄圃の外」。高木氏注に、「秋づいた町が、神仙の住家のかなたにみえ」とある。国字解は不正確である。「玄圃」は、崑崙山にあるという神仙の居所。

「景物、洞庭の傍」。この国字解も不正確。高木氏注に、「すべての風景が、洞庭のふちにそってひろがっている」と。

「丘壑、道、忘れ難し」。高木氏注に、「山水によせる風流の道を忘れ難いものとして愛した」と。

なお、〔題〕の国字解の「書院座敷」は、底本には「書院サキ」とある。『唐詩選諺解』に「書院ザシキ」とあるのに従って、改めた。

冬日、洛城の北、玄元皇帝の廟に謁す。廟に呉道士が画ける五聖の図有り

極に配して玄都閟す
高きに憑って禁籞長し
守祧　具礼を厳にし
掌節　非常を鎮す
碧瓦　初寒の外
金茎　一気の旁
山河　繡戸を扶け

冬日洛城北謁玄元皇帝廟廟有呉道士画五聖図　　杜甫

配極玄都閟
憑高禁籞長
守祧厳具礼
掌節鎮非常
碧瓦初寒外
金茎一気旁
山河扶繡戸

日月（じつげつ）　離（ちょうりょう）梁に近し
仙李　盤根（ばんこん）大（おお）いに
猗蘭（いらん）　奕葉（えきよう）光（て）る
世家（せいか）　旧史（きゅうし）に遺（のこ）し
道徳　今王（こんおう）に付（ふ）す
画手（がしゅ）　先輩を看（み）るに
呉生　遠く擅場（せんじょう）
森羅（しんら）　地軸（ちじく）を移し
妙絶　宮牆（きゅうしょう）を動かす
五聖　竜袞（りょうこん）を連（つら）ね
千官　雁行（がんこう）を列す
冕旒（べんりゅう）　倶（とも）に秀発
旌旆（せいはい）　尽（ことごと）く飛揚
翠柏（すいはく）　深く景（けい）を留（とど）め

日月近雕梁
仙李盤根大
猗蘭奕葉光
世家遺旧史
道徳付今王
画手看先輩
呉生遠擅場
森羅移地軸
妙絶動宮牆
五聖連竜袞
千官列雁行
冕旒倶秀発
旌旆尽飛揚
翠柏深留景

紅梨　迥かに霜を得
風箏　玉柱を吹き
露井　銀床凍る
身退いて周室に卑し
経伝へて漢皇を拱せしむ
谷神如し死せずんば
拙を養うて更に何れの郷ぞ

紅梨迥得霜
風箏吹玉柱
露井凍銀床
身退卑周室
経伝拱漢皇
谷神如不死
養拙更何郷

〔題〕唐の世で老子（「玄元皇帝」。唐の高宗が老子に贈った尊号）を先祖あしらいにして（皇室の先祖扱いにして。老子も唐室も李姓）、廟を建てて祭ってある。その中に、呉道士と云ふ画師が、高祖・太宗・中宗・睿宗・高宗、五代の天子（「五聖」）を画いてをいたを見て、作る。

〔極に……禁籞長し〕さて、この老子をば、天に於いては第一重い処の北極に配し並べて。北極を以て天子に比したものである。「玄都」は仙人のいる処なり。すなわち廟のことになる。常に人の見ることのならぬやうに、門が鎖してある（「閟す」）。しかも廟が高い処にあるが、とりまわして墻（「禁籞」）が長くしてある。

〔守祧……非常を鎮す〕「祧」と云ふものは、位牌のやうなもので、「守祧」といふは、それをあづかる神主のやうなもので、牌前にきっと（荘厳に）まもり（「お供え物」の意か）を供へてをく。「掌節」

は、士大将のことで、大勢の武士をつれて、非常の者の入りこまぬやうに、急度番をしている。

〔碧瓦……一気の旁〕屋根の瓦なども青々と見へ、「初寒の外」と云ふは、冬至のことゆへ、寒々と見ゆることになる。金茎（承露盤を支える銅柱。二三九ページ参照）などがつっと高う、人間の気のまじらぬ、天の一元気のかたわらまでも届いてあるやうに見へる。

〔山河……雕梁に近し〕「繡戸」といふは、廟の彫物をした扉で、廟のまわりに山河がとりまわしてある。「扶く」と云ふは、左右から抱へているやうなあんばいなり。高い処に廟が立ててあるゆへ、天の日月も雕梁（彫刻をほどこした梁）にほど近う、隔たらぬやうに見ゆる。

〔仙李……奕葉光る〕庭に李樹が植へてあるが、「盤根大」と根張り（根を張ること）も大にして、老子の徳も末張り（あとになるほど栄えること）に盛んになる。蘭などの植えてあるが見事に、枝葉（「奕葉」。幾重にも重なった葉）が栄へてある。後漢の宣帝は猗蘭殿に生れたゆへ、ここへ出した。枝葉の栄へると云ふものは、子孫（ここでは老子の子孫に当る唐室）の繁昌になること。

〔世家……今王に付す〕漢の太史公司馬遷が『史記』に、孔子などを「世家」に載せ（諸侯と同等の扱い）、老子をば「列伝」に載せて、何とも思はぬ（「遺す」。無視する）やうにしてある。しかれども老子の『道徳経』（『老子』の別名）と云ふものが、ただならぬものゆへ、「今王」玄宗などの時代になって、徳が盛んにあらわれてきた。玄宗の『老子』に註をせられた。

以下、道士が絵をほめる。

〔画手……遠く擅場〕吾が先輩にもすぐれた画かきどもが沢山あるが、呉道士が画に続くはない。「場を擅にす」と云ふは、相撲とりでいへば、大関などと云ふ義で、画かきの中でも道士に続く者はないと云ふことになる。

〔森羅……宮牆を動かす〕天地の間にあるとあらゆる草木などを（地軸ごと画中に）移して持ってきたやうに見へて、神妙にえがいたものゆへに、廟の壁から動いて出るやうに見ゆる。

〔五聖……尽く飛揚〕五代の天子たちが袞竜の御衣（竜の模様の刺繡のある、天子の礼服）を召して、列を連ねて画いてあり、天子のわきに、いづれも官人が席順に連なってある。「冕旒」の玉の冠を召して御座なされるが、いづれも発明（賢明）に見へて、旗（「旌旆」。天子の旗さしもの）などもびらびらと飛揚するやうに見へる。

ここまで画のことを云うて、是れより見る処の冬の景を云ふ。

〔翠柏……霜を得〕柏樹などが茂って、日の影を留めて小暗う見へ、梨などが霜を受けて紅葉してある。

〔風箏……銀床凍る〕廟のまわりに風鐸（軒端の鈴）などが下ってあるが、（風にゆれて）柱につきあたってあり。屋根のない井戸（「露井」）が、冬のことゆへ、（銀で飾った）井桁まで氷りあがってある。

〔身……拱せしむ〕老子の、周室の世には賤しい書物蔵の番をしていられたが、世の衰へを見限りて、引込まれた。それより周室がいよいよ衰へた。その後は、音も沙汰もなかったが、漢の文帝の時に至って、『老子経』をもって無為に治むると云うて、在郷（田舎）の者まで素読をさせられた。なるほどよく懐手をして治むると云ふやうに、それより治まった。

〔谷神……何れの郷ぞ〕老子は、神（精神）を虚にして養うていれば死なぬもの、と云はれた。人は、賢いが悪い、ずいぶん「拙」に愚ながよいといはれてあるが、老子の見をかれた通りに、（谷神が）

もし死なずにいられやうならば、拙を養うて、大方どこぞに居らるるであらう、と云うて、実は当時の仙人狂いをするにあてて（あてつけて）云ふなり。

【補説】

「玄都」は、道教の最高神天帝の都。国字解に「仙人のいる処」とだけいうのは不十分。

「初寒」は、初冬の寒気。国字解に「冬至のことゆへ」というのは、「初寒の外」を「初冬を過ぎて」の意にでも解したのであろうか。高木氏注に「（碧瓦が）初冬の寒気のかなたに光り」とある。

「猗蘭」。猗蘭殿で生れたのは、漢の武帝である。『唐詩訓解』にも正しくそうあるのに、国字解が「後漢の宣帝」というのは不審。

「擅場」。本書も宝暦八年版『唐詩選』も「擅（タン）」と振り仮名をつけるが、改めた。

「秀発」は、ここでは絵の出来ばえの形容。国字解に「発明に見へて」とあるのはおかしい。

「経伝へて漢皇を拱せしむ」。国字解は「拱す」を「手をこまぬく。懐手をする」と解して、これを老子の「無為」に結びつけた。この解釈は『唐詩訓解』に従ったものであるが、明らかな誤りであって、南郭の説とは信じがたい。現代の注釈書はいうまでもなく、千葉芸閣の『唐詩選講釈』でも、「拱す」を、「漢の皇帝が『老子』に対してうやうやしく手をこまぬいて拝礼する」の意に解する。

「谷神……何れの郷ぞ」。「谷神」は、『老子』第六章に「谷神死せず、是れを玄牝と謂ふ」と見えて、谷間に宿る神霊。この二句、国字解が諷刺の意を汲み取ろうとするのは、『訓解』に次のようにいうのによる。

> 時に明皇（玄宗）、方士（道教の修験者）を喜んで、玄元累りに降ると称す。此れ（この二句）直

ちに其の妄(もう)を斥(さ)して、疑詞を設為(せつい)す。諷刺の意、自(おのずか)ら見(あらわ)る。
すなわち、玄宗が道教に熱中するのを諷刺して、もし老子の言葉通り谷神が死なないでいるものなら、どこか他の場所で拙を養っているはずで、こんなぜいたくな廟になどとどまっていないだろう、の意である。現代の注釈書は大むね、詩全体の流れからであろう、この二句に諷刺を読みとらず、たとえば高木氏注に「老子のいうごとく谷神が死なずにいるものなら、しず心を養うのに、この廟域をおいて、ほかにどんなところがあろうか」とあるがごとくに解する。

聖善閣送裴迪入京　　李頎(りき)

雪華満高閣
苔色上勾欄
薬草空堦静
梧桐返照寒
清吟可愈疾
携手暫同歓
墜葉和金磬

聖善閣(せいぜんかく)にして裴迪(はいてき)が京(けい)に入るを送る

雪華(せっか)　高閣に満つ
苔色(たいしょく)　勾欄(こうらん)に上(のぼ)る
薬草　空堦(くうかい)静かに
梧桐(ごとう)　返照(へんしょう)寒し
清吟　疾(やまい)を愈(い)やすべく
手を携(たずさ)へて暫(しばら)く同歓
墜葉(ついよう)　金磬(きんけい)に和(か)し

饑烏　露盤に鳴く　　饑烏鳴露盤
伊流　東別を惜しみ　　伊流惜東別
灞水　西に向って看る　　灞水向西看
旧と含香の署に託す　　旧託含香署
雲霄　何ぞ難しとするに足らん　　雲霄何足難

〔題〕　聖善閣（洛陽にあった）は、道観（道教の寺院）と見ゆる。裴迪が都へ行くに別るるなり。

〔雪華……返照寒し〕　朝夕、雪が高閣の上に消え残ってある。庭の芝草なども、人が踏むことのないゆへ、縁先まで生へのぼり、道観のことゆへ、薬草畠が堦のもとまである様子、もの静かに見へ、梧桐の植えてある方を見れば、夕日が寒々とさしこんでくる。

〔清吟……暫く同歓〕　かやうなもの静かな境地へ、いづれも上手な詩人ばかり集まって詩を作るゆへ、少しの頭痛などは愈えそうにある。しかれども永く楽しむことがならぬ。追付け別れねばならぬ。

〔墜葉……露盤に鳴く〕　木の葉の散る音が金磬（金属製の「磬」。打楽器）に和して聞へ、（塔の）九輪の上で烏がひだるそうに鳴く（「露盤」は、九輪の基部を支える板）。

〔伊流……向って看る〕　今、（東の地、ここ）伊水（洛陽の南を流れる川）でそこもとに別るるについて、そこもとは灞水（長安の東を流れる川）を渡りて、東の方（ここ洛陽）を見て別れを惜しみ、我は西へ向って、灞水の方を恋しう思うて望み看るであらう。

〔旧と……するに足らん〕　今、都に行かれなば、そこもとはもと郎官のことゆへ、間もなく立身せらるるであらう。「託す」は、寄せて預ける意ゆへ、便りになるであらうと云ふことなり。

【補説】

「聖善閣」は、中宗が母の則天武后を供養するために建てた聖善寺の閣。中に武后の鋳た仏像を安置したという。国字解に「道観と見ゆる」というのは誤りであるが、道教では不老長生の薬などを製するので、第三句の「薬草」から道観と解したのであろう。高木氏注に、薬草は観賞用の芍薬という。「苔色、勾欄に上る」。「苔色」は苔の色、「勾欄」は廻廊の手すり。「芝草」「縁先」というのは不正確。「手を携へて暫く同歓」。素直に解釈すれば、「君（裴迪）と手をとり合って、別れの前のひと時を一緒に楽しもう」の意。国字解が「暫く」を否定的なニュアンスにとって、「別れ」を強調したのは、悲哀の情を好む南郭らしい解釈といいうる。

最後の二句。「含香の署」は、尚書省。漢の尚書郎が天子に上奏する際に、口に香を含んだことからいう。「雲霄」は、雲の上。高位にたとえる。二句の意は、高木氏注に、「以前、尚書省に籍をおいたことのある君のことだ。雲の上にものぼる高い地位だって、何もむつかしがるほどのものではあるまい。といって友を元気づけるのである」とある。

早秋与諸子登　　　　　　岑参

虢州西亭観眺

亭高出鳥外

早秋、諸子と虢州の

西亭に登って観眺す

亭高うして鳥外に出づ

客到って雲と斉し
樹点じて千家小さきに
天囲んで万嶺低し
残虹陝北に挂り
急雨関西を過ぐ
酒榼青壁に縁り
瓜田緑渓に傍ふ
微官何ぞ道ふに足らん
愛客且く相携ふ
唯郷園の処有り
依依として望み迷はず

客到与雲斉
樹点千家小
天囲万嶺低
残虹挂陝北
急雨過関西
酒榼縁青壁
瓜田傍緑渓
微官何足道
愛客且相携
唯有郷園処
依依望不迷

〈亭……雲と斉し〉此の西亭（「虢州」は、河南省霊宝。函谷関の近く。その町の西にある亭）は、山の上に建ててあって、高く飛鳥の上へ出てある。今この処に上って見れば、雲の中にいるやうにあり。

〈樹……万嶺低し〉亭より見おろせば、樹木の間に千家が一群々々ぼっちりと点を打ったやうに見へ、四方がたれ下り、山々が低う見ゆる。

〔残虹……関西を過ぐ〕　遠く陝北（河南省陝県の北。虢州のやや東方）の方を見れば、初秋のことゆへ虹が消へ残ってあり、関西（函谷関の西）のあたりを見ているうちに、ただちに小雨が降って通る。

〔酒榼……緑渓に傍ふ〕　亭の左は「青壁」の切崖で、其の方へ亭がよりかかってあるやうに見ゆる。「榼」と云ふは、吸筒（携帯用の酒器）のやうなものから酒を出して飲むなり。亭の右の方は谷川が流れて通る。そのかたわらに瓜畠が作ってあるが見ゆる。

〔微官……望み迷はず〕　つねは微官（低い官職）を歎けども、今日はそのやうなことではない。愛客（敬愛する客）のつき合ゆへ、世間むきのことはうち忘れて云ふに足らず、面白いけれども、高い処に上ると、故郷の方が依々として（心ひかれるさま）、どうでも「望み迷はず」はっきりと見へて、気の毒である（憂鬱になる）。

【補説】

「酒榼、青壁に縁り」。「酒榼」は、酒だる。「青壁」は、青々とした絶壁。この句、国字解は、亭が青壁によりかかっており、そのところで酒を飲む、の意とするが、表現に即すれば、酒だるを青壁のふちにすえるということであろう。『唐詩訓解』も現代の諸注もそのように解している。

清明、司勲劉郎中の別業に宴す　　祖詠

清明宴司勲
劉郎中別業

田家　復た近臣

田家復近臣

行楽　親に違はず
霽日　園林好し
清明　煙火新たなり
文を以て常に友を会し
惟れ徳自ら隣を成す
池は照らす　窓陰の晩
杯は香ばし　薬味の春
欄前　花　地を覆ひ
竹外　鳥　人を窺ふ
何ぞ必ずしも桃源の裏
深居　隠淪と作るのみならん

行楽不違親
霽日園林好
清明煙火新
以文常会友
惟徳自成隣
池照窓陰晩
杯香薬味春
欄前花覆地
竹外鳥窺人
何必桃源裏
深居作隠淪

〔題〕「清明」は、三月の節（節句。陽暦の四月五、六日にあたる）。寒食（火を断ち、煮たきしない物を食べる日）の次の日なり。

〔田家……親に違はず〕　劉氏は田舎住いのやうにして、もの静かにしていらるるけれども、しかもまた天子の近臣である。「隠れて親に違はず」と云ふは、（後漢の）郭有道が語なり。隠者住いのやうにしていらるるが、行楽をして、親しむ者に違はず（絶交するわけではない）。風流な人である。

〔霽日……煙火新たなり〕三月ゆへ空も晴れきって、園林なども面白い。清明の日には火を切りかへる（火を新たにおこす）に、「火新たなり」と云ふ。

〔文を……隣を成す〕『論語』にもある通り、劉氏は大人しい（思慮深い）人で、朋友のつき合も文章を以てし、徳もすぐれた人ゆへ、聚まっている者もみな、同じ物好きな人ばかりぢゃ。

〔池は……薬味の春〕暮方、風流に池の端の薬草畠のきわで酒盛りをするゆへ、薬草の香いが杯の中へうち入ってくる。

〔欄前……人を窺ふ〕欄（回廊の手すり）前には花が隙間もなく地を覆うて咲いてあり、竹藪の外の方に鳥が、人音のせぬ時は鳴き、人音のする時は鳴かぬゆへ、「窺ふ」と云ふ。

〔何ぞ……作るのみならん〕何ぞ桃源のうちへ深く隠れいでもすむ。このやうな処にいれば、やはり桃源の趣きに劣らぬである。

【補説】

「親に違はず」。国字解に、「隠れて親に違はず」を郭有道（名は泰）の言葉とするのは誤り。『後漢書』郭泰伝に見えて、范滂が郭泰を評した言葉である。

「文を以て……隣を成す」。『論語』顔淵篇に、「君子は文を以て友を会し、友を以て仁を輔く」と。同じく里仁篇に、「徳は孤ならず。必ず隣り有り」と。

「池は照らす、窓陰の晩」。池の面は夕日に照りはえ、窓のかげは薄暗くなってきた、の意。

「薬味」。国字解は薬草畠の匂いと解するが、『唐詩訓解』に「薬酒、香美なり」とあって、酒に入れてある薬味と解する。現代の諸注もその説をとる。

「桃源」は、陶淵明の「桃花源記」に描かれたユートピア。世間と隔絶した別天地。

「隠淪」は、隠遁。

奉使巡検両京路
種果樹事畢
入秦因詠歌

鄭審

使を奉じて、両京路に果樹を
種うることを巡検し、事畢り
て秦に入る。因って詠歌す

聖徳　天壌に周し
韶華　帝畿に満つ
九重　渙汗を承け
千里　芳菲を樹う
陝塞　余陰薄く
関河　旧色微なり
発生　和気動き
封植　衆心帰す
春露　条弱かるべく

聖徳周天壌
韶華満帝畿
九重承渙汗
千里樹芳菲
陝塞余陰薄
関河旧色微
発生和気動
封植衆心帰
春露条応弱

秋霜　果定めて肥えん
影は移る　行子の蓋
香は撲つ　使臣の衣
径に入って馳道に迷ひ
行を分って禁闈に接す
何か当に仙蹕に扈して
攀折　恩輝を奉ずべき

秋霜果定肥
影移行子蓋
香撲使臣衣
入径迷馳道
分行接禁闈
何当扈仙蹕
攀折奉恩輝

〔題〕長安・洛陽の並木が枯れた処があるゆへ、植えませいと仰せ付けられて、奉行になって（「巡検し」）植ゆるなり。「秦」といへば、長安の都に帰って（この詩を）作るである。「果樹」とは、道通り（通行）のためになるやうに、梨・栗などを種うることなり。

〔聖徳……芳菲を樹う〕御当代天子のすぐれたる処の聖徳、天地（「天壌」）に行はるるゆへ、春ものどかに照りわたり（「韶華」。春の陽光）、中華に満ち満ちて、吾が「九重」の禁裏に於いて天子より、両京の路の果樹を植えませいと、綸言（天子のお言葉）を蒙むり。「王の言、汗の如し（一たん発せられたら、もとにもどらない。取消されたり修正されたりすることがない）」と云ふ意で、「渙汗」と云ふ。『易』の「渙」の爻辞（易の卦の解説文）である。それよりして、千里の道ばた通りに、花咲き実る芳菲（香りのよい木々）を植へたてて見たれば。

〔陜塞……衆心帰す〕 陜塞（陝西の地方を守るとりで。函谷関や潼関を指す）のあたりも余寒が薄くなったやうにあり、関河（関所のある河。黄河の河南・陝西の省境には関所が多かった）あたりも並木を植えてみたれば、もとのさびしい景色（「旧色」）はなくなり、今、春のことなれば陽気（「和気」）が発動して、諸木も根づく時分で、勿論民のためになさるることゆへ、衆心が帰し（民衆の心がわが君の徳に帰服し）、悦びたって植ゆる。よく根がつくである。「封植」とは、木の根本へ土を寄せることなり。

〔春露……定めて肥えん〕 春露を蒙って、条も「弱く」若やいであらうけれども、秋になっては、木の実りがよいであらう。

〔影は……使臣の衣〕 都海道のことゆへ、歴々の公子方が衣笠（「蓋」）をさして通らるるに、色々の木を植え続けてある路を、段々に影が移って通る。また御用で通る使臣の衣裳などへ、花の香がぱっと撲ちつけるやうに香うてくる。

〔径に……禁闈に接す〕 吾がこの並木を植えたてた径へ入ってみれば、これは天子の御成道（「馳道」。天子行幸の際の通路）ではないかと迷ふやうにある。よくよく思うてみれば、御通りの路の方は、行（道筋）を分けて禁裏の方へひき続いてある。馳道には並木が植えてある。

〔何か……奉ずべき〕 「攀折」と云ふは、高い枝に及びつく（とりつく）ことゆへ、今植え立てた木より（木に関して）攀折と云ふ。いつか早く天子の御車の御供をして（「仙蹕に扈して」）、吾がこの植へ立てた木を御覧に入れたいものである。

【補説】

「両京路」は、「長安と洛陽を結ぶ街道」の意。

「帝畿」は、畿内。都をとりまく地方。国字解に「中華」というのが、中国全土の意であるなら、誤り。

「行子」は、「行人」に同じく、旅人の意。国字解に音の通ずる「公子」と解しているのは、うかつな誤りである。

「蓋」は、車のほろであって、国字解に日傘(ひがさ)のように解するのは誤り。

「径に入って……禁闈に接す」。この二句、国字解の解釈によれば、「自分が果樹を植えたこの径に入ると、これは馳道ではないかと迷う。しかしよく考えてみれば、馳道は行を分って(別の道筋として)禁闈(宮門)へと続いている」ということになる。果樹の並木を植えたのは両京路という大きな街道であって、これを「径(こみち)」といったと解するのはおかしい。現代の注釈書では、たとえば高木氏注に次のごとくある。

やがて木々が成長すれば、小道に入ると御成(おなり)街道のありかを見失うほどになろうし、道の両側に分れてならぶ木々の列が、宮中の御門にまでも連なろう。

この解釈によれば、「行」は「植えた木々の列」の意で、二句ともに並木についての描写ということになる。これに従うべきであろう。

「攀折、恩輝を奉ずべき」。国字解に「攀折」を釈して「高い枝に及びつくこと」というが、これは「攀」字だけの解である。「攀折」は「枝にとりついて折る」の意。一句は、枝を折り取って天子の御覧に入れて、御恩を報ずる、の意。

行営にして呂侍御に酬ゆ

劉長卿

敢へて淮南に臥さず
来たって漢将の営に趨る
辞を受けて左鉞を瞻
疾を扶けて前旌を拝す
井税　鶉衣楽しみ
壺漿　鶴髪迎ふ
水帰りて断岸を余し
烽至って孤城を掩ふ
晩日　千騎に当り
秋風　五兵を合す
孔璋　才素より健なり
早晩　檄書成らん

行営酬呂侍御

不敢淮南臥
来趨漢将営
受辞瞻左鉞
扶疾拝前旌
井税鶉衣楽
壺漿鶴髪迎
水帰余断岸
烽至掩孤城
晩日当千騎
秋風合五兵
孔璋才素健
早晩檄書成

〔題〕「行営」とは、行く先にわかに出来た陣屋なり。この営には、重い、きっとした（立派な）大臣が大将になっていて、国々から年貢を取って兵粮にする。呂侍御はその下役で、詩をこした（よこした）に、酬ふなり。

〔敢へて……営に趨る〕　劉長卿は、淮陽（「淮南」。淮河の南、揚子江の北に当る一帯）の太守になっているゆへ、兵粮を出せのなんのと云うて、めったに（やたらに）使われる（動員される）。毎日大将の陣営に行きては、匍ひつくばはねばならぬ。淮陽にてのことなるゆへ、「汲黯臥閤」の故事を出して、少々気色（気分）が悪いと云うても、わがままに臥していることもならぬ。毎日々々大将の陣屋へ来て、御機嫌を伺い、大将の下知を受けて出る。

〔辞を……前旌を拝す〕　府（役所。ここでは陣屋）では、大将の（大将のしるしとして天子から賜った）左の鉞の立ててある下から見上げ、気色が悪うてもかまわずに（「疾を扶けて」）先づ手備（旗本の兵）を見ると、直に匍ひかがまねばならぬ。

〔井税……鶴髪迎ふ〕　年貢（「井税」。田畑にかかる税）を取るも、呂侍御の世話の焼きやうがよいゆへ、つづれ（「鶉衣」。ぼろ）を着ている貧乏な者も苦に思はずに年貢を出す。鬢のそそけてある親父どもが、（兵士に提供するため）弁当をこしらへて迎ひに出る。『孟子』（梁恵王下篇）に云ふ、「簞食（飯を器に盛る）壺漿（飲みものを壺に入れる）、以て王師（天子の軍隊）を迎ふ」と。「鶉衣（つぎはぎをして鶉の羽根のようにまだらになった着物）」は、『荀子』（大略篇）の文字なり。

〔水……孤城を掩ふ〕　以下二句、淮南の治めにくいことを云ふ。洪水の後ゆへ、なんの役に立たぬ切り岸ばかりが残ってあり、ひたもの騒ぎ（騒乱）が起って、吾がいる孤城を閉て塞いである。

〔晩日……五兵を合す〕　しかれども仕合せなことには、一人して千騎にも当るやうなそこもとの来らるるゆへ、日暮（「晩日」）のものさびしい時分にも、なんとも思はぬ。此の夷（異民族）の騒ぐ時分なれども、大将の五兵（五種類の武器）を合して（取りそろえて）いるゆへ、それを勘忍している（「夷が侵入してくるのを我慢している」の意か）。

〔孔璋……檄書成らん〕　殊にそこもとは古への陳琳（曹操の臣。字は孔璋）に劣らぬ才智ゆへ、この騒ぎの時分なれば、いつか早く軍中に於いて、檄文を書いて手柄をしられるやうにと、（呂侍御は）書記を兼ねているゆへ、文武ともにほめて云ふなり。

【補説】

この詩は、具体的な背景を知っていないと、理解しがたい。『唐詩訓解』はその背景を無視した、でたらめといってよい解釈を立てているが、国字解は『訓解』に依拠しつつ、さらに勝手な解釈を加えて、筋の通らないものになっている。しかしこの国字解の解釈は、近代の簡野道明の『唐詩選詳説』に至るまで踏襲されており、長く支配的であった。背景について、高木氏注の説明を引く。「徳宗の建中二年（七八一）、襄陽に根拠をおく山南東道節度使の梁崇義が反乱をおこしたのにたいし、淮寧軍節度使李希烈に命じてこれを討伐させた事件をさすものであろう。この事件に際して、討伐軍は襄陽を攻撃すべく、漢水の東岸に陣どっていた。このとき、（討伐軍に随行の）監察官である侍御史の呂某が、行営、すなわち軍の臨時の駐屯地にいた作者に、君の州は反乱軍の地域に隣接する上、水火の天災もあり、人民は租税の徴発に苦しめられているから、治安に十分の注意を払うようにと戒しめる意味の詩を贈ってきた。一首は、それに答えて作った詩である」と。

「敢へて淮南に臥さず」。国字解にいう「汲黯臥閤」は、『漢書』汲黯伝に見える故事。東海の太守となった汲黯は多病でいつも床に臥していたが、それでいて領内はよく治まった。武帝がそれを見こんで、汲黯を、治めにくい淮陽の太守に任じた。作者劉長卿は随州（湖北省随県）の刺史（長官）で、随州は広くいえば淮南に属するので、自分が反乱討伐の官軍にかけつけることをいうのに、「汲黯臥閣」の故事を裏返して用いた。気持としては、勇んでかけつけるのであって、国字解に作者が被害者意識を持っているかのようにいうのは、『訓解』の説に従ったもので、見当はずれである。「毎日大将の陣営に行きては」というのも、おかしい。

「辞を受けて」。将軍の命令を受けること。

「前旌」は、陣営の前の旗さしもの。国字解に「手備」というのは、意訳にすぎる。

「井税、鶉衣楽しみ」。前述の背景に即していえば、租税の徴発について注意を受けたことに対する返答であって、高木氏注に「さて、御注意を受けた私の管轄区域は、ぼろ着をまとった貧乏人までが、租税を楽しそうに納めてくれるし」とある。国字解に「呂侍御の世話の焼きやうがよいゆへ」というのは、これも『訓解』に従ったものであるが、勘ちがいである。

「烽至って」。賊軍の動きを伝えるのろしが上ると、の意。

「晩日、千騎に当り」。高木氏注に「おりしも、夕日は、千騎のつわものたちの正面に沈みゆき」というのが、素直な解釈であろう。国字解が、「千騎に当り」の主語を「そこもと」と解するのは、無理である。

「秋風、五兵を合す」。高木氏注に「秋風の吹きわたる中に集合しているのは、五種の武器をそなえた精鋭部隊」と。国字解は意味不通である上に、「夷」を持ち出しているのは誤りである。

送鄭説之欽州
謁薛侍郎　劉長卿

漂泊来千里
謳歌満百城
漢家尊太守
魯国重諸生
俗変人難理
江伝水至清
船経危石住
路入乱山行
老得滄洲趣
春傷白首情
嘗聞馬南郡
門下有康成

鄭説が欽州に之いて
薛侍郎に謁するを送る

漂泊して千里に来たる
謳歌　百城に満つ
漢家　太守を尊び
魯国　諸生を重んず
俗変じて人理め難く
江は伝ふ　水の至清
船は危石を経て住まり
路は乱山に入って行く
老いて滄洲の趣きを得
春は白首の情を傷む
嘗て聞く　馬南郡
門下　康成有ることを

〔題〕鄭説は、諸生（まだ官途についていない知識人）と見ゆる。薛侍郎は、侍御の官で、欽州（安徽省欽県）の太守になっている。それへ行くを、送るなり。

〔漂泊……百城に満つ〕　さて、この鄭説は才のすぐれた人なれども、時に合わず、落ちぶれて千里の都より（私の任地随州へ）来て、今、欽州に行かるる。そこもとの行かるる処の薛侍御は、治め方のよい人ゆへ、百姓どもが喜び歌うて、そこらうちに一ぱいの評判である。

〔漢家……諸生を重んず〕　漢家（唐朝をたとえる）の天子に於いても、太守は重い役ゆへ、大切に思召し、御尊びなさるる。欽州は古への魯国（孔子の出身地）の地で、学文のはやる処ゆへ、そこもとのやうな諸生の行かれたならば、重んずるであらう。

〔俗……水の至清〕　欽州はもと孔子のござった処ゆへ、風俗もよかったが、今はいこう治めにくい。このごろ聞けば、薛侍御の清潔に治められたと云ふ。「水至って清し」と云ふ語があるゆへ、清潔に治めたことになる。

〔船は……入って行く〕　船路もあるが、川中へ石がにょきにょきと出ばって、舟も行きつかへ、山といへば、いくつもいくつも越へて行くことゆへ、いこう難儀であらう。

〔老いて……情を傷む〕　滄洲（東方の海中にあるという仙境）、世を離れた隠者の趣きを得て、今そこもとと一処に行きたう思へども、白首（しらがあたま）になっているゆへ、行くこともならぬ。ただくゐくゐ傷んでいるばかりぢゃ。

〔嘗て……有ることを〕　さりながら、（あなたが）薛侍御の門下にいらるる模様を見れば、古へ漢（正しくは後漢）の馬融（南郡の太守となる）が弟子に鄭玄（字は康成）がありし如く、主従ともにすぐれた才である、といふが挨拶ぢゃ。（詩を贈る相手が）鄭氏ゆへ、（同姓の）鄭玄が故事をつかふ。

【補説】

「俗変じて人理め難く」。この読み方は『唐詩訓解』の訓点以来のものであるが、現代の注釈書は大むね「俗は人の理め難きを変じ」と読み、たとえば高木氏注に「統治しにくかった民衆の気風や風習も、太守の教化によってすっかり改まり」とあるごとくに解する。

「老いて……情を傷む」。鄭説は隠遁を欲して薛侍郎のもとへ行くのではないから、「そこもとと一処に行きたう思へども」という国字解は奇妙である。この部分は『唐詩訓解』の解釈がまさる。いわく、

我已に晩暮、始めて滄洲に協ふも（老人になってようやく世俗のことにあきらめもつき、仙境の趣きも分るようになったが、しかしやはり）、白首まで成すことなし。春を傷むこと、独り甚だし。

「白首の情」は、高木氏注に『史記』范雎蔡沢伝の「白首に至るまで遇ふ所なし」という一節を引いて、「白髪の老人となってなお不遇であることによせる悲しみをいう」と説明する。この一節はすでに『訓解』にも引かれている。

唐詩選国字解巻之四終

唐詩選国字解巻之五

済南李攀竜　編選

皇和　南郭先生　弁
門人　林　元圭　録

七言律

七言律は、一句を下(くだ)すがむつかしい。先づ釣合(つりあい)・格調が主(おも)で、五言律のやうに故事をたくさん用いても悪い。一向に故事がなければ、見ともなうて（みっともなくて）ならぬ。

古意　沈佺期(しんせんき)

盧家少婦鬱金堂
海燕双棲玳瑁梁
九月寒砧催木葉
十年征戍憶遼陽

盧家(ろか)の少婦　鬱金堂(うつこんどう)
海燕双棲(かいえんそうせい)す　玳瑁(たいまい)の梁(りょう)
九月(きゅうげつ)　寒砧(かんちん)　木葉(ぼくよう)を催(もよお)す
十年　征戍(せいじゅ)　遼陽(りょうよう)を憶(おも)ふ

白狼河の北　音書断へ
丹鳳城の　南　秋夜長し
誰か為に愁へを含む　独不見
更に明月をして流　黄を照さしむ

白狼河北音書断
丹鳳城南秋夜長
誰為含愁独不見
更教明月照流黄

〔題〕「古意」は楽府題（本書1、解説三〇ページ参照）で、閨怨（夫と離れている妻の悲しみ）の趣きを作るのである。

〔盧家の……玳瑁の梁〕起句の分は離れものになって（以下の叙述と分離していて）、二通りに見ゆる。一通りは、盧氏の富家の少婦（若い嫁）などが、（鬱金香をたきしめ、べっこうの梁の）かざりたてた座敷のうちに夫婦中よう、海燕（海から飛んできたつばめ）の並び棲んでいるやうにしていると裏腹で（反対に）、（この私は）夫を征伐（戦争）にやって、（夫は）今に帰らぬ、といふにも見ゆる。また、をれがこの盧家に嫁入りしてきて、海燕の並び棲んでいる如く夫婦中よういたものを、ふっと夫が征伐に出て今に帰らぬ、と云ふにも見ゆる。両方ともに可なり。

〔九月……遼陽を憶ふ〕話を出して（主題を述べはじめて）、盧家の少婦が夫婦中よう面白そうにしているが、をれはそれとは裏腹で、ひとり夜もすがら明しかねて聞けば、秋のことゆへ処々で砧などをうち、木の葉の落つる音が聞へるが、この時分、さだめて吾が夫も遼陽（遼寧省中部の町。北東の辺境）あたりでは寒からう。かりそめに別れたやうなれども、はや十年になる。

〔白狼河……秋夜長し〕　白狼河（遼東湾にそそぐ川）のあたりは遠いことゆへ、状文（手紙）の便りも絶へ、われは丹鳳城（長安の宮城）の南にただひとり、夫のことのみをおもひ、明しかねていれば、いよいよ秋の夜も長いである。

〔誰か……流黄を照さしむ〕　折から誰か何者ぞ、意地悪う、笛の曲も多いに夫を慕ふ「独不見」の曲を吹く。更に月まで閨の帳にさしこみ、一入心細い。「流黄」は染色の名で、この方（日本）の玉虫色などといふやうなもので、女中（婦人）の閨の帳を流黄色にする。

題の「古意」は、閨怨むきが作ってある。一に（ある本でこの詩を）「独不見」と題してある。『訓解』に「木葉」の出処（出典）が出してある。甚だ悪い。（普通名詞の「木葉」に）「遼陽」と（固有名詞を出して）対をはづしたが、結句（つまり）初唐の格（まだ律詩の規則の完成していない初唐の詠み方）で、面白い。木の葉を無理に地名にしたがるは、詩に不案内な儀ぢゃ。

【補説】

国字解に「古意」は閨怨を詠むというのは、閨怨は古来度々詠まれてきたので「古意」と題するということであって、「古意」という題の詩は常に閨怨を詠むということではない。

「木葉」。国字解に、『唐詩訓解』に「木葉」の出処を出してあるというが、該当する記述はない。「木葉」を地名と見る説を何かの書で読んだのを、『訓解』と誤ったのであろう。

冒頭の二句について、国字解に二つの解釈を掲げたうち、「盧家の少婦」と「夫の帰りを待ちわびるこの私」とを別人と見るのは、『訓解』の解釈である。現代の注釈書は大むね、もう一つの方、両者を同一人と見る解釈に従っている。

竜池篇

竜池　竜躍って　竜已に飛ぶ
竜徳　天に先だって　天違はず
池　天漢を開いて黄道を分ち
竜　天門に向って紫微に入る
邸第　楼台　気色多く
君王の鳧雁　光輝有り
為に報ず　寰中　百川の水
此の地に来朝して東帰することなかれ

竜池篇　　沈佺期

竜池躍竜竜已飛
竜徳先天天不違
池開天漢分黄道
竜向天門入紫微
邸第楼台多気色
君王鳧雁有光輝
為報寰中百川水
来朝此地莫東帰

〔題〕「竜池篇」と云ふ商雅（頌歌）に、玄宗の親王で（玄宗がまだ親王で）、隆慶坊といふに御座あった時、坊の南の大地がさけて大きな池が出来たを、（時の皇帝）中宗の、卜者（占師）に占はせ御覧じたれば、この処より、後に天子になる人が出やうというた（そこで竜池と名づけた）。案のごとく玄宗の出でて天子になった。それを（詩に）出して、

〔竜池……天違はず〕『易』の乾の卦の言を以て、先づ隆慶坊のかたわらの池より竜が飛んで出て、すでに天子になった。『易』の卦の言に、「飛竜、天に在り」と云ふ。その竜の徳は天に先だってあらは

れたけれども、天の御存じなされたゆへに、天に違はず、天子にならせられた。すぐにこの句をうけて、

〔池……紫微に入る〕それよりして、隆慶池が天の河の如くひらいて黄道（太陽の通り道）を分ち、それより竜が天門（天に昇る門）にむかって紫微宮（天帝の宮殿）に入り、（玄宗が）天子におなりなされてある。

〔邸第……光輝有り〕そこで隆慶坊の邸第（邸宅）楼台までも格別にもったいがよくなり（「気色多く」）、天子の出でさせられた処ゆへに、池にあそぶ鳧・雁までも格別うるはしく見ゆる。

〔為に……なかれ〕それゆへに天下（「寰中」）の百川の水どもも、かならず東海に流るるに及ばぬ。みな此の地に来朝したがよい。水の東海に帰するを、官人の都に来朝するに喩へて云ふ。

【補説】

〔題〕の国字解にいう「商雅」は、南郭が「頌歌（祝い歌）」といったのを、筆録の門人が誤って字を宛てたものであろう。『唐詩訓解』に『唐書』礼楽志を引いて、玄宗は即位してのち、「竜池楽」という曲を作ったが、この詩はその曲の詞章であるという。国字解の文章は、やや不明瞭であるが、そのことをいう。

侍宴安楽公主新宅応制　　沈佺期

宴に安楽公主の新宅に侍す。応制

皇家貴主好神仙

皇家の貴主　神仙を好む

別業初めて開く　雲漢の辺
山出でて尽く鳴鳳の嶺の如く
池成って飲竜の川に譲らず
粧楼　翠幌　春をして住めしめ
舞閣　金鋪　日を借って懸く
乗輿に敬従して此の地に来たり
觴を称げ寿を献じて鈞天を楽しむ

別業初開雲漢辺
山出尽如鳴鳳嶺
池成不譲飲竜川
粧楼翠幌教春住
舞閣金鋪借日懸
敬従乗輿来此地
称觴献寿楽鈞天

〔題〕「安楽公主」は、中宗の御娘子で、この度あらたに御別業（別荘）が出来たについて、天子の御幸なされて、（作者は）御酒宴にあづかって作るなり（「応制」は、天子の命をうけて詩文を作ること）。

〔皇家……雲漢の辺〕「皇家」は天子の家第（屋敷）といふほどのこと。此の姫宮（「貴主」。公主。天子の娘）は味な物好きをなされて、人間をはなれた神仙好きをなさるる。それゆへに御下屋敷も天の河（「雲漢」）のほとりに御建てなされた。

〔山……譲らず〕さてこの御庭の築山なども、むかしの鳴鳳山（長安西郊の岐山の一峰）をうつし、池と云へば、黒竜が出でて水を飲んだ渭水（長安北方の川）にも劣らぬ。広大なことである。

〔粧楼……日を借って懸く〕公主の化粧をなさるる粧楼なども、見事な（翠の）「幌」帳などをかけたてて、不断常住、春のとどまってあるやうに思はるるといふが、女中（婦人。ここでは公主）の顔色

（容色）、春を留めて、いつまでも若くて居るといふことになる。舞閣（歌舞を上演する楼閣）に打ってある金銀の釘隠なども、天子の御威勢で、日を借りてかけたやうにきらきらと輝やいてある。「懸く」と云ふは、高い処にあるゆへなり。

〔乗輿……鈞天を楽しむ〕今、我、天子の御供をしてこの地へ来たゆへに、公主の天子へ盃を上げられて、目出度き寿を献ぜられ、常ならぬ音楽を聞きてたのしむと云ふものは、有りがたいことである。

「鈞天楽」は天上の楽である。

【補説】

「皇家」は、「皇室」の意。国字解に「天子の家第」というのは奇妙である。

最後の句、国字解は、「觴を称げ寿を献じて」の主語は公主ととり、「鈞天を楽しむ」の主語は作者なのか公主なのか、文章があいまいで判然としない。現代の注釈書は大むね、一句全体の主語を作者、ないし作者を含めた群臣ととる。これに従うべきであろう。

紅楼院応制　　沈佺期

紅楼疑見白毫光
寺逼宸居福盛唐
支遁愛山情漫切
曇摩泛海路空長

紅楼院の応制

紅楼　疑ひ見る　白毫光
寺は宸居に逼って盛唐を福す
支遁　山を愛して　情　漫に切に
曇摩　海に泛んで　路　空しく長し

経声夜息んで　天語を聞き
鑪気晨に飄へって　御香に接す
誰か謂ふ　此の中　到るべきこと難しと
自ら憐れむ　深院　徊翔を得ることを

経声夜息聞天語
鑪気晨飄接御香
誰謂此中難可到
自憐深院得徊翔

〔題〕「紅楼院」は、この方（日本）の紫宸殿で護摩を焼いて祈禱をするやうに、彼の方（中国）でも、内道場（宮中に設けられたお堂）が立って、天子の帰依僧（天子が帰依する僧）があつまりて祈禱をする。そこへ天子の行幸なされて、詩を作りませいとあって、作ったである。

〔紅楼……盛唐を福す〕さてこの禁裏に、白毫（仏の眉間から発する光）がありそうもないものとうたがい見れば、やはり紅楼院の御仏の白毫である。この寺は、天子の御座処「宸居」の近くにあるぞ。何ゆへなれば、唐の御代の福を祈禱するためである。『法華経』、「仏、眉間の白毫相の光を放つ」。

〔支遁……空しく長し〕むかし支遁（晋の高僧）が「切」と急に清浄な地を才覚した（山を買おうとした逸話がある）といふが、これ「漫りに」めったなことと云ふもの。しかれば、（支遁の時代に）禁裏のうちに紅楼院のやうな清浄な処があるなれば、山を愛して引っこむには及びそうもないものである。達磨（「曇摩」）のはるばる遠い処より海をわたって来られて、（紅楼院がまだ存在しない時代だったので）ほどなく山へ引っこまれたは、これむだ路を歩まれたと云ふものである。抑揚の法である。

〔経声……御香に接す〕直に天子の御殿へ近いによって、経の声が止むと天子の御話の音などが聞へ、（朝風にひるがえる）仏前の香の煙（「鑪気」。「鑪」は「炉」）と天子の御香の煙と、一つに接す。

〔誰か……得ることを〕 世間の者はみな、この中に大体（なみ大抵）のことでは到られぬといふが、いま吾れ深院に徘徊することを得ると云ふものは、わが身ながらも仕合せな儀と、自らあわれむ（感動する）のである、となり。

【補説】

国字解に見える「抑揚の法」とは、「文遁……、曇摩……」の二句が、紅楼院のことを直接描写せずに、紅楼院の立派さを表現していることを、いうものであろう。

再入道場紀事応制　　沈佺期

南方帰去再生天
内殿今年異昔年
見闢乾坤新定位
看題日月更高懸
行随香輦登仙路
坐近炉煙講法筵
自喜深恩陪侍従
両朝長在聖人前

再び道場に入って事を紀す。応制

南方　帰り去って　再び天に生ず
内殿　今年　昔年に異なり
見に乾坤を闢いて新たに位を定め
看　日月を題して更に高く懸く
行いては香輦登仙の路に随ひ
坐しては炉煙講法の筵に近づく
自ら喜ぶ　深恩　侍従に陪して
両朝　長へに聖人の前に在ることを

〈題〉 前の詩にもいふ通り、禁裏の内道場でときどき官僧があつまって、法華八講などのある処のことを紀するのである。「再び」と云へば、南方へ一度外様役（地方官）に追ひやられたものが、中宗の御即位によって召返され、御近処役（天子に近侍する役）になったものと見ゆる。

〈南方……昔年に異なり〉 此の度御恩をもって南方より召返され、再び御前近く召仕はるるといふものは、天に生じた如くありがたい儀で、いかさま御代のかわったゆへか、内殿（内道場）も御前代の時より物ごと替ったやうに見ゆる。

〈見に……高く懸く〉 上の句をうけて、現在（「見に」）乾坤（天地）を開闢なされ、天子のあらたに御即位をなされたことゆへに、「内殿」の道場も御宸筆（天子の直筆）の額がかけてある。

〈行いては……筵に近づく〉 吾れ御近処役のことゆへに、天子の仙遊（仙界に遊ぶこと。ここでは内道場への行幸を指す）なさるる折には、不断（いつも）香輦（天子の乗物）に従い、御供を申し、いま此の道場に来たり坐しては、官僧たちの法華八講などを聞く。

〈自ら……在ることを〉 かやうな深恩を蒙り、不断侍従に陪し（おそば近くに仕え）、御前代より今当代、両朝の「聖人」天子の御前に振舞ふといふは、ありがたい儀と、自ら喜ぶ。

【補説】

「看」は、「まのあたり」の意。

「日月を題す」は、日月をそのまま額にしたかのように、額が立派であること。

「炉煙講法の筵」は、香炉の煙がたちこめる説教の席。

前の「紅楼院の応制」と合せて、『唐詩訓解』にいう。

已上二篇、辞極めて浅陋、本采るに足ることなし。李君（李攀竜）が選ぶ所なるを以て、姑く刪らず。

遙かに杜員外審言が「嶺を過ぐる」に同じうす

遙同杜員外審言過嶺　沈佺期

天長く地闊うして嶺頭分る　天長地闊嶺頭分
国を去り家を離れて白雲を見る　去国離家見白雲
洛浦の風光　何の似たる所ぞ　洛浦風光何所似
崇山の瘴癘　聞くに堪へず　崇山瘴癘不堪聞
南のかた漲海に浮む　人何れの処ぞ　南浮漲海人何処
北のかた衡陽を望めば　雁幾ばく群ぞ　北望衡陽雁幾群
両地の江山　万余里　両地江山万余里
何れの時か重ねて聖明の君に謁せん　何時重謁聖明君

〔題〕杜審言とともに南方に左遷せられ（本書1、一四四ページ参照）、審言が「嶺を過ぐ」と云ふ題で詩を作ったである。「遙かに」と云ふは、遠いに追思して、志を同じうするによって云ふ。

〔天長く……白雲を見る〕そこもとと同じく南方へ左遷せらるるによって、さだめて一つ処に居るであらうと思うたに、今この嶺頭にいたって見れば、思ひの外あてが違うてきて、土地もひろく、嶺もいくつともなく別れて、みなちりぢりに別れゆく。国を去り家を出でて、嶺に登って故郷を望めば、故郷は見へずして、ただ白雲のみ見ゆるである。

〔洛浦の……聞くに堪へず〕（ここらあたりは）洛陽の風景には一つも似たことがない。ただ気の毒な（つらい）ことは、南方へ左遷せらるると多くは瘴癘（熱病）にあてられて（「崇山」はハノイ付近の山）、生きて都へ帰るものは少ない。われらも死するであらうと思へば、（その話を）聞くに堪へぬ。

〔南のかた……幾ばく群ぞ〕ことにそこもとは、南方漲海（南シナ海）のはてしもない処に行きていらるるゆへ、どこにいるといふ居処も知れぬくらいである。南方の内でも北の方、吾がいる処の回雁峰のあたりまで、雁も少々づつ来ていれども、それより南へは一向雁が飛ばぬといふは、故郷へ便りのならぬ儀を云ふ。

〔両地の……君に謁せん〕今そこ元と江山万余里をへだてているが、いつ時分、罪を御免なされて、天子へ御目見をするであらうぞ。心細いことである。

【補説】

「北のかた……幾ばく群ぞ」。衡陽は、湖南省南部の町。その北に回雁峰という峰があって、北から渡ってくる雁はそれより南へは飛ばないという。原詩に「北のかた衡陽を望めば」とあるのを、国字解に「吾がいる処の回雁峰」というのは、中国の地理に不案内なまま適当に解釈したもの。一句の意は、北のかた衡陽の空にはどれほどの雁が飛んでいるだろう、自分のところまでは雁がこないにつけても、故郷との音信の断えたことを思い知らされる、ということ。

興慶池侍宴応制　　　韋元旦

滄池漭沆帝城辺
殊勝昆明鑿漢年
夾岸旌旗疏輦道
中流簫鼓振楼船
雲峰四起迎宸幄
水樹千重入御筵
宴楽已深魚藻詠
承恩更欲奏甘泉

興慶池にして宴に侍す。応制
滄池漭沆たり　帝城の辺
殊に昆明　漢年に鑿るに勝れり
岸を夾む旌旗　輦道を疏ち
中流の簫鼓　楼船に振ふ
雲峰四もに起りて宸幄を迎へ
水樹千重　御筵に入る
宴楽已に深うして魚藻詠ず
恩を承けて更に甘泉を奏せんと欲す

〔滄池……勝れり〕　起句の四字、『文選』（張衡「西京賦」）の字を用いて、「滄池」といへばただ海の如く広いこと、「漭沆」は水の青々とたたへてあること。しかも禁裏の御城の近くにある。ことにこの池（一二八ページ前出「竜池」のこと。玄宗即位ののち、名の隆基を憚って隆慶坊を興慶坊と改めた）は自然にできたものゆへ、（漢の）武帝の掘られた昆明池（本書1、二三三ページ参照）よりよい。

〔岸を……楼船に振ふ〕　天子の行幸のことゆへ、岸ぎわまで御幸路（「輦道」）がついて、みちの両がわには旌旗（旗さしもの）を立てならべて、格別に道を分けてつけてある。それより天子の御座船を中流にうかべて、打囃し（演奏）などをして、楼船（屋形船）をふるい動かすやうにあり。

〔雲峰……御筵に入る〕 風景を船の中より見れば、山々どもが高く起って、これ見て下されいと云ふまでにしている。楼船の帳をひらくと、山が直に見へ来たるにより、「迎ふ」と云ふ。水ぎは通りへ幾重ともなく植えてある樹木どもが、御目通りへ入り来たるやうに見へて、風景がいたってよい。

〔宴楽……奏せんと欲す〕 さるほどに、今日の御酒宴に長じ深くして（意味不明）、御楽しみなさるるやうすは、『詩経』（小雅）の「魚藻」の詩（周の武王の宴会の楽しさを詠じた詩）の如くである。それゆへに詩をつくりませいと仰せをうけたゆへ、及ばずながら（漢の）揚雄がまねをして、「甘泉」を奏しやうぞと。「甘泉」はこの詩をさして云ふ。（「魚藻」と）合せて諷意がこもっている。揚雄が「甘泉の賦」に、天子の御酒宴をさかんに云ひ立て（賛美し）、実は諷するのである。

【補説】

「雲峰」は、現代の注釈書は大むね「雲の峰」、すなわち「湧き立つ雲」と解する。国字解には「山々」といい、千葉芸閣の『唐詩選講釈』でも「雲のたなびく峰」という。

「宸幄」は、御座所（ここでは御座船）の帳。

「甘泉」。漢の成帝が、継嗣誕生を願って甘泉山で神を祭った時、揚雄が「甘泉の賦」を作って、漢室の万福をことほいだ。国字解に「(「魚藻」と）合せて諷意がこもっている」というのは、『唐詩訓解』の説である。『唐詩選講釈』にも、

揚雄が甘泉宮を賦して、天子の後嗣を求め玉ふを祝うて献ずるなれども、実は天子驕りを極め、益もなきことをなさるるを諷じたことである。此の詩も下心（真意）は諷じたぢゃ。

という。高木氏注には、「旧説は、結末の二句に天子の流連を戒しめる諷刺の意があるというが、いさ

さか穿ちすぎた解釈といえよう」と、否定する。

宴に安楽公主の新宅に侍す。応制

侍宴安楽公主新宅応制　　蘇　頲

駸駸たる羽騎　城池を歴
帝女の楼台　晩に向って披く
露灑いで　旌旗　雲外に出で
風廻って　巌岫　雨中に移る
軒に当って半ばは落つ　天河の水
径を遶って全く低る　月樹の枝
簫鼓　宸遊　陪宴の日
和鳴　双鳳　来儀を喜ぶ

駸駸羽騎歴城池
帝女楼台向晩披
露灑旌旗雲外出
風廻巌岫雨中移
当軒半落天河水
遶径全低月樹枝
簫鼓宸遊陪宴日
和鳴双鳳喜来儀

〔駸駸たる……晩に向って披く〕 天子の御成りゆへ、先払いの羽騎が馬をはやめて城池（城壁と堀）を経て来たるについて、公主（安楽公主。一二九ページ参照）も楼台を開いて待ちかけてござなされる。「羽騎」は、矢を負うている武士のこと。「駸駸」は、馬のいきって過ぐるをいふなり。

〔露灑いで……雨中に移る〕 折ふし小雨がふって、旌旗（旗さしもの）などもしっぽりと沾って雲外へ高う翻へり、小雨が風と一つに岩岫（高くそびえた岩）のあいだを吹きめぐり、だんだん先へ移るが見へる。

〔軒に当って……月樹の枝〕座敷の「軒に当って」真向ふの滝の水の落つるを見立てて、「天河」といふ。実は織女の居処と見る義ぢゃ。岸のまわりの径のわきへ植ゑてある樹木の枝をたれてある様子を、月宮殿（月の都にあるといふ宮殿）の桂に見立てて、まことに天女の住みかとおもはるる。

〔簫鼓……来儀を喜ぶ〕かやうな立派な座敷で天子の宸遊なされて、賑はしう打囃し（演奏）もあり、われわれまでも御酒宴にあづかり、公主御夫婦も双鳳（つがいの鳳凰）の和鳴する（声をそろえて鳴く）ごとく中よく威儀をととのへて、天子を御馳走なさるるは、喜ばしいことぢゃ。「来儀」と云ふは、鳳凰の羽つくろいして、聖人の世に出たことになり、今公主御夫婦、威儀をととのへて出ていさせらるることにもなり、秦の弄玉が故事（本書1、一三〇ページ参照）にもなる。

「春日、望春宮に幸する」を和し奉る。応制　　　蘇頲

東のかた望春を望めば　春　憐れむべし
更に晴日に逢うて　柳　煙を含む
宮中　下し見る　南山の尽くるを
城上　平らかに臨む　北斗の懸るを
細草　偏へに承く　回輦の処

奉和春日幸望春宮応制

東望望春春可憐
更逢晴日柳含煙
宮中下見南山尽
城上平臨北斗懸
細草偏承回輦処

飛花故落舞觴前
宸遊対此歓無極
鳥弄歌声雑管絃

飛花 故に落つ 舞觴の前
宸遊 此に対して 歓び極まりなし
鳥弄 歌声 管絃に雑はる

〔東のかた……煙を含む〕いま扈従（お供）して、滻水（長安東郊を北流する川）の西の岸にある望春宮より東の方を望めば、春のけしきもうららかに愛らしく、折ふし天気もよくて、柳も煙（霞、もや）を含み、よい景色である。

〔宮中……北斗の懸るを〕宮の高いを云ふ。この宮より見下せば、南山（長安の南方にある山）のはづれからはづれまでが見へ、城上（城壁の上）から平に見れば、北斗の高うかかってあるを、見下すやうにある。

〔細草……舞觴の前〕上には広大なことを云うて、ここでは小さいことをいふ。若草なども鳳輦（天子の御車）の来たるを迎へ承くるけしきに見へ、花も舞につれてわざと盃（「觴」）の中へ飛びこむである。

〔宸遊……管絃に雑はる〕この処へ天子の行幸ありて、景色に対して御きげんよく、面白きこときわまりなし。春のことゆへ、鳥のこころよく鳴く声と管弦とがひとつになって、ひとしほ面白い。

【補説】

「舞觴」は難解な語で、国字解の解釈は苦しい。千葉芸閣の『唐詩選講釈』には、「觴をあちらこちらと舞はす」ととっている。この句、『全唐詩』には「軽花微落奉觴前（軽花微かに落つ、觴を奉ぐる前)」とあり、この方が意が通じやすいので、高木氏注などはこのように本文を改めている。

「鳥弄、歌声」。「鳥弄」は「鳥哢（鳥のさえずり）」。国字解は「鳥弄」と「歌声」を同じものととっているようであるが、それは粗雑な解釈で、「歌声」は人の歌声ととるべきであろう。

「初春、太平公主の南荘に幸する」を和し奉る。応制

主第　山門　灞川に起り
宸遊の風景　初年に入る
鳳凰楼下　天仗を交へ
烏鵲橋頭　御筵敞かなり
往往花間　綵石に逢ひ
時時竹裏　紅泉を見る
今朝　扈蹕す　平陽館
羨まず　槎に雲漢の辺に乗ずることを

奉和初春幸太平公主南荘応制　　蘇頲

主第山門起灞川
宸遊風景入初年
鳳凰楼下交天仗
烏鵲橋頭敞御筵
往往花間逢綵石
時時竹裏見紅泉
今朝扈蹕平陽館
不羨乗槎雲漢辺

〔主第……初年に入る〕「山門」は、山荘と同じことで、公主（則天武后の娘。中宗の姉）の南荘の山屋敷（「主第」）を云ふ。都の南、灞水の近くの山に立ててある。今日、天子の行幸なされ、御遊興

あそばさるる。風景も、春のことゆへ何やかや春めいて（「初年に入る」。新年になる）面白いである。

〔鳳凰……做かなり〕鳳凰楼（秦の穆公の娘弄玉が簫史とともに住んだ楼閣。本書1、一三〇ページ参照）とも云ふべき公主の楼に、めづらしう天子の行幸のことゆへ、天仗（天子の儀仗）を交へ立ててある。「御筵」の御座敷（『唐詩選諺解』に「ヲザシキヨリ」）見れば、烏鵲橋（牽牛と織女を逢わせるため、烏鵲が天の川にかける橋）ともいふべき橋が、高く「做かに」立派に見ゆる。

〔往往……紅泉を見る〕庭の花木の間などを廻りて見れば、見事な石があちこちにある。「綵石」は五色の石で、織女の支機石（一五二ページ参照）を持ちこんでいふ。竹裏（竹林の中）に泉などがきれいに湧いてあるやうす。「紅」はうつくしい意。女中（婦人）の居処ゆへ、このやうにかざって云ふ。

〔今朝……乗ずることを〕かやうな処へはこの方一分（自分だけ）では来られぬが、天子の御供をして、何の苦もなく天の河に来たやうに思はるる。むかし槎に乗じて雲漢（天の川）に行くやうなこと（三七ページ参照）は羨しくもない。平陽公主は（漢の）武帝の女で、これも灞水の近処に屋敷（「平陽館」）があったゆへ、借り用ゆ。太平公主は、天子の伯母なり。

【補説】

平陽公主は漢の武帝の姉に当り、それゆえに中宗の姉の太平公主にたとえる意味がある。国字解に「武帝の女」というのは、『唐詩訓解』の誤りを踏襲したもの。「太平公主は、天子の伯母なり」というのも誤りである。

幽州新歳の作

去歳　荊南　梅　雪に似たり
今年　薊北　雪　梅の如し
共に知る　人事何ぞ嘗て定まらん
且つ喜ぶ　年華去って復た来たることを
辺鎮の戍歌　連日　動き
京城の燎火　明に徹して開く
遙遙として西のかた長安の日に向って
願はくは南山の寿一杯を上らん

幽州新歳作　　張説

去歳荊南梅似雪
今年薊北雪如梅
共知人事何嘗定
且喜年華去復来
辺鎮戍歌連日動
京城燎火徹明開
遙遙西向長安日
願上南山寿一杯

〔題〕　去年、荊南（湖南省岳陽）の暖かな処より北方の夷さかい（異民族との国境）幽州（現在の北京付近一帯）に来て、奉行になり、春のやうすを哀れんで作る。

〔去歳……梅の如し〕　去年は荊州の暖かな処にいたゆへ、冬の中より梅が咲いて、雪に似てあったが、今年は薊北幽州の至極さむい処へ来てみれば、春も雪を下して、まっ白く枝についてある。きつい違いである。

〔共に知る……来たることを〕　上の二句を括って、いかさま、このやうにうろたへて（放浪して）いるが、人事のさだめないと云ふことは兼ねて知っている。且つ喜ぶ、なるほど、この人事の定まらぬが面白い。此の年が暮れて来年にもなったならば、都へ召し返されうも知れぬ。

〔辺鎮の……明に徹して開く〕　われ辺塞（国境のとりで）の押へ（防衛の責任者）になっていれば、聞きなれぬ戍歌（兵士の歌）を毎日々々聞いている。春めかしいことはない。今正月のことゆへ、京城（長安の都）には庭にかがり火を夜の明くるまで焚き通し、さぞ盛んなことであらう。

〔遙遙として……一杯を上らん〕　いま、遙かにへだててあることゆへ、せめての志に西の方長安の日に向って、ただゆくことはならぬ、願はくはどうぞ天子に寿を上げたいものであると、君を忘れぬ志をいふ。「長安、日に近し」といふ語があるによって、「日」といへば天子へあてて云ふ。

【補説】

「且つ喜ぶ……来たることを」。現在、新年を迎えたばかりであるのに、国字解に「此の年が暮れて来年にもなったならば……」と解するのはどうであろうか。『唐詩訓解』に「独り年華の去来、其の常度を失はず」とあるごとく、人事と異なり四季の去来には定めがある、ととるのが素直であろう。

「南山の寿一杯」。高木氏注に「南山のごとき聖寿の万歳を祈る祝酒の一杯」と。「南山の寿」は『詩経』小雅「天保」に見える語。南山（長安南郊の山）は永遠に続くめでたい山と考えられていた。

滃湖山寺　　張　説

空山寂歴道心生

虚谷迢遙野鳥声

滃湖山寺

空山寂歴として道心生ず

虚谷迢遙たり　野鳥の声

禅室　従来　雲外の賞　　　　禅室従来雲外賞
香台　豈に是れ世中の情ならんや　　香台豈是世中情
雲間　東嶺　千重出で　　　　雲間東嶺千重出
樹裏　南湖　一片明らかなり　　樹裏南湖一片明
若し巣由をして此の意を同じうせしめば　　若使巣由同此意
蘿薜を将て簪纓に易へじ　　　不将蘿薜易簪纓

〔題〕南方、滬湖（湖南省岳陽の南の湖）山あたりの役人になっていると見へる。山寺へ上って作る。

〔空山……野鳥の声〕今この寺に来てみれば、すきともの音もせぬやうに静かな（「寂歴」）ゆへ、どこともなく仏道を慕ふ道心が生じてきた。何もない谷あいをのぞみ見れば、何とも知らぬ鳥の声がする。

〔禅室……世中の情ならんや〕なるほど道心の生ずるはづである。禅室（寺院）といふは、もとより世間を離れた雲外に座しているやうに思はれて、なかなか面白い。この「香台」の寺といふものが、世間の情を離れたものゆへに、道心が生ずるはづぢゃ。

〔雲間……一片明らかなり〕この寺より東の方を見れば、雲の間より山々が幾重ともなく見へ、樹木の間に、湖水が皆は見へぬやうに、明らかに見へるゆへ、「一片」と云ふ。

〔若し……簪纓に易へじ〕いにしへ巣父・許由（ともに古代の隠者）が山隠りをしたを高いことのやうにいふが、われらは高しとせぬ。なぜなれば、われは官人でいながらも道心を生じた。隠者装束（「蘿薛」）をもって官人の冠（「簪纓」）に易へて、引込みはせぬはずのことなれば、窮屈に（隠者になって官位を捨てなければと固苦しく考えて）引込むには及ばぬ。やはり官人でありながらも、このやうな処へ来れば、隠者の趣きに違いはない。

【補説】

最後の二句の解釈には諸説ある。高木氏注には次のようにいう。

　巣父や許由といった昔の隠者たちに、もし、今の私がひたっているのと同じ気持にならせてみたら、決して隠者の衣を官服にとりかえたりはしないであろう。という二句は、隠者ならぬ私ではあるが、この気持、つまり道心にひたっているかぎりは、彼等同様、今のこの境涯を官服にかえようなどとは思わないと、道心にひたる喜びを詠じたものである。

国字解の解釈は字面に素直に沿ったものということができる。『唐詩訓解』では、

　蘿薜・簪纓、一切皆幻なり。当に彼を以て此れに易へざるべし。然れども説く、方に（作者は）遷謫して（左遷されて）猶ほ簪纓を恋ふ。豈に真に道を悟る者ならんや。

と、仏教臭の強い解釈を下し、かつそれを真の悟道ではないといって批判する。

遙同蔡起居偃松篇　　張説

遙かに蔡起居が「偃松篇」に同じうす

清都衆木総栄芬

清都　衆木　総て栄芬

伝に道ふ　孤松最も群を出づと
名は天庭に接して景色多く
気は宮闕に連なって氛氳を借る
池に懸って的的として華露を停め
偃蓋　重重　瑞雲を払ふ
流膏の仙鼎を助くることを惜しまず
願はくは楨榦を将て明君に捧ぜん

伝道孤松最出群
名接天庭多景色
気連宮闕借氛氳
懸池的的停華露
偃蓋重重払瑞雲
不惜流膏助仙鼎
願将楨榦捧明君

〔題〕「蔡」は氏、「起居」は御近処役（天子に近侍する役）。禁裏の起居がいる役処の庭に松があるをほめて、起居に比す（なぞらえる）。「偃松」といふは、笠松の枝の横に臥してあるを云ふ。

〔清都……群を出づと〕「清都（本来は天帝の都の意）」といふ文字があるゆへ、（借りて）云ふ。都は衆木もすべて格別にすぐれ、よい（「栄芬」。かぐわしく栄える）と云ひながら、そこもとの孤松は中にも群を出てよいと聞いた。そこもと、すぐれた人とうけたまはった。

〔名は……氛氳を借る〕（その松の）名は天子の御筵（御座所）に近いことゆへに、天子の御覧に入りて、ひとしほ景気もすぐれた。気は天子の目出度い氛氳の（盛んな）気を借りて育つことゆへ、格別によい。この二句も、起居が天子の気に入って、名の高くなるに比して云ふ。

〔池に……瑞雲を払ふ〕この松の下枝が池の方へさしかかってあるについて、池の水を吸いあげて、きらきら（「的的として」）露を停めてある。「華」とは露の光をいふ。上枝は幾重ともなく笠のやうになって高く、天子の目出度い瑞雲の松である。

〔流膏の……明君に捧ぜん〕　天子の仙薬を御練りなさるる時分は、松やに（「流膏」）がいるについて、この偃松より取らうとあっても、少しも惜しむ気はない。松脂はをろか、御用とあれば直ちに木（そのもの）をもさし上げて御奉公申す処存といふて、実は「流膏の仙鼎を助く」といふは、平骨を折って（「骨を折って」の意か）勤める気。「植榦（支柱の意）を将て」とは、何ぞの時には命をもさし出して御奉公申す処存の人と、起居に比していふ。

【補説】

「宮闕」は、宮殿。

「偃蓋」は、松が枝を広げて蓋を偃せたようなさまになること。

「仙鼎」は、仙薬を練るのに用いる鼎。

奉和春日出苑
矚目応令　　賈曾

銅竜暁闢問安迴
金輅春遊博望開
渭水晴光揺草樹

「春日、苑に出でて矚目する」を和し奉る。応令

銅竜　暁　闢いて安を問うて迴る
金輅　春遊んで　博望開く
渭水の晴光　草樹を揺かし

終南の佳気　楼台に入る
賢を招いて已に商山の老を従へ
乗を託して還って鄴下の才を徴す
臣　東南に在って独り留滞す
忻ぶらくは睿藻の日辺より来たるに逢ふことを

終南佳気入楼台
招賢已従商山老
託乗還徴鄴下才
臣在東南独留滞
忻逢睿藻日辺来

〔題〕この詩、『訓解』の註がよくない。これは、太子の苑に出でて矚目なされた御作を和しませい（唱和せよ）とある令に応じて、和するである。「矚目」は、そのあたりに目をよせて見ること。「令」とは、太子・皇后の御言葉を令と云ふ。「教」といへば、諸侯・王の御言葉のことになる。賈曾は太子つきのものなれども、御用で外へ出ていて作る。

〔銅竜……博望開く〕さて太子が早朝に銅竜門を通って、出御（天子のおでまし）はまだかと「安を問ふ」（天子の）御きげんを伺うて帰らるる。そのついでに、金輅（黄金で飾った車）に召して御苑に春遊なされ。博望苑と云ふは、漢の武帝の苑の名ぢゃ。故に借り用いて云ふ。

以下の二句は、此の御意で（この御命令によって）、その時はかうあらうと思ひやっていふ。

〔渭水……楼台に入る〕渭水（長安の北を東流する川）の晴やかな晴光が御苑の草木に映らうて、直に渭水が庭の中にあるやうに思はれ、終南山（南山。長安南方の山）の目出たい気が、楼台に乗りこんでくるやうに見へる。題の「矚目」といふはここぢゃ。

以下の二句、御供に出た者をほめていふ。

〔賢を……才を徴す〕 御苑へ御遊輿に御出でなさるるにも、御守りになる四皓（秦の始皇の暴政をのがれて商山に隠棲した四人の賢者。のち漢の高祖の太子に仕えた）のやうの老人を召しつれられる。太子は学文好きゆへ、副え乗り車（随行の車）などへも書物を乗せて（魏の文帝の太子時代の故事）、いづれもすぐれた才人を連れられ、詩文を作らるる。故事は二つともに『世説』（『世説新語』）にあり。

〔臣……逢ふことを〕（自分は）東南の遠国に滞留（滞在）して、御供をせぬといふは、残念とは云ひながら、太子のすぐれた御作（「睿藻」）に逢ふと云ふは、喜ばしいことである。

【補説】

国字解の冒頭に、「『訓解』の註がよくない」という。『唐詩訓解』では、「太子は広く才人を求められる。ゆえに東南に滞留していた自分も都へ呼びよせられ、抜擢された」と解して、すなわち第六句と第七句に強い因果関係を読みとろうとする。しかし第八句に「太子の御作が日辺（長安）から送られてきた」とあるから、作者が都へ呼びよせられたと解するのは無理である。

「鄴下の才」。三国時代、魏の都の鄴に集まっていた才子たち。文帝曹丕や弟の曹植の庇護を受けた。

奉和初春幸太平公主南荘応制　　李邕

「初春、太平公主の南荘に幸する」を和し奉る。応制

伝聞銀漢支機石
伝に聞く　銀漢の支機石

復見金輿出紫微
復た見る　金輿　紫微を出づることを

織女橋辺　烏鵲起ち
仙人楼上　鳳凰飛ぶ
流風　座に入って歌扇を飄へし
瀑水　階に当って舞衣に濺ぐ
今日還って牛斗を犯して
槎に乗じて共に海潮に泛んで帰るに同じ

織女橋辺烏鵲起
仙人楼上鳳凰飛
流風入座飄歌扇
瀑水当階濺舞衣
今日還同犯牛斗
乗槎共泛海潮帰

〔伝に……出づることを〕　公主を織女に比して云ふについて、いにしへ海辺の人が天河（「銀漢」）に到って、織女の機石（支機石。織女が機の動揺を支えた石）を貰うたといふが、今公主の庭の石を見れば、これは支機石といふものでもあらうかと、庭の挨拶（ほめ言葉）をして、その上、天子の御成りの時、紫微宮（天帝の宮殿。宮城をたとえていう）を出てこの処へ行幸あると云ふは珍しいことと、風景によそへて云ふ。

〔織女橋辺……鳳凰飛ぶ〕　織女橋（烏鵲橋。一四三ページ参照）ともいふべき橋の下には、烏鵲が飛び立つやうにして居り、仙人楼（鳳凰楼。一四三ページ参照）ともいふべき楼には、鳳凰が飛ぶやうに見える。

〔流風……舞衣に濺ぐ〕　滞りなく風がそよそよと座敷へ吹き入って、（歌妓が）顔にあてて歌っている団扇を飄へして、いよいよ風流である。泉水に落ちこむ滝水が、階のもとまで流れて、舞子の衣裳へそそぎかけるやうに見へて、いよいよ面白い。

〔今日……帰るに同じ〕「今日」は、古へ槎に乗って織女のいる天の河に至って、海へのり出して帰ったものがあったと云ふが（三七ページ参照）、今日わがここに来たれば、それとちゃうど同じことである。「犯す」といふは、挨拶（謙遜の言葉）で、来るまじき処へ来たを云ふ。「牛斗（牽牛と北斗）」も、（公主の屋敷なので）「織女」といふべき筈なれども、（第三句と重複して）言葉が拙くなるゆへ「牛斗」と置いたものぢゃ。

左司張員外「洛より使して京に入り、中路にして先づ長安に赴き、立春の日に逢ひ、韋侍御及び諸公に贈る」を和す。

忽ち雲間数雁の廻るを覩る
更に山上一花の開くるに逢ふ
河辺の淑気　芳草を迎へ
林下の軽風　落梅を待つ
秋憲府中　高唱入り

和左司張員外自洛使入京中路先赴長安逢立春日贈韋侍御及諸公　孫逖

忽覩雲間数雁廻
更逢山上一花開
河辺淑気迎芳草
林下軽風待落梅
秋憲府中高唱入

春卿署裏和歌来　春卿署裏（しゅんけいしょり）　和歌来たる
共言東閣招賢地　共に言ふ　東閣　賢を招く地
自有西征作賦才　自（おのずか）ら西征　賦（ふ）を作る才有りと

〈題〉「洛より使する」といふよりして、張氏が題（唱和の対象となった張員外の詩の題）なり。「洛陽より御用で出て、中路（途中）から外のものより先に西の方（かた）長安の都へ来て、立春に逢ひ、韋侍御及び諸公に贈る」作を、和するのである。題に気を付けて見ねば、知れぬ。

〈忽ち……開くるに逢ふ〉中路にして先づ長安に赴くといふからして（といふことを最初に）云ひ出だすことゆへに、（春になって）雁の帰るに云ひなして、「数雁」といふは、大勢つれ立って来るべきものが、中路より張氏が先立って来たものゆへに、「数」といふ。次の句は、立春といふことをきかせる。春とは云ひながら、立春のことゆへに、山に花が沢山には咲かぬ。ただ一花の開くに逢ふ。

〈河辺の……落梅を待つ〉河辺の春の暖かな淑気（温和な気）が、芳草に早う生（は）へ出でよかしと迎へているを云ふ。「迎ふ」とは、吾（わ）がゆく先々に芳草が生えてあるゆへに、「迎ふ」と云ふ。林下に冬から咲いてある梅の花なども盛りが過ぎて、軽風が吹いたらば直（ただ）ちに散らうと云ふやうにして待っている。

〈秋憲府中……和歌来たる〉これより以下、『訓解（きんかい）』の註がよくない。御史（ぎょし）（官吏の罪を正す官）の役処（やくしょ）を秋憲といふについて、題の「韋侍御」といふがこれぢゃ。礼部（儀式をつかさどる官）の別称を春卿といふについて、題の「諸公」の中に、礼部郎の官の者があると見ゆる。韋侍御の処（ところ）へ、そこもとの詩のすぐれたる処の「高唱」が入り（届けられ）、そこもとのがよいゆへに、春卿署裏の歴々たちが和作（唱和の詩を作ること）をせられた様子、すぐれたことである。

〔共に……才有りと〕それゆへに、「東閣」丞相方の歴々どものいふ評判にも、そこもとのことは、（「征西賦」を作った晋の）潘安仁が才にも劣らぬと云うてほめらるる。これまた題の「洛より（西へ旅して）京に入る」といふを、「西征」というてきかせたものぢゃ。むつかしいことである。

【補説】

国字解に「これより以下、『訓解』の註がよくない」と。『唐詩訓解』には次のごとくある。

春卿署は、遜以て自ら謂ふ。己れ詩を以て張に報ずるに因っての故に、「歌を和し来たる」と云ふ。すなわち第六句の主体を作者孫遜自身と解するのであるが、本書のみならず、現代の諸注もその解釈はとらない。

「共に言ふ、東閣、賢を招く地」。人々はいっている、東閣は賢者を招く場所であると（だからあなたはやがて宰相に招かれて、出世することだろう）、の意。国字解は「言ふ」の主語を誤っている。「東閣」は、漢の宰相公孫弘の屋敷。弘は天下の賢者を盛んに招いた。

黄鶴楼　　崔顥

昔人已に白雲に乗じて去る
此の地　空しく余す　黄鶴楼
黄鶴一たび去って復た返らず

黄鶴楼

昔人已乗白雲去
此地空余黄鶴楼
黄鶴一去不復返

白雲千載　空しく悠悠
晴川歴歴たり　漢陽の樹
芳草萋萋たり　鸚鵡洲
日暮　郷関　何れの処か是なる
煙波　江上　人をして愁へしむ

白雲千載空悠悠
晴川歴歴漢陽樹
芳草萋萋鸚鵡洲
日暮郷関何処是
煙波江上使人愁

〔題〕これ評判のある詩で、歌行（口調のよい長詩）に近い。なるほど風調の高い詩ぢゃ。

〔昔人……黄鶴楼〕むかしこの処（湖北省武昌、揚子江のほとり）へ仙人が来たり遊んで、黄鶴に乗じて去った。今この地に空しく残ってあるものは、黄鶴楼ばかりで、仙人は再び来たらぬ。

〔黄鶴……空しく悠悠〕仙人の乗った鶴も、再び来たらず。その時より易らぬものは、白雲のみぢゃ。千載を空しく悠々と、限りもないことぢゃ。

〔晴川……鸚鵡洲〕黄鶴楼より見下せば、川の面もはっきりと見へわたり、漢陽（揚子江をへだてて武昌の対岸の町）の樹木が「歴歴として」数へらるるやうに見へる。昔、黄祖（漢末の江夏の太守）の禰衡を殺した鸚鵡洲（武昌の西南。揚子江の中洲）の方を見れば、芳草のみ萋々と（盛んに茂るさま）はえて、「鸚鵡の賦」を書いた禰衡は見へぬ。

〔日暮……愁へしむ〕楼に上って、暮方になったゆへ故郷が恋しうなり、思ひ出し思ひ出し望んで見れども、「何れの処か是なる」、どこも知れぬ。ただ江上の煙波（もやのかかった川波）のみが目にふれて、いろいろの愁へが起って来るは、何ぞといふに、昔人は去り、黄鶴は来たらず、禰衡は居らず、故郷をのぞめば煙波のみが目にふるるゆへ、「煙波江上が我を愁へさせる」といふが、「使」の字である。

【補説】

黄鶴楼の由来は『武昌志』に伝えられていて、次の通りである。

江夏郡に辛氏という酒店があった。ひとりの仙人が来て酒を乞うたところ、辛氏は少しもいやな顔をせず、望まれるままに飲ませてやった。半年ほどたって、仙人は酒代に払う金がないからといって、壁に黄色い鶴を描いて立ち去った。人が手をうって歌うと、その画中の鶴が舞うので、見物客がおしかけて店が繁昌し、辛氏は大金持になった。ある日、例の仙人がまた現れ、笛を吹くと、空から白雲が下りてきた。仙人は鶴にまたがり、白雲に乗じていずこともなく飛び去った。辛氏は楼閣を建てて、黄鶴楼と名づけた。

行経華陰　　崔顥

岧嶢太華俯咸京
天外三峰削不成
武帝祠前雲欲散
仙人掌上雨初晴
河山北枕秦関険

華陰を行経す

岧嶢たる太華　咸京に俯す
天外の三峰　削るとも成らず
武帝祠前　雲散ぜんと欲す
仙人掌上　雨初めて晴る
河山　北のかた秦関に枕んで険に

駅路　西のかた漢時に連なって平らかなり　　駅路西連漢時平
借問す　路傍　名利の客　　借問路傍名利客
此の処　長生を学ぶに如くはなし　　無如此処学長生

〔岩嵬たる……削れども成らず〕秦の咸陽（秦の都。ここでは長安をいう）といふがあるにより、「岩嵬」と高い太華山（長安東方の山。「華陰」はその北麓の町）が都の方へうつむきかかってあるやうに見へて、太華の嶺の三峰が何れも高く、天の上までもとどきそうにあるのが、人の細工に削りたてたと云うて出来るものではない。蓮花・毛女・松檜の三峰を、古人が「（造化の神が）削り成した」と称するゆへ、文字を折用した（「削成」の二字を分けて用いた）。

〔武帝祠前……雨初めて晴る〕向ふを見れば、漢の武帝の仙人を祭られた祠に、雲の掩いかかってあるも見へ、同じく武帝の建てられた仙人の掌なども、雨が晴れてはっきりと見へる。

〔河山……平らかなり〕山川は北の方を推し廻して（「うねって続き」の意か）、秦関（秦代に置かれた関所。華陰の東北の潼関をいう）の方へ高うさかのぼって、険しう見へ。「枕む」と云ふも、高いものを乗する気味合ひぢゃ。駅路は西の方漢時の方へ続いて、真っ平らに見へる。「時」といふは、神を祭る地形を指して云ふ。時に当時（当代）の天子の仙人祭をして置く処を云ふと見ゆる。

〔借問す……如くはなし〕今われこの処に来て、路の傍を行いて名利を求むる者どもが、何か忙がしそうにかけまわり、静かな処の山を見ずに通る。たわいもないことぢゃ。わが思ふには、このもの静かな処へ引きこんで、長生不死の仙術を学んだら、この上はあるまいと思ふ。

【補説】

「雲散ぜんと欲す」。雲が散り失せようとしている、の意であって、「雲の掩いかかってある」という国字解は正反対である。

「仙人掌」は、華山の中腹にある崖の名称で、『唐詩訓解』にも『華山志』を引いて「仙掌・石月の勝」とある。前出（四八ページ）の「高掌」と同じもの。国字解に「武帝の建てられた」というのは誤りであるが、右の「高掌」の国字解ではそういっていないので、前項「雲散ぜんと欲す」と合せて、ここの国字解が南郭の講釈でないことは明らかである。

金陵の鳳凰台に登る

鳳凰台上　鳳凰遊ぶ
鳳去り台空しうして江自ら流る
呉宮の花草　幽径に埋み
晋代の衣冠　古丘と成る
三山半ばは落つ　青天の外
二水中分す　白鷺洲
総て浮雲の能く日を蔽ふが為に

登金陵鳳凰台　　李白

鳳凰台上鳳凰遊
鳳去台空江自流
呉宮花草埋幽径
晋代衣冠成古丘
三山半落青天外
二水中分白鷺洲
総為浮雲能蔽日

長安見えず　人をして愁へしむ　　長安不見使人愁

〔題〕 李白が黄鶴楼へ来て（詩を）作らうと思ふ時に、先達って崔顥が来て作った詩（一五五ページ参照）を見るに、はなはだよくできたゆへ、それより取ってかへして、この鳳凰台へ来て作った。その評判が『三家詩話』（補説参照）などにもある。

〔鳳凰台上……江自ら流る〕 この金陵（現在の南京）の、鳳凰の出て遊んだと云ふ処が、今は鳳凰が飛び去って、江水の空しく流るるを見るのみである。

〔呉宮……古丘と成る〕 見下す処、いにしへ呉王夫差の宮殿の花草のやうなものも幽径（奥深い小道）に埋み、塵になってしまうた。六朝 晋の時の歴々（高官）も古丘となって、跡方もない。

〔三山……白鷺洲〕 応天府（金陵を統治する役所）の西南の三山が、半ばは雲に掩はれてあり、半分空よりぶらりと下ったやうに見へ、（川が）句容・溧水の両山の間より流れて、建康（金陵）に到って流れを分けて、白鷺洲をとりまわして（はさんで）流れるを、見のぞむ処の景色である。

〔総て……愁へしむ〕 都を見のぞまんと思へども、浮雲といふものが日を蔽い暗まして、長安を見せぬについて、人をいろいろに愁へさせるといふて、実は、高力士（玄宗の佞臣。李白のことを讒言した）などがやうな讒者にたとへ、「日」といへば、天子玄宗のことになる。讒者といふものは、よく君の心を蔽い暗くするものゆへに、わが如きものもこのやうにうろたへている（都を離れて放浪している）と云ふは、悲しいことぢゃ。「使」と云ふ字については、元美が詩話にはむつかしう論じてあるが、南郭先生はとらぬ。

【補説】

この詩と崔顥の七言律詩「黄鶴楼」との関係について、国字解に「その評判が『三家詩話』などにもある」と。『三家詩話』は、荻生徂徠門下の石川大凡が厳羽の『滄浪詩話』（本書1、解説八ページ参照）と徐禎卿の『芸苑談』と王世懋の『秇圃擷余』の三つの詩論を収めて、享保十一年（一七二六）に刊行した書である。ここにいう「評判」は、『秇圃擷余』に見える。大意を掲げると、

崔顥が黄鶴楼を詠んですぐれた詩を作ったので、黄鶴楼の詩を作ろうと思っていた李白は先をこされて気落ちして、かわりに鳳凰台の詩を作った。識者は、李白の詩のはじめの六句は崔顥の詩に及ばないが、最後の二句の慷慨の趣きは崔顥の詩にまさっていると評する。しかし私は最後の二句についても、李白の詩は崔顥の詩に劣ると考える。崔顥の詩の「日暮郷関」は興（暗喩）であり、李白の詩の「浮雲蔽日」は比（直喩）である。「使二人愁一（人をして愁へしむ）」の三字は共通するが、どちらの場合の方が妥当な用い方であろうか。「日暮郷関」と「煙波江上」は、本来、指すところがない。登臨する者においておのずから愁えが生ずるのである。ゆえに「使二人愁一」は、煙波が人を愁えしむるのである。「浮雲蔽日」と「長安不レ見」は、作者がみずから愁えを起すのである。これを表現するのに「使」という文字を用いるのが、妥当であろうか。

最後の句についての国字解に、「元美が詩話にはむつかしう論じてあるが」というのも、右の論を指す。ただし「元美」は誤りで、「敬美」とあるべきである。王世懋は、李攀竜と並ぶ明の古文辞派の指導者王世貞の弟で、字は敬美。元美は王世貞の字である。

「鳳凰台」。南朝、宋の元嘉年間（五世紀中ごろ）、金陵の西南の山に鳳凰が沢山集まったので、人々は山上に台を築き、鳳凰台と名づけた。李白の時代には台は滅び、遺跡が残っていた。

「呉宮」。金陵は東晋以来、南朝の諸王朝の都であるから、ここで呉宮というのは、呉の孫権がこの地に築いた宮殿を指すのでなければならない。国字解に「呉王夫差の宮殿」というのは、南郭の説であるはずもない誤りである。千葉芸閣の『唐詩選講釈』に、「呉宮を呉の夫差の故事をとるは一笑なり」と。「二水中分す、白鷺洲」。二水は、秦水・淮水の二つの川。中ほどで二つの川に分れて、白鷺洲（中洲の名）をはさむ、の意。

早に大明宮に朝して
両省の僚友に呈す　　賈至

銀燭　天に朝して　紫陌長し
禁城の春色　暁蒼蒼
千条の弱柳　青瑣に垂れ
百囀の流鶯　建章を遶る
剣佩の声は玉墀の歩に随ひ
衣冠の身は御炉の香を惹く
共に恩波に沐す　鳳池の上
朝朝　翰を染めて　君王に侍す

早朝大明宮
呈両省僚友

銀燭朝天紫陌長
禁城春色暁蒼蒼
千条弱柳垂青瑣
百囀流鶯遶建章
剣佩声随玉墀歩
衣冠身惹御炉香
共沐恩波鳳池上
朝朝染翰侍君王

〔題〕「両省」は、中書省・門下省なり。

〔銀燭……暁蒼蒼〕まだほの暗いうちに参内する（「天に朝す」）ゆへ、結構な蠟燭をとぼし、参内の道（「紫陌」。宮城に向う大路）の間も遠く、御城まわりの樹木も盛んに繁りて、暁方のことゆへ、城辺もほの黒うて、蒼々と見ゆる。

〔千条の……建章を遶る〕青瑣門（宮城の門。連鎖模様を彫刻して青く塗ってある）のあたりに植えてある柳なども、幾すぢも枝が長くたれてある。「囀」は、鳥のさへづる声。「流鶯」といへば、鶯がいくつも繞って、建章宮のまわりをとりまわして（ぐるりとめぐって）さへづる。

〔剣佩の……香を惹く〕官人の帯びている佩玉の声が、皆よき順に立ち並んで、御殿の前のたたき土（「玉墀」）の上などを足をそろへて通るによって、その歩みにしたがって玉が鳴る。それより御殿へ上ると、直ちに御前近くつとめることゆへに、天子の御炉の香の匂ひが手前の装束にとまる。

〔共に……君主に侍す〕そなた衆もろともに天子の恩波に沐浴して（御恩をうけて）、中書の役をつとめていることゆへ、毎朝々々詔の下書をする筆を染めて、君王の側にいるといふものは、仕合せなことと存ずる。鳳凰池といへば、中書の役処のことになる。「池」といふにより、「波」とつがうた（縁のある語を出した）ものぢゃ。

【補説】

この詩に対する王維と岑参の唱和の詩が、一六四・二〇六ページに見える。

「鳳池」。『晋書』荀勗伝にいう、荀勗が中書省から尚書令に栄転した時、人が賀すると、「我が鳳凰池を奪ふ。諸君、我を賀せんや」といって、むしろ悲しんだと。当時、中書省に池があり、中書省の役人は天子に接することが多いので、その光栄を表すため、池を鳳凰池といったものである。

王維

賈至舎人「早に大明宮に
　朝する」の作を和す
絳幘の鶏人　暁籌を報ず
尚衣方に進む　翠雲裘
九天の閶闔　宮殿を開き
万国の衣冠　冕旒を拝す
日色纔かに仙掌に臨んで動き
香煙　袞竜に傍うて浮ばんと欲す
朝罷んで須べからく五色の詔を裁すべし
珮声帰り到る　鳳池頭

和賈至舎人早
　朝大明宮之作
絳幘鶏人報暁籌
尚衣方進翠雲裘
九天閶闔開宮殿
万国衣冠拝冕旒
日色纔臨仙掌動
香煙欲傍袞竜浮
朝罷須裁五色詔
珮声帰到鳳池頭

〔絳幘……翠雲裘〕　賈至舎人が（「早に大明宮に朝す」という）詩の和作である。赤い頭巾のやうなもの（「絳幘」）をかぶっていて、時を告ぐる者ゆへに、「鶏人」といふ。それが暁方を告げ、夜明けでござると天子へ時を告ぐる。そこで女官（「尚衣」。天子の衣冠をあつかう女官）たちが天子へ装束を召させ。「翠雲裘（翠の糸で雲の模様を縫った毛皮の衣）」は、天子の装束の立派な様子をほめていふ言葉なり。

〔九天……冕旒を拝す〕 朝儀の庭をいふ。夜が明けはなるると、御門（「閶闔」。本来は天帝の宮殿の門）をはじめ御殿々々の戸もぐはらりと推し開くと、万国の官人たちが「冕旒」の冠を召してござる天子を拝し。「九天」といへば、禁裏をしくるめて（ひっくるめて）云ふ。

〔日色……浮ばんと欲す〕 「纔か」の字、ここでは「まさに初めて」といふ意になる。冕旒を拝し、頭をあげると、まさにはじめて、ずっと仙掌（漢の武帝が建てた承露盤。二三九ページ参照。上に仙人が掌に玉杯をささげる像が置かれていた）の上に日のさすが見へ、朝日が出たものゆへに、御炉の香の煙の（天子の御衣にそって）立ちのぼる様子が見へる。

〔朝……鳳池頭〕 一通り朝儀がすんでも、舎人あとに残って、天子の詔の下書せねばならぬ。それもすむと、やはり手前（自分）のいる侍中の役処へ帰る。「五色」と云ふも、ただ詔のことを美しく云ふためで、昔よりあると云ふ言ぢゃ。

【補説】

「暁籌」。水時計にさして時刻をはかる目もり棒を「籌」という。暁籌で「夜明けの時刻」の意。

「袞竜」は、天子の礼服。竜の模様が刺繡してある。

「五色の詔」は、五色の紙に書いた詔勅。北朝の後趙の主石虎は詔勅を下す時、五色の紙に書いた。

「裁す」は、文章を草することを、はさみで衣を裁つことにたとえていう。

「珮声」は、腰にさげた佩玉（飾り玉）の音。歩くと互いに触れ合って鳴る。

最後の句、国字解では、詔勅を草してから中書省（鳳池）へもどる、ととっている。『唐詩訓解』も現代の諸注も、詔勅を草するために中書省へもどる、と解しているから、国字解の説は誤りであろう。

太常韋主簿五郎が　　和太常韋主簿　　王維
「温泉の寓目」を和す　　五郎温泉寓目

漢主の離宮　露台に接す　　漢主離宮接露台
秦川　一半　夕陽開く　　秦川一半夕陽開
青山尽く是れ朱旗繞り　　青山尽是朱旗繞
碧澗翻って玉殿より来たる　　碧澗翻従玉殿来
新豊樹裏　行人度り　　新豊樹裏行人度
小苑城辺　猟騎回る　　小苑城辺猟騎回
聞説く　甘泉　能く賦を献ずと　　聞説甘泉能献賦
懸かに知る　独り子雲が才有ることを　　懸知独有子雲才

〔題〕「寓目」とは、『左伝』（僖公二十八年）にもある通り、目をよせて（目をとめて）見るを云ふ。

〔漢主の……夕陽開く〕漢の文帝、（長安東郊の驪山の頂上に）露台を建てるつもりであったが、百金の費へを惜しまれて、やめられた。漢王を借りて当時（現在）を諷ずる。今の温泉宮は古へ露台のあったあたりまで引続いてあり、秦川は幅の広い川であるに、あまり離宮が立て並べてあるゆへに、半分は夕日がさして、半分は離宮に掩はれてある。

〔青山……玉殿より来たる〕どこもかしこも山々で、御成の御殿が立ててあるゆへに、「朱旗（天子の行列の旗）繞る」といふ。小谷（「碧澗」。みどりの水をたたえた谷川）などの上にも、玉殿がかけ作りにしてあるゆへ、水が流れて出づる。

〔新豊樹裏……猟騎回る〕新豊（驪山の北にある町）あたりは、もとより繁昌な処であるに、この間（近ごろ）は別して人通りが多い。「小苑」、これも離宮で、猟などする者が大勢往来するである。

〔聞説く……才有ることを〕このごろ聞けば、（漢の揚雄、字は子雲の）「甘泉の賦」（にも匹敵する作品）を作られたげな（一三八ページ参照）。今どきは諫書（天子を諫める文章）などを差し上ぐる人はないに、そこもとは揚子雲が才にも劣らぬ人であると、主簿への挨拶なり。

【補説】

「温泉」。唐の太宗が驪山に離宮を置き、温泉宮と呼ばれていたが、玄宗の時、華清宮と改名された。

第一句。国字解が「漢王を借りて当時を諷ずる」というのは、『唐詩訓解』に、

　此れ当時離宮の盛を刺って、漢主を借りて以て明皇（玄宗）を指す。

とあるのによる。現代の注釈書は大むね、特に諷刺を読み取ろうとはしていないようである。

「秦川、一半、夕陽開く」。国字解に「半分は離宮に掩はれてある」というのは、『訓解』も同様で、第一句を贅沢な離宮への諷刺と解する文脈の上にあるものであるが、どうであろうか。高木氏注にはいう、「この一句は、古来はなはだ有名な句であり、暮靄につつまれて暮れゆく秦川平野の一半が、落日の余光にまぶしく照らしだされている暮景を描いて、奇しき美しさを発揮している」。なお、秦川は長

安一帯の平野をいい、川の名ではない。国字解に「幅の広い川」というのは、中国の地理に不案内なまま適当に解したものである。

大同殿に玉芝を生じ、竜池の上、慶雲有り。百官共に覩る。聖恩、便ち燕楽を賜ふ。敢へて即事を書す

王維

大同殿生玉芝竜池上
有慶雲百官共覩聖恩
便賜燕楽敢書即事

周文の鎬に燕するを謌ふを笑はんと欲す　欲笑周文謌燕鎬
還って軽んず　漢武の汾に横たはるを楽しむことを　還軽漢武楽横汾
豈に玉殿　三秀を生ずるを知らんや　豈知玉殿生三秀
詎ぞ銅池　五雲を出すこと有らん　詎有銅池出五雲
陌上の堯尊　北斗を傾け　陌上堯尊傾北斗
楼前の舜楽　南薫を動かす　楼前舜楽動南薫
共に歓ぶ　天意　人意に同じきことを　共歓天意同人意
万歳千秋　聖君に奉ず　万歳千秋奉聖君

〔題〕霊芝と慶雲と、いづれもめでたいものゆへ、祝いませいと（天子が）宮人に燕楽（宴会）を賜っ

たゆへ、恐れ多いことなれども、見る処の「即事」を記す。

〔周文……楽しむことを〕古へ周の武王の、天下を取った祝に鎬（鎬京。周の都）で楽を仰せ付けられたを、大いなことにいふが、今日の宴楽より見ればをかしいやうに思はるる。漢の武帝の汾水に舟を浮べて楽しまれたも、これ（今日のこの宴会）にはよりつくものではない（比較にならない）。

〔豈に……出すこと有らん〕どうしてこのやうに笑ふなれば、何として周などは、玉殿に目出度い霊芝の生ずるなどいふことは、知りもせぬ筈のことぢゃ。竜池（一二八ページ参照）の上に五色の雲のたなびくなどと云ふことは、昔にも越へた義である。「三秀」は、芝草なり。「銅池」は、銅樋なり。

〔陌上……南薫を動かす〕堯は衢樽と云ふことがある。竜池へ行幸のことゆへ、堯尊（堯の名にちなんだ酒樽）へ酒を入れて、陌上（道路）へ持ちて、北斗の如き手のついた大升を以て、打ちまけ打ちまけ、民に御酒を下され、楼前には、天子の御目通りに於いても、民の治まったを悦ばしふ思召して、舜の楽、「南風」の詩の如き歌をうたい、（竜池のそばの）南薫殿まで騒ぎたつ。

〔共に……聖君に奉ず〕今まで天の御意はどうしたものといふことを知らなんだが、この度で知れた。なぜなれば、上、天子が聖徳なれば、かやうに霊芝・慶雲などといふやうな嘉瑞（めでたい出来事）をあらわし、天子の聖徳なを悦びたまふことは、天意も人意も同じことである。然れば、万歳千秋の末までもかやうな聖君に仕へるといふは、歓ばしいことぢゃ。

【補説】

「周文の鎬に燕する」。『詩経』小雅「魚藻」に、周王が鎬京において群臣と宴したことを歌う（一三八ページ参照）。この周王は武王のこととされるが、唐詩ではしばしば文王の故事として詠ずる。

「堯尊」。国字解にいう「衢樽」とは、『淮南子』繆称訓の、堯の政治は、衢に酒樽を置いて通行人に好みのままに飲ませるように、人々にそのよろしきところを得しめる、とある論から生じた語。この語から、ここでは酒樽を「堯の樽」と形容したもの。

「舜楽」「南薫」は、舜が五絃の琴を弾いて歌った「南風」の詩。六三ページ参照。

奉和聖製従蓬萊
向興慶閣道中留春
雨中春望之作応制

王維

渭水自縈秦塞曲
黄山旧繞漢宮斜
鑾輿迥出千門柳
閣道廻看上苑花
雲裏帝城双鳳闕
雨中春樹万人家
為乗陽気行時令
不是宸遊玩物華

聖製「蓬萊より興慶に向ふ
閣道中の留春、雨中の春望」
の作を和し奉る。応制

渭水 自ら秦塞を縈りて曲れり
黄山旧と漢宮を繞って斜なり
鑾輿 迥かに出づ 千門の柳
閣道 廻らし看る 上苑の花
雲裏の帝城 双鳳闕
雨中の春樹 万人の家
陽気に乗じて時令を行ふが為なり
是れ宸遊 物華を玩ぶにあらず

〔題〕　蓬萊殿より興慶宮へ行く廊下道（「閣道」。二階建ての渡り廊下）に、留春閣と云ふ座敷がある。「雨中の春望」と云ふまでが、天子の（作られた詩の）題である。

〔渭水……斜なり〕　留春閣より見れば、渭水（長安の北郊を東流する川）が前々の通り秦塞（ここでは長安を指す）をまつふて（まといついて）流れ、北の方を見れば、黄山（長安の西北にある山）がやっぱりもとの如く武帝の離宮をとりまわして、よこすぢかいに曲ってあり。

〔鑾輿……上苑の花〕　いま天子の、蓬萊宮の方より鑾輿（天子の乗物）に乗じて、禁裏の中の御成り道の並木の植わってある間を通って、閣道よりふりかへって、上苑（上林苑。秦・漢の宮苑。ここでは唐の宮城中の御苑を指す）の花の盛りを御覧なされ。

〔雲裏の……万人の家〕　雲間へ高く御殿・双鳳闕（一対の鳳凰の飾りをつけた宮門）の起ってあるが見へ、西に人家の間に植へこんである樹木どもが見へる。

〔陽気に……玩ぶにあらず〕　何も知らぬ者は、天子が正月なにしに通らるることと思ふであらうが、陽気（春の気）に乗じて、民に耕やしを教へさっしゃるためである。一通りただ物華（景色）をもてあそんで、慰みになさるるといふではない。「時令（時節にふさわしい政令）」は、『礼記』月令にあり。

【補説】

「漢宮」。黄山に離宮を建てたのは漢の恵帝であって、国字解に武帝というのは誤り。

最後の二句、『唐詩訓解』には、

　唐人の応制、倶に虚辞（うわべだけの表現）を尚ぶ。独り此の一聯、規諷の意あり。

と、そうあるべきであるという諷刺を籠めたものと解するが、国字解は言及していない。

勅賜百官桜桃　　王維

芙蓉闕下会千官
紫禁朱桜出上蘭
纔是寝園春薦後
非関御苑鳥銜残
帰鞍競帯青糸籠
中使頻傾赤玉盤
飽食不須愁内熱
大官還有蔗漿寒

百官に桜桃を勅賜す
芙蓉闕下　千官を会す
紫禁の朱桜　上蘭を出づ
纔かに是れ　寝園　春薦めて後
御苑　鳥　銜み残すに関るにあらず
帰鞍　競ひ帯ぶ　青糸籠
中使頻りに傾く　赤玉盤
飽くまで食して内熱を愁ふることを須いず
大官還って蔗漿の寒有り

〔題〕　三月晦日、（天子が）桜桃を廟へ献じて、すぐに百官に分ち下される。

〔芙蓉闕下……上蘭を出づ〕　今日桃を下さるるにあって、みな禁裏（「芙蓉闕」。皇居の美称）に千官を御集めなされる。その桃はどこから出づるといふに、やはり禁裏（「紫禁」）の上林苑の御苑から出づる。「紫」といひ、「朱」といひて、句中に対をとる。

〔纔かに……関るにあらず〕　「纔か」の間のない内に、じきに天子の御座処へ差し上げ、それより廟（「寝園」。天子の祖先をまつる廟）へ御薦めなさるる。当日、直ちに百官に下さるる。鳥の食いさしを下さると云ふではない。

〈帰鞍……赤玉盤〉 そこでみな官人どもが馬に乗って帰るにも、大切にして、青い糸などを以て飾り立てた籠へ入れて持ちて帰る。「中使」の近習衆の使役人も、赤玉盤の皿鉢へ入れてをく桃を、「頻りに」ひたものうちあけて（皿を斜にしてぶちまけて）惜しまずくれると、吹聴する意にいふである。

〈飽くまで……寒有り〉 さてこの山李をたくさん喰へば熱が発るを悪いといふが、それを気ずかいせずと、飽くまで喰うたがよい。なぜなれば、御台処（「大官」。料理番）に熱をさます薬の砂糖水が沢山にあるによって、それを貰うて飲んだがよい。「蔗漿」は、砂糖づくりのしぼり汁なり。

【補説】

天子が桜桃を廟へ献ずる日を、国字解に三月晦日というのは、千葉芸閣の『唐詩選講釈』にも引く「唐李潮歳時記」によったのであろう。現代の諸注は四月一日とする。

「桜桃」は、ゆすらうめ。国字解に「桃」といったり、「山李」といったりするのは、実物を知らないためであろう。『唐詩選講釈』に、「桜桃は、『本草綱目』に、春初、白花開き、三月の末、四月の初めに、実が熟す、一枝に数十顆成く、と有る」と。

「上蘭」は、漢代、上林苑中にあった上蘭観という建物。借りて唐の宮城の御苑をいう。

「春薦む」は、現代の諸注は「春薦」と名詞に読む。春の祭祀に供物をそなえること。またその供物。

「纔かに……春薦めて後」。国字解に「天子の御座処へ差し上げ」というのは、原詩になく、また不必要な補いであって、何が「じきに」なのか、解釈を誤っている。寝園春薦の後、「纔かの間のない内に、じきに」百官に下さるる、の意である。

酒を酌んで裴迪に与ふ

酌酒与裴迪　王維

酒を酌んで君に与ふ　君自ら寛うせよ
人情の翻覆　波瀾に似たり
白首の相知　猶ほ剣を按ず
朱門の先達　弾冠を笑ふ
草色　全く細雨を経て湿ひ
花枝動かんと欲して春風寒し
世事　浮雲　何ぞ問ふに足らん
如かじ　高臥して且つ餐を加へんには

酌酒与君君自寛
人情翻覆似波瀾
白首相知猶按剣
朱門先達笑弾冠
草色全経細雨湿
花枝欲動春風寒
世事浮雲何足問
不如高臥且加餐

〔題〕裴迪が世間の者の不頼もしい（あてにならない）ことを云ひ出したゆへ、なるほどそうぢゃと、話をするやうに作るなり。

〔酒を……波瀾に似たり〕そなたがあまり世間を憤らるるが、盃に酌んだ酒をそなたへやるほどに、これを飲んで、われと我がでに（自分自身で）気を広く持ちやれ（「寛うせよ」）。憤って役に立たぬことぢゃ。誠にそなたのいふ通り、人情のあてにならぬといふは、たちまちひっくりかへりて波瀾の如く、見とめぬ中に（見定める間もなく）易る。

〔白首……弾冠を笑ふ〕白首になるまで心易うし合うた仲（「相知」）でも、ちと貧乏になると、逢うても見ぬふりをするのみならず、時によって、剣をひねくりまわしてにらみ付くる。先達って我が友が立身をして歴々（「朱門」。高官の邸宅）になっているゆへ、立身をとり持ってくれるかと思うて、冠を弾き（ほこりを払って、仕官の機会を）待っていれば、結句あほう者というて、笑ふやうにする。

〔草色……春風寒し〕　春のことゆへ草も細雨に逢うて心よく育つと、草を以て、小人どもの雨露の恩に預って立身をしているに比す。花枝が開きそうにあるが、春風が寒いで開きかねていると、花枝を以て君子にたとへて、我がことに比す。此の二句、比興（比喩）である。

〔世事……加へんには〕　世の中の浮雲（定めないもののたとえ）、何ぞ問ふに足らん。かまはずにをくがよい。「餐を加ふ（十分に食事をとる、養生する）」、裴迪へ挨拶にいふ。折角（気をつけて）引込んで（「高臥して」。隠棲して自由な生活を送ること）、息災でござれ。

酬郭給事　王維

洞門高閣靄余暉
桃李陰陰柳絮飛
禁裏疎鐘官舎晩
省中啼鳥吏人稀
晨揺玉佩趨金殿
夕奉天書拝瑣闈

郭給事に酬ゆ

洞門　高閣　余暉に靄たり
桃李陰陰として　柳絮飛ぶ
禁裏の疎鐘　官舎の晩
省中の啼鳥　吏人稀なり
晨に玉佩を揺かして金殿に趨り
夕に天書を奉じて瑣闈に拝す

強ひて君に従はんと欲するに老を
　那んともすることなし　　　　強欲従君無那老
将に臥病に因って朝衣を解かんとす　　将因臥病解朝衣

〔洞門……柳絮飛ぶ〕　洞門（幾重にも重なったほら穴のような門）と高閣（高い建物）と向い合って、くるりと廻って道が通りぬけてあり、夕日（「余暉」）のきらきらするを庵藹（覆うこと）し、覆ふとなり。故に桃李も陰々（こんもり）として昌んに、青柳の糸なども風になびいて、面白い景である。

〔禁裏の……吏人稀なり〕　春のことゆへ日が永うて、時の鐘の間がきれて（とぎれて）、ゆるりと撞く音が、吾がいる役処に暮方聞ゆる。省中（役所の中）にいて聞けば、ただ鳥の心ようさへづる音が聞へ、吏人（役人）の通りが薄くなって、面白い。

〔晨に……瑣闈に拝す〕　そこもとの役儀といふは、晨早うに装束をして金殿（天子の御座所）に詰め、暮方には天書（天子の下す文書）をささげて青瑣門（一六三ページ参照）へ詰めて、天子を拝し。

〔強ひて……解かんとす〕　吾が身の述懐を云ひ出す。われも、どうぞ無理にもそこ元たちに随うて勤めやうと思へども、なにを云うても年がよったゆへ、それもなりかぬるにつけては、病を申し立て、朝衣（官服）を解いて引込まうと思ふ、と云ふは、役替（昇進）もせずに、年よるまでこのやうにしているゆへ、引込むといふである。

【補説】
第一句。「洞門と高閣が落日の残照の中でぼうっと霞んでいる」という素直な解釈で十分なはず。国字解のいうところは理解に苦しむ。

「柳絮」は、柳の白い綿毛。これが風に吹かれて乱れ飛ぶのは、晩春の景物。国字解に「青柳の糸」というのは、江戸情緒の風物に翻案したのであろうが、イメージはかなり違う。

「玉佩」は、腰に下げる飾り玉。官吏が正装する時に用いる。

過乗如禅師蕭居士
嵩丘蘭若　　　　王維

無著天親弟与兄
嵩丘蘭若一峰晴
食随鳴磬巣烏下
行踏空林落葉声
迸水定侵香案湿
雨花応共石床平
深洞長松何所有
儼然天竺古先生

乗如禅師・蕭居士嵩丘の
蘭若に過る

無著天親　弟と兄と
嵩丘の蘭若　一峰晴る
食　鳴磬に随って　巣烏下り
行いて空林を踏む　落葉の声
迸水　定めて香案を侵して湿さん
雨花　石床と共に平らかなるべし
深洞　長松　何の有る所ぞ
儼然たり　天竺の古先生

〔題〕禅師と居士と云ひ合せて、引っこんでいた（隠棲していた）ものぢゃ。

〔無著……一峰晴る〕いま二公の引っこんでいらるるは、天竺の無著大士（五世紀ごろのインドの僧）の、其の弟の天親菩薩といひ合せて引っこんでいられたやうなものぢゃ。この蘭若（寺）の真向うには一峰が高う晴れ切って、境地も面白い。

〔食……落葉の声〕鳥も食事の頃を聞きつけて、散飯などを貰うて喰ふによって、磬（石の板の打楽器。寺院で合図に用いる）の音を聞くと、下りる。またそこらを歩んでみれば、空林（人気のない林）に木の葉の落つる音の聞へて、人音といふは少しもない。無心な体をいふ。

〔迸水……平らかなるべし〕地から水の湧き出づるも、香炉台へほどばしって沾すであらう。誌公（南朝、梁の高僧宝誌）が錫杖を以て地を突いたれば、水がほどばしったことがある。それを引いて云ふ。禅師の坐禅せらるる坐禅石（「石床」）の上に雨花（雨と降る花）が降り積んで、真っ平らになってある。

〔深洞……古先生〕深洞のほら穴の内に何があると思うてのぞいてみたれば、きっとして（おごそかに）釈迦如来が立ってござる。仏を先生といふこと、『酉陽雑俎』（唐の段成式著の随筆）が出処である。

奉和聖製従蓬萊向興慶閣道中留春雨中春望之作応制　李憕

聖製「蓬萊より興慶に向ふ閣道中の留春、雨中の春望」の作を和し奉る。応制

別館春還淑気催

別館　春還って　淑気催す

三宮　路転ず　鳳凰台
雲飛んで　北闕　軽陰散じ
雨歇んで　南山　積翠来たる
御柳　遙かに天仗に随って発し
林花　晩風に開くことを待たず
已に知る　聖沢深く限りなきことを
更に喜ぶ　年芳　睿才に入ることを

三宮路転鳳凰台
雲飛北闕軽陰散
雨歇南山積翠来
御柳遙随天仗発
林花不待晩風開
已知聖沢深無限
更喜年芳入睿才

〔別館……鳳凰台〕「別館」は、即ち留春台を指す。あたたかな淑気（春の気）が催して、日々に春めかしうなってくる。「三宮」は、蓬萊・興慶・望春なり。この三宮に路が宛転し（曲りくねって）。「鳳凰台」は、台をいふでもない。ただ美しく作ったものそうな。

〔雲飛んで……積翠来たる〕段々に雲も晴れ、寒気もなく、散じてくる。雨も晴れて、南山（長安南方の山）の青み（「積翠」。木々の緑）も見へ来たり。

〔御柳……開くことを待たず〕御幸道の並木の柳が行幸（「天仗」は天子の儀仗）にしたがって段々にほころび、林の花なども晩風を待たず朝から開いてあり。

〔已に知る……入ることを〕下の句をいふために、もとより天子の御恩沢の、草木までも限りなく行き渡ったといふことを知っている。その上にも悦ばしいことは、柳花など美しい年芳（春の花）が、すぐれたる天子の睿才の詩の御趣向に入ると云ふは、よろこばしいことである。

【補説】

王維の同じ題の七言律詩（一七〇ページ）参照。

「別館」は、離宮とほぼ同意。これが何を指すかについては、諸説ある。千葉芸閣の『唐詩選講釈』では、興慶宮のこととする。

「鳳凰台」についても、諸説ある。国字解のいわんとするのは、鳳凰台という建物が存在するのではなく、「鳳凰台」という字面の美しさが目的でこのようにいったということか。『唐詩訓解』に「此に鳳台と云ふは、未だ詳らかならず」ということから思いついた解釈と思われる。

「北闕、軽陰散じ」。国字解に「軽陰」を「寒気」というのはおかしい。高木氏注に、「北の宮門のあたりの薄いかげりもたちきえ」という。

「晩風」。現代の諸注は「暁風」とあるテキストをとり、「林花が夜明けの風をも待たずに開く」と解する。従うべきであろう。

魏万が京に之くを送る　　送魏万之京　　李頎

朝に聞く　遊子　離歌を唱ふることを　　朝聞遊子唱離歌
昨夜　微霜　初めて河を度る　　昨夜微霜初度河
鴻雁　愁裏に聴くに堪へず　　鴻雁不堪愁裏聴

雲山 況んや是れ客中に過ぐるをや
関城の曙色 寒を催すこと近く
御苑の砧声 晩に向って多し
是れ 長安行楽の処
空しく歳月をして蹉跎し易から
しむることなからんや

雲山況是客中過
関城曙色催寒近
御苑砧声向晩多
莫是長安行楽処
空令歳月易蹉跎

〈朝に……初めて河を度る〉二句、『訓解』の注が悪い。「遊子」と云へば、旅人のことになる。今朝承れば、そこもとが離歌（別れの歌）を唱へられたが、夜前あたりは（河南の）この方さへ薄霜の降りるくらいなれば、河南から河北へ渡られたらば、ちと寒いくらいであらう。

〈鴻雁……過ぐるをや〉 殊にひとりほつほつ（ゆっくりと）行かるることゆへ、ものさびしい中に、雁の鳴くを聞くに堪へられまい。（雪の）山路は常にさへようないものぢゃに、客中（旅中）に過ぐることゆへ、いよいよ悲しからう。

〈関城の……晩に向って多し〉 都近うなったならば、秋も末になって冬めき、（長安の御苑のあたりで）砧などを打つ声も格別多く、寒も多いであらう。

〈是れ……なからんや〉 さて、こなたに云うてやることがある。長安は面白い処で、常に行楽ばかりしたくなるほどに、そこもとも、行楽ばかりにかかって、立身することを忘れて、思ひの外に蹉跎のできぬやうにしやれ、となり。

【補説】

最初の二句、国字解に「『訓解』の注が悪い」というのは、『唐詩訓解』の次の注を指す。「朝来、唱歌の遊子は、乃ち昨夜微霜を経て河を渡りし者なり」。いうまでもなく、昨夜初めて黄河を渡ったのは、遊子ではなく微霜である。ただし長安は河北にあるわけではないから、国字解に「河北へ渡られたらば」というのもおかしい。中国の地理に不案内な江戸時代の注釈者が適当に下した解釈である。

「関城」は、関所となっている町。国字解は、それを越えれば長安も近いということか。

最後の二句。現代の諸注は「是」が「見」となっているテキストをとり、「見ることなかれ、長安行楽の処。空しく歳月をして蹉跎し易からしむ」と読む。従うべきであろう。本書のように読むにしても、最後を「易からしむることなかれ」と読みたいところであるが、享保九年版『唐詩選』以来、「なからんや」と読んでいる。千葉芸閣の『唐詩選講釈』も「なからんや」と読み、「蹉跎し易からしむるの事莫きやうに気をつけ召され」と訳するから、「なからんや」と読んで、「ないであろうか。いや、ある。だからそうしてはいけない」と、結局は禁止の意になると理解する習慣が江戸時代にはあったものか。

盧司勲員外に寄す　　寄盧司勲員外　　李頎

流澌　臘月　河陽を下る　　流澌臘月下河陽
草色　新年　建章を発す　　草色新年発建章

秦地の立春　太史より伝へ
漢宮の題柱　仙郎を憶ふ
帰鴻　度らんと欲す　千門の雪
侍女新たに添ふ　五夜の香
早晩　雄文似れる者を薦めん
故人　今已に長楊を賦す

秦地立春伝太史
漢宮題柱憶仙郎
帰鴻欲度千門雪
侍女新添五夜香
早晩薦雄文似者
故人今已賦長楊

〔流澌……建章を発す〕「流澌」といふは、氷の流るることで、臘月（十二月）の末のことゆへ、氷もとけて、河陽あたりを乗り下ろす（船で下る）によい時分ぢゃ。さだめてそこもとの都（「建章」は漢代の宮殿。ここでは長安の宮城を指す）に行き着かれた折は、草色も萌え出でて、新年であらう。

〔秦地の……仙郎を憶ふ〕「秦地」は即ち長安なり。立春の日には、太史（記録をつかさどる官）が立春ぢゃといふことを（天子に）伝へることとなるが、その時分はさぞ面白かろう。（まさにそのころ）そこもとは郎官（「仙郎」。尚書省の官吏の雅称）で器量のすぐれた人ゆへに、天子の御目にとまり、（ほめ言葉を）柱に題せらるる（二九ページ参照）であらう。

〔帰鴻……五夜の香〕帰雁の都に渡るなどを、禁裏に聞いていやるであらう。郎官のことゆへ、女官たちが毎朝そこもとの装束に香を焚き添へるであらう。

〔早晩……長楊を賦す〕「早晩」といふは、早いか遅いかを窺ふ語である。この方（自分）なども、揚雄（漢の文人）が文（「雄文」）に劣らぬほどに似せて、今そこもとの故人（友人であるところの）をれが

「長楊の賦」（揚雄の作品。ここではそれに匹敵するほどの文章の意）を書いて置いたによって、早いか遅いか取りもって、立身をさせてくれられ（「い」脱か）。揚雄が文、司馬相如に似たるを以て、成帝の時に勧められた（推薦された）と云ふ故事を引く。

【補説】

第一句、現代の注釈書は大むね、流れる氷が河陽（黄河の北側）を下る、の意にとる。国字解の解釈は『唐詩訓解』に従ったもの。

「建章を発す」という送り仮名は、享保九年版『唐詩選』以来のものであるが、「新年を迎えて、若草が都の建章宮にも萌え出すであろう」の意なので、「建章に発す」となければ、意味が通じない。

「帰鴻……千門の雪」。国字解は粗雑である。「帰雁の都に渡る」というのはおかしい。春になって、都から北へ帰ってゆく雁である。高木氏注に、「ときに君が宿直の夜、帰りゆく鴻雁は、何千もの宮門にふりつんだ雪をこえて北の国へ渡ろうとし」という。

「侍女……五夜の香」。国字解は、不案内な唐の宮殿内の様子を適当に想像したもの。高木氏注に、「宮仕えの女官たちは、夜を通してたき続ける香を、新しく添え足していることだろう」とある。「五夜」は、一晩中の意。日暮から夜明けまでの間を五つに区分し、五夜と総称する。

璿公の山池に題す　　李頎

題璿公山池

遠公の遁跡　廬山の岑

遠公遁跡廬山岑

開士幽居す　祇樹林
片石　孤雲　色相を窺ひ
清池　皓月　禅心を照らす
如意を指揮して天花落ち
閑房に坐臥して春草深し
此の外　俗塵都て染めず
唯玄度を余して相尋ぬることを得

開士幽居祇樹林
片石孤雲窺色相
清池皓月照禅心
指揮如意天花落
坐臥閑房春草深
此外俗塵都不染
唯余玄度得相尋

〔題〕「璿公」は、山居の僧で、庭の蓮池などを見て作る。

〔遠公の……祇樹林〕璿公の山池は、廬山の恵遠法師（晋の高僧。廬山に隠棲した）の跡と同じことである。「開士（菩薩）」は貴んでいふ。尊い璿公の奥深う幽居して、祇樹林（祇園精舎）の内にいらるる。

〔片石……照らす〕静かな廬を云うて、ちっとした石も孤雲も、ことごとく開士の色相を伺ふやうに見へ、清浄な池に映らふ清らかな月ももの静かに出でて、璿公の禅心（悟道の境地）を照らし。

〔如意を……春草深し〕この璿公の、如意（棒状の法具）などを振廻されたらば、奇特（霊験）があって、天花（天からふってくる花びら）などが降るであらう。もの静かな閑房に坐臥して、春草の生へるには構わずをくゆへ、「深し」と云ふである。

〔此の外……ことを得〕　さてこのほか、俗情のけがらはしいものに染まらぬ。ただ俗（俗人）ならば、恵遠と遊んだ許玄度（仙道に志した清高の士）がやうなものばかり、許して寄せらるる。

【補説】

「色相」。『唐詩訓解』に、『菩薩本経』に「仏は大神力有り。身は紫金の色、三十三相」とあるを引く。国字解に「開士の色相を伺ふ」というのは、これにもとづくもので、片石・孤雲が璿公の様子をうかがう、の意。現代の注釈書は大むね、色相を仏教でいわゆる「目に見えて形あるもの」の意にとり、一句を、「片石・孤雲につけて、璿公が森羅万象の真実をうかがい見る」と解する。

最後の句は、作者が自分自身を許玄度にたとえたもの。『訓解』に、「頎もまた高人を以て自負す」と。

綦毋三に寄す　　李　頎

新たに大邑を加へて綬仍ほ黄なり
近ごろ単車と与に洛陽に向ふ
顧眄一たび過ぐ　丞相の府
風流三たび接す　令公の香
南川の粳稲　花　県を侵し
西嶺の雲霞　色　堂に満つ

寄綦毋三

新加大邑綬仍黄
近与単車向洛陽
顧眄一過丞相府
風流三接令公香
南川粳稲花侵県
西嶺雲霞色満堂

共に道ふ　賢を進めて上賞を蒙ると　　共道進賢蒙上賞
君が幾ばく歳か台郎と作るを看ん　　看君幾歳作台郎

〔題〕「綦毋」は二字氏（複姓）なり。「三」とは、絶句に見へたり（本書3、李頎の五言絶句「五叔の京に入るを送り奉りて、兼ねて綦毋三に寄す」を指すが、そこの国字解に「三」の説明はない。「三」は排行である）。洛陽の県の令になって行く。

〔新たに……洛陽に向ふ〕今新たに大邑（大きな町）を加へられて、洛陽の県令になって行かるるが、印綬（官印をさげる紐）の色はやはりもとの如く黄色（下級職の印綬の色）で、位は違ふ。この間に一つ車に乗って、洛陽に赴かるるそうな。

〔顧眄……令公の香〕あの方（洛陽）へ行かれたならば、脇といはずに、中書令の役所、丞相の府下に行きて、顧眄しやるであらう。それよりして、もとより風流な亜相のことゆへ、節々行くであらう。「一度」と云ひ、「三度」と云ひ、数を限ることではない（「一」「三」という数字に意味があるわけではない）。「令公の香」は、荀彧が故事（補説参照）なり。

〔南川の……堂に満つ〕そこもとは治め方が上手な人ゆへ、南川あたりの稲の花が育って、県（県令の役所）を侵して、生へこむであらう。潘安仁が故事を用いて云ふ。西嶺の雲霞（夕映え）の堂（座敷）に満ちて、眺めていやるであらう。役人の暇あるをよしとするゆへ、こうしたものなり。

〔共に……作るを看ん〕人の評判にも（「共に道ふ」）、天子へ賢者を進めた（推薦した）者には御褒美（「上賞」）を賜るといふが、そこもとのやうな賢者は進むる人も多からうによって、間もなく郎官（尚書省の役人）などにならるるであらう。

【補説】

題の「綦毋三」の「毋」。本書も享保九年版・宝暦九年版『唐詩選』も「母」に作り、したがって本書と宝暦九年版『唐詩選』で「キボサン」と振仮名をつけるが、正しく「毋」に改め、読みも改める。

「綬仍ほ黄なり」。国字解に「もとの如く黄色で、位は違ふ」というのは、「もとの如く黄色であるが、大邑を加えられた分だけ、位が上った」の意であろうが、誤りで、「大邑を加えられても、位はもとのままである」の意である。『唐詩訓解』にも「其の邑加はると雖も、爵未だ改めず」とあり、現代の注釈書もこの解釈をとる。ここに限らず、この詩の国字解には南郭の説とは思えない誤りが多い。

「単車」は、一台の車。高木氏注に、「それとともに洛陽へ向うとは、地位が低いことを表わすとともに、清廉な官吏であることをも示すものである」と。千葉芸閣の『唐詩選講釈』にも、「其元（そこもと）は奢（おご）りの無き人ゆへ、近ごろかざりのなき単（てがる）き車与（とも）にて洛陽に向はる」という。国字解がこれに言及しないのは、不十分である。

「顧眄……令公の香」。国字解はこの二句を洛陽へ着いてからのことを詠ずるととるが、丞相は長安にいるのであるから、洛陽で丞相に会うというのは奇妙である。『訓解』はこれを、綦毋三が今まで長安にいた間、丞相に目をかけられたことをいうと解し、現代の諸注も大むね、細部に違いはあっても、そのように解する。

「令公の香」。魏の中書令荀或（じゅんいく）は常に香をたきしめていたので、その坐するところには残り香が三日間もただよった。人々はこれを「令公の香」と称した。

「花、県を侵し」。国字解に「潘安仁が故事を用いて云ふ」と。潘安仁は晋の潘岳（安仁は字）。河陽の令である時作った「閑居の賦」（『文選』巻一六）に、庭に花が美しく咲き誇るさまを述べた一節がある。それを指すか。ただし「花、県を侵す」という表現は見えない。

最後の二句。『唐詩訓解』に次のごとくいう、「君、丞相と旧（古くからのよしみ）有り。（丞相は）蓋し嘗て賢を推し士を進む。乃ち（推薦したあなたが天子のお目がねにかなわず、丞相は）賞を獲ずして、（あなたは）復た此（今の地位）に屈す。また幾歳にして台郎と為らん。深く其の留滞（昇進せず、同じ位にいつまでもとどまること）を惜しむ」。ここまで読みこむことがむしろ南郭の好みにはかなっているから、この解釈に言及しない国字解は、かたがた南郭の説いたところとは思われない。

なお高木氏注は最後の二句を、「君がこの私を推薦してくれて、天子の恩賞にあずかって、尚書省の役人となるのは、何年さきのことであろうか」と解し、「いわば就職運動の詩であって、内容的にはつまらぬ作品である」と評する。

送李回　　　　李頎

知君官属大司農
詔幸驪山職事雄
歳発金銭供御府
昼看仙液注離宮

李回を送る

知んぬ　君が官　大司農に属することを
詔して驪山に幸して職事雄なり
歳　金銭を発して御府に供し
昼は仙液の離宮に注ぐを看る

千巖の曙雪　旗門の上
十月の寒花　輦路の中
声名と文物とを覩ず
自ら傷む　留滞して関東に去ることを

千巖曙雪旗門上
十月寒花輦路中
不覩声名与文物
自傷留滞去関東

〈知んぬ……雄なり〉「大司農」と云ふは、漢以来、九卿（大臣）の役で、天下の運上（税金）を取り立つる役ぢゃ。「属す」といへば、下役になったものと見へる。金銀をとり扱ふ役ゆへ、しぞこないがある。李回は潔白に勤める様子を（この詩に）作る。そこもと司農の下役といふは、兼ねて知っている。このたび天子の驪山（長安東郊の山。華清宮のある地）に行幸なさるるについて、先達って行きて世話をいたしませいと、詔を受けて、行かるる。役がら（「職事」）といひ、すぐれた儀である。

〈歳……注ぐを看る〉第一句をうけて、年々運上を取り立つる（「発す」。徴発する）は、天子の私遣い（個人的費用）になるによって、御納戸蔵（「御府」）に納める。驪山には湯池（温泉）がある。「仙液」といへば、湯池のことと見へる。今、行幸について行きているゆへ、人の見ることならぬ仙液の離宮に注ぐを見る。

〈千巖の……輦路の中〉離宮をうけて、山の上に仮御殿が（「を」の誤りか）建てて、すぐに旌旗（天子の旗じるし）を立て並べて、門構へしてあるゆへ、「旗門」と云ふ。十月時分は菊などが盛りに咲きて、天子の御輿に召して御覧なさるるを、御供して見らるるであらう。

〈声名と……去ることを〉われ遠国にいることゆへ、他国にない都の声名文物（天子の乗物や行列などの美々しいさま）のすぐれたを見ることもならぬ。関東（函谷関の東。河南省の地方）に留滞して、帰ることを得ることもならぬは、いかさま浅ましいことである。

【補説】

「千巌の曙雪、旗門の上」。沢山の岩の上に降り積った雪が、夜明け、旗門の上に白く見渡される、の意。

「輦路」は、行幸の道すじ。「輦」は天子の乗物。

「声名と文物」。『春秋左氏伝』桓公二年に、「文物以て之を紀し、声明以て之を発す」と見え、「声名」は「声明」とあるのが正しい。「文物」は、宮廷の礼式と音楽。「声明」は、天子の乗物の和鑾（鈴）と車旂（旗）。

宿瑩公禅房聞梵　　李頎

花宮仙梵遠微微
月隠高城鐘漏稀
夜動霜林驚落葉
暁聞天籟発清機
蕭条已入寒空静

瑩公の禅房に宿して梵を聞く

花宮の仙梵　遠うして微微
月　高城に隠れて　鐘漏稀なり
夜　霜林を動かして　落葉かと驚き
暁　天籟を聞いて　清機を発す
蕭条として已に寒空に入って静かに

颯沓として仍ほ秋雨に随って飛ぶ　　颯沓仍随秋雨飛
始めて覚ゆ　浮生　住著なきことを　　始覚浮生無住著
頓に心地をして帰依せんと欲せしむ　　頓令心地欲帰依

〈花宮の……稀なり〉「梵」とは、梵音に節をつけて唄ふ声明である。古へは日本にも伝へてあったといふ。節合（節まわし）の殊勝な様子を聞いて、声の高い趣きを形容していふ。「花宮（蓮花宮。仏陀の住んだ宮殿）」は、すなわち本堂の仏殿を指していふ。ついに人間（俗世間）に聞きなれぬ声明の声が、遠く「微微」とかすかに聞へる。月も高城に隠れ、暁方になって時の鐘なども間遠に聞へる。

〈夜……清機を発す〉夜に乗じて（声明の声が）動けば霜林に散ずるゆへ、その声に驚いて落葉かと思われ、声の高うなりて天籟（風の音）に和して鳴るを、とっくりと聞いていれば、いこうわが心も清浄になるやうに覚へる。

〈蕭条……随って飛ぶ〉音を低う乙（低い調子）に弾いて唱ふる時は、蕭々として寒空に入り、静かに聞くに堪えがたい。その声は秋雨に托し、颯沓として、あるが如くなきが如く、寂々とした様子である。

〈始めて……欲せしむ〉この処に来て梵を聞いたについては、夢のさめたやうになって、始めて浮世に住著（一つのものに執着し、停滞すること）ないといふことを悟って、にわかに（「頓に」）吾が心が清浄になって、仏道に帰依する気になった。

【補説】

「颯沓」は、物が多く、いりまじるさま。国字解に「颯沓として、あるが如くなきが如く」というのは、むしろ逆である。高木氏注はこの一句を解して、「さっとむらがりわくような響きをたてて、今もなお、秋雨とともに飛んでいく」という。

贈盧五旧居　李頎

物在人亡無見期
閑庭繫馬不勝悲
窓前緑竹生空地
門外青山似旧時
悵望青天鳴墜葉
巑岏枯柳宿寒鴟
憶君涙落東流水
歳歳花開知為誰

盧五が旧居に贈る

物在り　人亡うして　見期なし
閑庭　馬を繫いで　悲しむに勝へず
窓前の緑竹　空地に生じ
門外の青山　旧時に似たり
悵望すれば　青天　墜葉鳴り
巑岏たる枯柳　寒鴟宿す
君を憶うて涙　落つ　東流の水
歳歳　花開く　知んぬ　誰が為ぞ

〔題〕盧五は死んで、旧居にいる妻子に作ってやると聞へる。

〔物在り……勝へず〕物は変らずもとの如くにありながら、人は死し去って居ぬゆへ、相会うて見る期がない。ものさびしい庭に馬をつないで、思ひ出だしてみれば、頻りに悲しみが多く成ってくる。

〔窓前の……似たり〕 窓の前に植えてある竹なども、誰手入(てい)れするといふこともないゆへ、空地（がらんとした、誰も足を踏み入れない土地）まで広がってある。起句をうけて、門前の青山はやはり昔の如くである。それにつけても、盧五を思ひ出だし。

〔悵望すれば……寒鴟宿す〕 そこらを見まわしていれば（「悵望」。悲しい気持で望む）、折ふしものさびしく木の葉が鳴って落つる様子、いよいよ哀れを催(もよお)す。つきもない（ぶっきらぼうな）枯柳の枝に鴟(ふくろう)のとまっているまで、悲しみを生じ。

〔君を……誰が為ぞ〕 盧五がことを思うて涙が落ちて、東流の止まらぬを見ては、いよいよ思ひを添へられて悲しい。心ない花は、誰もてあそぶ者もないに年々いつもの通りに咲いて、花にも心をいたましむるである。

【補説】

「巑岏たる」は、山の高くけわしいさま。ここでは枯れた柳の形容に転用した。国字解に「つきもない」というのは、枯柳が高く立っているさまに、とりつくしまもないという印象を受けたことを表す。千葉芸閣の『唐詩選講釈』では、「巑岏(すげもなくたか)い」と振り仮名をつける。

「東流の水」。中国の川はほとんどが東へ向って流れる。東流の水といえば、流れ去って帰らぬという観念が連想される。

望薊門　　祖(そ)詠(えい)

燕台一去客心驚

薊門(けいもん)を望む

燕台一(えんだいひと)たび去って客心(かくしん)驚く

笙鼓喧喧たり　漢将の営
万里の寒光　積雪に生じ
三辺の曙色　危旌を動かす
沙場の烽火　胡月を侵し
海畔の雲山　薊城を擁す
少小より筆を投ずる吏にあらずと雖も
功を論じて還って長纓を請はんと欲す

笙鼓喧喧漢将営
万里寒光生積雪
三辺曙色動危旌
沙場烽火侵胡月
海畔雲山擁薊城
少小雖非投筆吏
論功還欲請長纓

〔題〕この詩などは、駱賓王が「温城に宿して軍営を望む」（九ページ）の詩と同じことで、薊門（薊丘。現在の北京付近。戦国時代の燕の都の地）に来たって陣営を望んで、気象（勇壮な気持）になって陣中の趣きを作るのである。

〔燕台……漢将の営〕「燕台」はすなわち薊門なり。今この燕台へ一たび都から去り来てみれば、なにかの景色も都とは違い、扨もと思ひ、心（「客心」。旅の心）が驚く。また燕台よりわきへ去る心にも見る（にも解釈できる）。この処へ押へ（鎮撫）に来ている陣屋の中で、笙鼓（笛と太鼓。軍楽）の声が「喧喧」とかまびすしく賑やかに聞へ。

〔万里の……動かす〕ずっと向うを見れば、至極寒い「寒光」雪の光が積雪に（積雪から）生じ、つっと北の果てゆへに、三辺といへば東西北の方をいふ。三方の天の明け方の朝日の光が、大将の営の高い旆の上に映ろうてきらきらとする。

〔沙場の……薊城を擁す〕 兵乱の時分ゆへに、西北の沙場（砂漠）でも相図の火（「烽火」。のろし）を上げる。その煙が月（「胡月」。辺境の地の月）のさす間に侵しこんで暗く見へ、東海の山々が薊城を取りまわして抱くやうに見ゆる。

〔少小より……欲す〕 われ若い時から投筆の吏（後漢の班超。本書1、七〇ページ参照）ではなけれども、今この薊門の様子を見ては、忠功を論じ、還って長纓を請うて（漢の終軍の故事。本書1、七〇ページ参照）、軍をして功を立ててみたいと云ふ気象な気になった。

九日、仙台に登って劉明府に呈す　　九日登仙台呈劉明府　　崔署

漢文皇帝　高台有り　　漢文皇帝有高台
此の日　登臨　曙色開く　　此日登臨曙色開
三晋の雲山　皆北に向ひ　　三晋雲山皆北向
二陵の風雨　東より来たる　　二陵風雨自東来
関門の令尹　誰か能く識らん　　関門令尹誰能識
河上の仙翁　去って回らず　　河上仙翁去不回
且つ近く彭沢の宰を尋ねて　　且欲近尋彭沢宰

陶然共酔菊花杯

陶然として共に菊花の杯に酔はんと欲す

〔題〕　九日登高の節（九月九日の重陽の節句には、高台に登って酒宴を開く）ゆへに、漢の文帝の建てられた仙台（河南省陝県にあった）に登って作る。実は、仙人好き（神仙崇拝）をするといふはあてのない（つかみどころのない）ことぢゃと云ふことが、古詩以来あるゆへ、その意を作り、終には劉氏の役処へ追付け参らうと云うて、呈するなり。

〔漢文皇帝……開く〕　むかし漢の文皇帝の建てられた仙台へ、此の日九日に登臨するに、夜の明ける様子も推し開けて見へ（一望のもとに見渡されて）。

〔三晋の……来たる〕　春秋の時の晋の地、後戦国に至って韓・魏・趙に分れたゆへ「三晋」と云ふ。高い山々どもがみな北へ向いてあり。『左伝』（僖公三十二年）に「殽（仙台付近の山）に二陵有り。南陵は夏后皐の墓。北陵は文王の風雨を避けし所」とあるゆへ、風雨といへば（この地に縁のある）風景のことになる。二陵の風雨が東より見へ来たるのみ。外に何もない。

〔関門の……回らず〕　この函谷関に近いゆへ云ひ出して、今も関門の令（函谷関の関守）尹喜（老子から『老子』を授けられた）がやうな仙人があるでもあらうけれども、誰も人間（世間）に見知る者もない。漢の文帝の時分に河上翁（文帝に『老子』の注を授けてから、姿を消した）といふ仙人親父があったが、どこへ行ったやら、去って回らぬなれば、仙人といふものもあてにならぬ。

〔且つ……欲す〕　そのやうなあてもないことを思うていやうより、近くの彭沢の宰の如き劉明府の処へ行きて、九日のことゆへ快く菊花の杯（菊花を浮べた酒。長寿のまじない）に酔うたがよい。追付け参らうほどに、酒でも支度して待ってござれ。「彭沢」は、陶淵明がことである。

五日観妓　　万楚

西施謾道浣春紗
碧玉今時闘麗華
眉黛奪将萱草色
紅裙妬殺石榴花
新歌一曲令人艶
酔舞双眸斂鬢斜
誰道五糸能続命
却令今日死君家

五日に妓を観る

西施　謾に道ふ　春　紗を浣ふと
碧玉　今時　麗華に闘ふ
眉黛　奪将す　萱草の色
紅裙　妬殺す　石榴花
新歌一曲　人をして艶せしむ
酔舞　双眸　鬢を斂めて斜なり
誰か道ふ　五糸能く命を続ぐと
却って今日君が家に死せしむ

〔題〕　五月五日に人の家に行きて、妓の踊るを見て、浮世を離れた（現実を忘れて歌舞に夢中になる）様子を作る。

〔西施……麗華に闘ふ〕　昔、西施が（越王勾践に見出される前）苧羅渓に布をさらしていたことを、すぐれたことのやうに（その姿が美しかったと）いふが、これ滅多な（いい加減な）云ひ分ぢゃ。よいにもせよ、たった一人である。今日、古への碧玉（南朝、劉宋の汝南王の妾）の麗華のと云ふやうな妓女どもが、まけず劣らず大勢芸をするをよくよく見れば、西施が一人して騒いだといふて、続くものではない。

〔眉黛……石榴花〕　黛の美しいことも、萱草よりすぐれて色よく、萱草の色を奪ふといふ気味で。「将」は助字なり。妓女が赤い裏のついた下袴も、その赤い色が石榴花（ざくろの花）の上に出づるである。「妬」と云ふは、その上へ出やうと妬むなり。

〔新歌一曲……斜なり〕　かの妓女が今やうの歌（「新歌」）をうたい出すと、あまり面白さに心がとけどけ（とろけるさま）となる。酒盛りの場で、酒に酔うて人を見る目つき（「双眸」。二つのひとみ）も美しく、舞をまうて鬢のそそけた処を直して（「斂めて」）、客の前に横すじかいになっている様子に、命もたまらぬ。

〔誰か……死せしむ〕　むかしより五月五日は、続命縷というて、五色の糸を臂にかけて命をつなぐといふが、今日なかなか命をつなぐの段ではない。美女どもに命を取られそうな、となり。

【補説】

「謾に道ふ」。主語は西施ではなく、世間の人。世間の人がみだりにいう、の意。

「麗華に闘ふ」。国字解は「麗華」を妓女の名ととり、「(碧玉が) 美貌を麗華と争う」と解する。そして、妓女が複数いるという理解から、「西施がいくら美しくとも、たった一人では、今日の妓女たちにはかなわない」という解釈が出てくる。麗華を妓女の名ととるのは、『唐詩訓解』に「今、碧玉と麗華と勝を競ふを観るときは、則ち西施も未だ道ふに足らず」というのにもとづく。しかし『訓解』にも、麗華がいかなる婦人であるかという注はない。これは、諸注に従って、麗華を碧玉（にも比すべき目前の美女）の容色の形容ととり、「麗華を闘はす（あでやかさを競う）」と解すべきであろう。また、妓女が一人なのか複数なのかは分らない。目前の妓女が西施にまさるのは、数においてまさるのではなく、容色においてまさるのである。千葉芸閣の『唐詩選講釈』にもいう。

後漢の陰皇后と陳の張貴妃は、何れも麗華と云ひしが、ここでは、貴人ゆへ、妓女に並べては悪しからん。ただなんのことなく麗華と云ふことにしてをくがよろしからんか。

「紅裙……石榴花」。裙の紅さは石榴花をひどく嫉妬させる、の意。妬む主体は石榴花である。国字解は不正確。

「鬢を斂めて斜なり」。現代の注釈書は大むね「鬢の斜なるを斂む」と読み、「ほつれた鬢をなでつける」と解する。これが正解なのであろうが、「斜」を「客の前に横すじかいになっている様子」と色っぽくとり、「命もたまらぬ」と説明を補うのは、いかにも近世的で面白い。『唐詩選講釈』は「鬢を斂めて斜なり」と読むが、また別の解釈で、「鬢のそそけたを、鏡を見ずに櫛にてかきあげたらば、鬢の毛が斜すじかいになったが、いとどかはいらしくあるぞや」という。これも想像をたくましくしていて面白い。

杜侍御送貢物戯贈　　張謂

銅柱朱崖道路難
伏波横海旧登壇
越人自貢珊瑚樹
漢使何労獬豸冠

杜侍御、貢物を送る。戯れに贈る

銅柱　朱崖　道路難し
伏波　横海　旧と壇に登る
越人　自ら貢す　珊瑚樹
漢使　何ぞ労せん　獬豸冠

疲馬　山中　日の晩るるを愁へ
孤舟　江上　春の寒きを畏る
由来此の貨　得難しと称す
多に恐る　君王　看るに忍びざらんことを

疲馬山中愁日晩
孤舟江上畏春寒
由来此貨称難得
多恐君王不忍看

〔題〕この時、天子より珊瑚珠などを求めに（南方へ）杜侍御をつかはされ、それを才覚（調達）して都に上るについて、天子の御威勢が強ければ国々から献ずるはづのことなるに、そうはなくて、（こちらから）求めにつかわさるるといふは、いこう落ちたことと訕る気味で、「戯れに」と置いたもので、先づをどけにこういうてやるといふことぢや。

〔銅柱……壇に登る〕南海の銅柱（中国とヴェトナムとの国境を示す銅柱。後漢の馬援が立てた）のあるあたりより朱崖郡（海南島の地名）などといふまで、甚だ遠く、道の難儀な処ぢや。いにしへ前漢の伏波将軍馬援（馬援は正しくは後漢の将軍）か横海将軍と云ふに（天子が平定を）仰せ付けられ、手柄をしたところぢや。

〔越人……獬豸冠〕越人（南方の住民）が都に帰伏して、珊瑚樹などをあの方から（自発的に）貢物に差上げたといふ。しかればわざわざ取りにつかわさるるに及びそうもないものぢや（朝廷の尊厳も衰えたものだ）。「獬豸冠」は即ち神羊（をかたどった冠。一四ページ参照）。楚、法を執るもの服する所の冠なり（「楚」以下、『唐詩訓解』の注をそのまま採用する。もと楚国の制度の意か。未詳）。

〔疲馬……寒きを畏る〕そこもと宝を都へ持って上らるれば、道々百姓馬に付けて上らるるゆへ、くたびれ、山中などを通らるる時は、日の暮れぬうちに宿をとりたいと思うて、日の暮るるを愁へ、舟路もあるが、まだ初春のことゆへ風が荒くて、乗りにくからう。

〔由来……忍びざらんことを〕『老子』の字を出して、古へより君子は得がたき宝を貴ばずとあるによって、そこもとが珍しい珊瑚樹を持ちて行かれても、悪うしたらば、天子の見るに忍びぬとてわきへおしのけられやうも知れぬと云うて、実はなぶるのである。

【補説】

「伏波、横海、旧と壇に登る」。「伏波」「横海」は、ともに漢代に南方平定のために置いた将軍。「壇に登る」は、将軍を任命する時、土壇を築いてその人を上に登らせる儀式をいう。一句は、杜侍御が出かけていった南方の土地は、むかし伏波将軍や横海将軍が任命され、平定にむかったところなのだ、の意。

「漢使、何ぞ労せん、獬豸冠」。珊瑚樹を都へ運ぶのに、獬豸冠をかぶった侍御史などという大官をわざわざ派遣することもあるまいに、の意。獬豸冠は、侍御史（監察官）の冠。

最後の二句。『老子』第三章に、「（聖人は）得難きの貨を貴ばざれば、民をして盗を為さしめず」とある。国字解に「実はなぶるのである」というのは、あなたが宝を苦労して都へ運んでも、立派な天子様はそんな得がたい宝など珍重なさるまいといって、杜侍御をなぶるのである、の意。杜侍御をなぶる形をとって、宝を平然と収める天子を諷刺するのである、というところまで言及すべきであろう。

送李少府貶峡中
王少府貶長沙

高　適

李少府が峡中に貶せられ、
王少府が長沙に貶せらるるを送る

嗟す　君が此の別れ　意何如
馬を駐め杯を銜んで謫居を問ふ
巫峡の啼猿　数行の涙
衡陽の帰雁　幾封の書ぞ
青楓江上　秋天遠く
白帝城辺　古木疎なり
聖代　即今　雨露多し
暫時　手を分つ　躊躇することなかれ

嗟君此別意何如
駐馬銜杯問謫居
巫峡啼猿数行涙
衡陽帰雁幾封書
青楓江上秋天遠
白帝城辺古木疎
聖代即今多雨露
暫時分手莫躊躇

〔題〕　李少府は峡中（四川省東端。揚子江の川幅が狭くなって巫峡など三峡の険のあるところ）西蜀の方へ流され、王少府は南方の長沙（湖南省。洞庭湖南方の町）に流さるる。一首を二人へ贈るなり。

〔嗟す……謫居を問ふ〕　さてさて笑止な（気の毒な）儀で、そこもと此の別れは何と心得てござる。心細いことであらう。こなた衆二人はどこへ流さるることであると、（見送りにきた馬をとどめ、別れの酒をくみかわして）謫居（流される地）を問ふなり。

〔巫峡の……書ぞ〕　李氏は西の方蜀の巫峡を通らるることゆへ、猿のもの哀れに啼くを聴いて、悲しう思うて涙を流さるるであらう。王氏は南方衡陽あたりへ行かるるゆへ、帰雁を見ても都の方へ状文をこされ（よこされ）たからう。また都から文の来たらぬをも悲しまるるであらう。

〔青楓江上……古木疎なり〕 長沙の青楓江あたりからは都へは遙々のことゆへに、心細く、蜀の白帝城（二〇ページ参照）などの木の葉のまばらになった秋の風景を見られたならば、さぞもの悲しからう。

〔聖代……ことなかれ〕 さりながら御上がすぐれて、御恩（「雨露」）の深い時分ぢゃによって、別れると云うてもしばらくの間で、追付け召し帰さるるであらうほどに、別れを悲しんで躊躇（立ち去りがたくすること）してござるなと、勇めるである。

【補説】

「衡陽の帰雁」。衡陽は長沙の南にある町。その地の衡山の一峰に回雁峰があって、雁はこれより南へは行かず、ここから北へひき返すという（一三六ページ参照）。雁は手紙を運ぶ鳥とされる。

夜、韋司士に別る

高館　燈を張りて　酒復た清し
夜鐘　残月　雁帰る声
只言ふ　啼鳥　侶を求むるに堪へたりと
那んともすることなし　春風
　行を送らんと欲するを
黄河曲裏　沙　岸と為り

夜別韋司士　　高　適

高館張燈酒復清
夜鐘残月雁帰声
只言啼鳥堪求侶
無那春風欲送行
黄河曲裏沙為岸

白馬津辺　柳　城に向ふ　　白馬津辺柳向城
怨むることなかれ　他郷　　莫怨他郷暫離別
暫く離別することを
知んぬ　君が到る処　逢迎有らん　　知君到処有逢迎

〔高館……雁帰る声〕　これは手前（自分）の座敷ではないそうな。先づ結構な座敷へ燈をつけて、酒をも随分吟味して取りよせ、夜の時の鐘もせわしう撞き、月も西へ傾いてある時節に、雁の鳴いて通る音などの聞へる。雁といへば、兄弟の連なる様子もこもってある。

〔只言ふ……欲するを〕　ただ啼鳥の友を求むるに堪へたりといふまでで（力弱い小鳥同士のつき合いのようなもので、の意か）、何とも是非もないことは、追付け春になると、そこもとを送らねばならぬ（今、送別の宴を張っているのであるから、この国字解は誤りである）。侶を求むるとは裏腹（反対）ぢゃ。

〔黄河曲裏……向ふ〕　行先を思ひやって、黄河の曲り曲って、沙岸通りは路がぞろぞろして（砂のためざくざくして、の意か）通りにくい。白馬津（河南省滑県近くの渡し場）などは、柳が城（町の城壁）に向いびっしりと植ゑてあるをひとり見られ、さぞ悲しからう。

〔怨むる……有らん〕　他郷へ行かるるについては、しばらく別れるとても必ず嘆きやるな。そこもとのやうな才のすぐれた人は、人がもてはやして逢迎（歓迎）するものであると存ずる。

賈至舎人「早に大明宮に朝する」の作を和す

和賈至舎人早朝大明宮之作　　岑参

鶏鳴紫陌曙光寒
鶯囀皇州春色闌
金闕暁鐘開万戸
玉階仙仗擁千官
花迎剣佩星初落
柳払旌旗露未乾
独有鳳凰池上客
陽春一曲和皆難

鶏　紫陌に鳴いて　曙光寒し
鶯　皇州に囀じて　春色闌なり
金闕の暁鐘　万戸を開き
玉階の仙仗　千官を擁す
花　剣佩を迎へて　星初めて落ち
柳　旌旗を払うて　露未だ乾かず
独り鳳凰池上の客のみ有って
陽春の一曲　和すること皆難し

〈鶏……春色闌なり〉　禁裏の景をいふ。暁方には（「紫陌」都大路に）鳥の鳴く時分に参内する。まだほんのりと、夜が明けぬゆへ、「寒し」といふ。夜が明けてみたれば、鶯が都（「皇州」）中に満ちわたって鳴き、春も盛り過ぎである。

〈金闕……千官を擁す〉　朝儀（朝廷の儀式）の体をいふ。（「金闕」黄金で飾った宮門の）明け六つが鳴ると、禁裏の千門万戸が一度に押し開きて、（「仙仗」儀仗を持った兵士が）玉階（玉で飾った階段）のもとまで旗をたてて、朝儀の官を擁してある。

〔花……未だ乾かず〕　階(きざはし)のもとまで花が植え続けてある。そこまで行きつくと、星も落ちてそろそろ明るくなり、青瑣門の近くの柳なども糸をたれ、夜明けゆへ露も乾かぬである。

〔独り……皆難し〕　賈至への挨拶に、ひとり中書といふすぐれた者が調(しら)べの高い「陽春」の曲を作ってこされたが、和すること難くして、誰(たれ)も真似もならぬ。

【補説】

この詩は、賈至の「早に大明宮に朝して両省の僚友に呈す」（一六二ページ）に和したものである。

「花、剣佩を迎へて」。「剣佩」は、正装した官人が腰に帯びる剣と玉。地上で花が正装の官人たちを迎えると（空では星が落ちる）、の意。

「柳、旌旗を払うて、露未だ乾かず」。国字解は不正確である。柳が儀仗兵の旗さしものをこするように垂れて、その柳の枝の露がまだ乾いていない、の意。国字解が詩に表現されていない「青瑣門」を持ち出したのは、賈至の詩の「千条の弱柳、青瑣に垂れ」という句による。青瑣門については一六三ページ参照。

「鳳凰池上の客」は、この詩を贈った相手の賈至を指す。鳳凰池が中書省の別名であること、一六三ページ参照。

「陽春の一曲、和すること皆難し」。あなたの詩はきわめて格調が高いので、誰も唱和することができない、の意。「陽春」は「陽春白雪」の略。楚の宋玉の「楚王の問ひに対(こた)ふ」にいう。郢(えい)の国で、ある人がはじめ「下里巴人(かりはじん)」という歌を歌ったところ、数千人が唱和した。次に「陽春白雪」という歌を歌ったら、格調が高すぎて、数十人しか唱和する者がいなかった。このことから、格調の高い詩を「陽春白雪」という。

祠部王員外「雪後、早に朝するの即事」を和す

長安　雪後　春の帰るに似たり
素を積み華を凝らして曙輝に連なる
色は玉珂に借りて暁騎迷ひ
光は銀燭に添うて朝衣晃らかなり
西山の落月　天仗に臨み
北闕の晴雲　禁闈を捧ぐ
聞道く　仙郎　白雪を歌ふと
由来此の曲　和する人稀なり

和祠部王員外
雪後早朝即事　　　岑参

長安雪後似春帰
積素凝華連曙輝
色借玉珂迷暁騎
光添銀燭晃朝衣
西山落月臨天仗
北闕晴雲捧禁闈
聞道仙郎歌白雪
由来此曲和人稀

〔長安……曙輝に連なる〕長安の雪後（雪の晴れたあと）の様子を云ひ出して、雪の降った景色を見れば、真っ白になって春の花盛りの如くである。真っ白な雪の光が、明け方の日の光（「曙輝」）につれていよいよ光る。

〔色は……朝衣晃らかなり〕雪の白いと馬の飾りの玉珂の白いが、一つになって見分けられぬゆへ、「迷

ひ」と云ふ。雪の光と燈の光が一つになって、手前（自分）の衣に映らうてきらきら光りわたり。

（西山の……禁闈を捧ぐ） 西山が真っ白く、落月の如く天仗（儀仗兵）に臨みかかるをよくよく見れば、雪の白いである。禁裏の御殿が高く建ててある下を雲がとりまわして（とりかこんで）あるやうに、屋根の上ばかり雪があるが、下からささげたやうに見へるなり。

（聞道く……稀なり） 王員外が「陽春白雪」（すぐれた詩。二〇七ページ参照。ここでは「雪後、早に朝するの即事」を指す）を歌い出されたが、すぐれてよいについて、なかなか和する者はない。此の方（自分）などは及びもないことぢゃ。

【補説】

題の「即事」は、見たことをそのまま詠ずる、の意。

「素を積み華を凝らして」。雪の白く輝くさまの形容。「素」は、白絹。「華」は、本書本文に「ヒカリ」と左訓をほどこしてあるから、国字解は「光を凝結させる」の意に解しているのであろう。現代の注釈書は大むね文字通りの「花」ととって、雪の結晶をたとえたものと解する。

「色は玉珂に借りて暁騎迷ひ」。現代の諸注に、「借して」「借りて」の両様の読み方がある。高木氏注は「借して」と読んで、「その色（雪の白い色）は、馬のくつわの飾り玉に力添えして、夜明けの道を参内する騎馬を迷わせ」と解する。前野直彬氏（岩波文庫『唐詩選』）は「借りて」と読んで、「その色は馬のくつわに飾った玉から借りてきたかと思われるばかり、……」と解する。

「朝衣」は、参内する官人の官服。国字解のように「手前の衣」と限定する必要はない。

「西山の……禁闈を捧ぐ」。国字解は、落月が天仗に臨み、晴雲が禁闈（宮中の門）を捧げるという表現を、雪の積ったさまの比喩と解している。これは『唐詩訓解』に次のようにいうのにもとづく。

「落月」「晴雲」は虚を借りて実に対す。蓋し雪光の月の如きを言ふなり。若し真に落月を指さば、便ち雪後と関ることなし。

もっとも、晴雲が禁闈を捧げるというのが比喩であるとすれば、それに対応する実景は、雪が禁闈を捧げているさまということになろうが、国字解に「屋根の上ばかり雪があるが、下からささげたやうに見へるなり」というのは、禁闈が雪をささげているという意味に解されて、混乱があるようである。現代の諸注はこの二句を比喩とはとらず、実景の描写と解している。

「仙郎」は、尚書省の官人。

西掖省即事

西掖の重雲　曙暉を開く
北山の疎雨　朝衣に点ず
千門の柳色　青瑣に連なり
三殿の花香　紫微に入る
平明　笏を端しうして鵷列に陪し
薄暮　鞭を垂れて馬に信せて帰る

西掖省即事　　　　岑参

西掖重雲開曙暉
北山疎雨点朝衣
千門柳色連青瑣
三殿花香入紫微
平明端笏陪鵷列
薄暮垂鞭信馬帰

官拙うして自ら悲しむ　頭白尽することを　　官拙自悲頭白尽
如かじ　巌下に荆扉に偃さんには　　不如巌下偃荆扉

〔西掖……朝衣に点ず〕　実景を述べて、我がいる役処（「西掖」。中書省）より空を見れば、夜明けのことゆへ空も陰ってある。その間を推し開いて朝日の光（「曙暉」）が見へ、折ふしまばらに降る雨が官人の朝衣（官服）に降りかかり。

〔千門……紫微に入る〕　千門（沢山の宮門）の柳も盛んに萌え出でて、糸を引いて青瑣（宮門の青い連鎖模様の彫刻）に垂れ、三殿に植えてある花の香が、天子の御座の間（「紫微」）の方へ匂いこむ。「三殿」は、蓬萊・紫宸・含元なり。

〔平明……信せて帰る〕　それよりして朝早うから（「平明」）笏を持ちて、席順に立ち並んで参内して、暮れ方まで勤めて、毎日々々鞭を垂れ馬にまかせて、役所へ帰る。

〔官……偃さんには〕　畢竟勤めが下手ゆへに、かやうに白首（しらが頭）になるまで役替へ（昇進）もせずにいる。これよりはいっそ山へ引っこんで隠者になるがよいと、憤っていふなり。

【補説】

「重雲」は、幾重にも垂れこめた雲。

「北山の疎雨」は、北の山から風に吹かれて散ってくるまばらな雨。

「平明……信せて帰る」。この二句は、その前の二句で述べた春景のうららかさと対比させて、かつ最後の二句の前提として、作者自身の凡々たる役人生活を述べたものであるが、国字解にはその味わいが十分に出ているとはいえない。むしろ『唐詩訓解』が、この二句と前の二句との間に説明を補って、「春色信(まこと)に佳なり。然れども此れに居ることを楽しむにあらず」という。

「鵷列」は、官人の序列。鵷は鳳凰で、整然と並んで飛ぶという。

「馬に信せて帰る」。一日の勤務が終って、自分の屋敷へ帰るのであって、国字解に「役所へ帰る」というのは、門人の筆録の際の誤りであろう。

「巌下に荊扉に偃す」。言葉通りには、山中の岩の下に隠棲して、柴で作った門の奥で寝そべる、の意。

九日使君席奉餞
衛中丞赴長水　　岑(しん)　参(しん)

節使横行西出師
鳴弓擐甲羽林児
台上霜威凌草木
軍中殺気傍旌旗
預知漢将宣威日
正是胡塵欲滅時
為報使君多泛菊

九日(きゅうじつ)、使君(しくん)の席にして衛中丞(えいちゅうじょう)の長水(ちょうすい)に赴(おもむ)くに餞(せん)し奉(たてまつ)る

節使(せつし)横行(おうこう)して西のかた師(いくさ)を出(いだ)す
弓を鳴らし甲(こう)を擐(つら)ぬく羽林(うりん)の児(じ)
台上(たいしょう)の霜威(そうい)　草木(そうぼく)を凌(しの)ぎ
軍中の殺気　旌旗(せいき)に傍(そ)ふ
預(あらかじ)め知る　漢将(かんしょう)　威(い)を宣(の)ぶる日
正(まさ)に是れ胡塵(こじん)滅せんと欲する時
為(ため)に報(ほう)ず　使君多く菊を泛(うか)べて

更に絃管を将て東籬に酔へと　　更将絃管酔東籬

〔題〕使君と云ふは、御史中丞と見ゆる。

〔節使……羽林の児〕衛中丞は節旄（天子より賜る兵権委任の旗。節旄を賜るので「節使」という）を賜って大将になって行かるることゆへ、夷の地を自由自在にかけ廻り（「横行して」）、能く落ち付いた心で今西域の方へ軍（「師」。軍隊）を出して、（弓づるを鳴らし、甲冑を身にまとった）気象な（勇壮な）若い者（「羽林の児」。近衛兵）ばかり引きつれて行かるる。

〔台上……旌旗に傍ふ〕ことに御史（監察の官）を兼ねて行かるることゆへ、威勢もはげしく「霜威（霜の威力）、草木を凌ぎ」と置いたもので、草木をなびかすといふほどのことである。すぐれた大将のことゆへ、軍中に於いて敵にうちかつ処の殺気が、いま行かるる旌旗（旗さしもの）に添うて見ゆる。

〔預め……欲する時〕上の二句を受けて、「預め」いまから知れている、辺塞（国境のとりで）へ行かれて霜威を宣べらるる（発揮される）日が、直に胡塵（異民族の起す戦塵）が滅するに決定してある。

〔為に……酔へと〕この上にもまだ（宴の主催者の使君に）申すは、送別のことゆへ、常の九月九日よりは賑やかに打囃し（管絃の演奏）をして、東籬の菊を見ながら（菊を浮べた）酒でも飲み、酔ひを催したがよい。

【補説】

題は、九月九日の重陽の節句に、使君（州の長官）の設けた宴席で衛中丞（御史中丞の衛氏）を送別する、の意であるから、使君と衛中丞を同一人物と見る国字解は誤りである。

「長水」は、洛陽の西南の町。ところでこの詩は、第一句に「西のかた」といい、第五・六句に「漢将」「胡塵」といって、衛中丞は西域の異民族の討伐に向うかのようである。国字解はそのように解して、長水が西域の地ではないことに無頓着である。大典の『唐詩解頤』は、「(長水は)疑ふらくは当に天水に作るべし。唐の隴西郡(甘粛省。西域の地)、漢の時、天水郡と為す」と、一応考証している。現代の諸注によれば、この詩の背景にあるのは安禄山の乱で、安禄山は異民族の出身であるから、その戦乱を「胡塵」、官軍の将を「漢将」といったのであって、西域とは無関係である。また作者はこの時虢州(河南省霊宝)にいたと考証されていて、長水は虢州の東南に当るので、「西のかた(西へ向って)」といういい方と矛盾するのであるが、これについて高木氏注は、この場合の「西のかた」は、「ここを西にして(東へ向って)」の意と解している。

「台上の霜威、草木を凌ぎ」。「台」は、御史台。御史台におけるきびしさは草木を枯らすほどである、の意。霜だから枯らすのであって、国字解に「草木をなびかす」というのは適当に意訳したもの。

首春、渭西の郊行。
藍田の張二主簿に呈す　　岑参

回風　度雨　渭城の西
細草　新花　踏んで泥と作す
秦女峰頭　雪未だ尽きず
胡公陂上　日初めて低る

首春渭西郊行
呈藍田張二主簿

回風度雨渭城西
細草新花踏作泥
秦女峰頭雪未尽
胡公陂上日初低

愁へて白髪を窺って微禄を羞ぢ
悔ゆらくは青山に別れて旧渓を憶ふ
聞道く　輞川　勝事多しと
玉壺の春酒　正に携ふるに堪へたり

愁窺白髪羞微禄
悔別青山憶旧渓
聞道輞川多勝事
玉壺春酒正堪携

〈回風……泥と作す〉「郊行」といふは、城下はづれを用もないにぶらぶら歩くこと。張氏が藍田（長安の東南にある形勝地）の下屋敷に引っこんでいるに呈するなり。思ひもよらず強く風（「回風」。つむじ風）が吹いて、雨（「度雨」。さっと通りすぎる雨）もにわかに降って通る。渭城（長安の西北、渭水を渡ったところにある町）あたりの（「細草」萌え出たばかりの細い草や）新花なども、散って（踏まれて）泥の如くになってある。

〈秦女峰頭……初めて低る〉藍田の堺に在る、昔弄玉（秦の穆公の娘）が遊んだ山なども、雪が消え残ってあり、鄠県（長安の西南）の胡公陂（堤の名）の方を眺めている中に、春の日も夕陽にかたむき。

〈愁へて……旧渓を憶ふ〉つらつらとわが身のことに気をつけてみれば、何となく愁へが生じてくるは何ゆへなれば、此の白髪になるまで僅かなあてがい（扶持）を貰うているといふは、恥づかしいことぢゃ。故郷の青山に別れて恋しうは思へども、微禄（わずかの扶持）を受けているゆへ、旧渓（故郷の谷川）に行くこともならぬ。

〈聞道く……堪へたり〉さて、そこもとのござる藍田の近くの輞川（川の名。王維の別荘のあった有名な形勝地）あたりは、面白いこと（「勝事」。景色の美しさ）が多いと云ふが、この間に（近いうちに）手樽を携へて気晴らしに参らうぞ。

暮春、虢州の東亭にして李司馬
が扶風の別廬に帰るを送る

柳 嚲れ鶯嬌びて　花復た殷たり
紅亭　緑 酒　君が還るを送る
到来　函谷　愁中の月
帰去　磻渓　夢裏の山
簾前の春色　応に須く惜しむべし
世上の浮名　好し是れ閑なり
西のかた郷関を望めば　腸 断えんと欲す
君に対すれば　衫袖　涙痕斑なり

暮春虢州東亭送
李司馬帰扶風別廬　　岑参

柳嚲鶯嬌花復殷
紅亭緑酒送君還
到来函谷愁中月
帰去磻渓夢裏山
簾前春色応須惜
世上浮名好是閑
西望郷関腸欲断
対君衫袖涙痕斑

〔柳……還るを送る〕　時節がら暮春のことゆへ、柳もいよいよ糸をたれ、鶯も囀り、花も咲きみだれ。『左伝』（成公二年）「左輪朱殷」とあり。（「虢州」河南省霊宝の）美しい東亭（町の東の駅亭）で柳を見、鶯を聞きながら酒を飲んで、そこもとの（「扶風」陝西省鳳翔の別荘に）帰らるるを送る。

〔到来……夢裏の山〕　そこもとが此の方へ到来せられても、旅にいらるることゆへ、函谷の月を見ても早う故郷へ帰りたいと愁へ、常々扶風の磻渓（扶風の南方にある谷川）へ帰りたいと思うていらるることゆへ、夢ばかり見ていられつらうが、この度帰らるるについて、うつつ（夢）に見られた山々を見て通らるるであらう。

〔簾前……是れ閑なり〕　ただ引きこんでいらるることゆへ、簾前（すだれの前）の春色を眺めて、これは花が散らねばよいがと惜しまるるばかりで、曾て世上の浮名（空しい名声）などにはかかはらず（「閑なり」。どうでもいいことだ）、一向に暇でおらるるであらう。

〔西のかた……斑なり〕　そこもとの扶風に帰らるるを見て、（私も）故郷へ帰りたうなって、郷関を望んで腸もたち切るやうぢゃ。今そこもとに別るるについて、あまり歎いたで、袖は涙斑いた。

【補説】

「鶯嬌びて」。「嬌ぶ」というのだから、国字解のように単に「囀る」と解釈するのは不十分で、千葉芸閣の『唐詩選講釈』に「鶯も一入嬌き声をさへづりて」とあるのがよい。

「殷たり」。「殷」字は、音アンの時は「濃赤色」の意。まっ赤に咲きみだれるさま。

「簾前……是れ閑なり」。国字解は、李司馬が扶風へ帰って引退してからの光景・心境ととっている。現代の諸注は、今この送別の場で目にする光景、「世上の浮名などどうでもいいのだ」という、引退しようとする李司馬への慰めの言葉ととる。

「応に須く惜しむべし」。「惜しむ」は、（春色を）愛惜する、の意。国字解に「花が散らねばよいがと惜しまるる」というのは、意訳なのであろうが、誤解を生ずる。

「緑酒」は、緑がかって見える上等の酒。「紅亭」「緑酒」の紅・緑が、前句の柳・花と映じ合う。

万歳楼

江上　巍巍たり　万歳楼
知らず　経歴　幾千秋ぞ
年年　喜び見る　山　長へに在ることを
日日　悲しみ看る　水独り流るることを
猿狖　何ぞ曾て暮嶺を離れん
鸕鷀　空しく自ら寒洲に泛ぶ
誰か登望に堪へん　雲煙の裏
晩に　向して茫茫として旅愁を発す

万歳楼　　王昌齢

江上巍巍万歳楼
不知経歴幾千秋
年年喜見山長在
日日悲看水独流
猿狖何曾離暮嶺
鸕鷀空自泛寒洲
誰堪登望雲煙裏
向晩茫茫発旅愁

〔題〕（万歳楼は）潤州（江蘇省鎮江）の城上の西南の隅。晋の刺史王恭が建てた古跡なり。

〔江上……幾千秋〕江水（揚子江）へさし臨んである万歳楼が、「巍巍」と高う建ててある。「万歳楼」といふから、「幾千秋をか経歴す」と使うたものじゃ。定めて久しいことであらう。

〔年年……流るることを〕上の「千秋」の句を受けて、楼の向ひにある山へ来てみるに、易らずあるが、それとは違うて、水の流れといふものは去って帰らぬものゆへ、悲しう思はるる。

〔猿狖……寒洲に泛ぶ〕猿（「猿狖」。狖は尾長猿）といふものは、ふだん山を離れず落ち付いている仕合せものぢゃ。下の川を見れば、白鳥が水に浮いている。吾がやうに不仕合せなものは、水鳥の如く住処を定めずあちこちうろたへて（放浪して）歩く。もとより猿の山に住んで処を得たやうに、仕合せのよい者は、都に落ち付いて勤めている。吾がやうに仕合せの悪い者は、水鳥の如くうろたへ歩く。〈誰か……旅愁を発す〉さて名は目出たいが、この万歳楼に上って風景を見て、喜ぶ者はあるまい。ことに暮方になると、「茫茫」とわけもなく愁へが生じてくる。

【補説】

「山長へに在ることを」。題が「万歳楼」であるし、「喜んで見る」といっているから、万歳楼に登って、そこから見える山に対して感慨をもらす、と解するのが自然であろう。国字解に「楼の向ひにある山へ来てみるに」とわざわざいうのは、不可解。

「暮嶺」は、今この私の目の前で暮れなずんでいるあの山、の意。国字解のように、猿の一般的習性を述べたごとく解すると、詩情がそこなわれる。

「鸊鵜」は、鵜。国字解に「白鳥」というのは、気分で適当に解釈をつけたもの。

「寒洲」は、さむざむとした中洲。

「誰か……雲煙の裏」。もやの立ちこめる中、この楼に登って眺望することに、誰が堪えられよう、の意。

題張氏隠居　　杜甫

張氏が隠居に題す

春山無伴独相求

春山　伴無うして　独り相求むれば

伐木丁丁山更幽

伐木丁丁として山更に幽なり

澗道余寒歴氷雪
石門斜日到林丘
不貪夜識金銀気
遠害朝看麋鹿遊
乗興杳然迷出処
対君疑是泛虚舟

澗道の余寒に氷雪を歴て
石門の斜日に林丘に到る
貪らず　夜　金銀の気を識り
害を遠ざけて朝に麋鹿の遊ぶを看る
興に乗じて杳然として出処に迷ふ
君に対すれば疑ふらくは是れ虚舟を泛ぶるかと

〔春山……更に幽なり〕　時節がらは春で、張氏が山ごもりしているによって、伴なふ者もなくただひとり行きて、（あなたを）求め尋ぬるに、伐木の音などを聞いて、別して山も奥深く思はるる。『詩経』（小雅「伐木」）の字で、「木を伐ること丁丁（とおんとおん）たり。鳥鳴くこと嚶嚶たり」と。言ふところは（その『詩経』の詩の意味は）、友を求むるなり。

〔題〕「氏」は、「家」の字の意。

〔澗道……林丘に到る〕　谷あいの、日の当らぬ処は余寒で氷の張ってある処を通ってゆく。それより張氏の門口に至ってみれば、石をかたどって（彫刻して）門にしてある。朝早う出て来たものが、やうやう夕日方に林丘（林のある丘）に行き着いた。

〔貪らず……遊ぶを看る〕　二句、世を離れた趣きをいふ。山奥に静かにしていれば（地下から立ちのぼる）金銀の気を知るといふが、張氏は貪らず取る気のない人ゆへ、いよいよよく知らるるであらう。

ただ見るものは、鳥獣の世の害を避けて遊ぶを見るのみぢゃ。

〔興に……泛ぶるかと〕 興に乗じていろいろの面白い話をしていたれば、杳然として（ぼんやりしてしまって）帰路に迷うて、人間（俗世間）へ出る道を忘れた。そこもとのやうな無心な人に対して話したるは、吾が心も虚舟を浮べた如く無心になった。

【補説】

題の「隠居」は、世を避けた隠れ家（かくれが）の意。

「夜、金銀の気を識り」。万物の寝静まった夜中、立ちのぼる金銀の気を知り、の意。金銀が地中に埋っていると、そこに気が立ちのぼるという。

「害を……遊ぶを看る」。国字解は「害を遠ざけて」の主語を下の「麋鹿」ととっているが、これは明白な誤りで、南郭の解釈とは信じられない。『唐詩訓解』にも、「害に遠ざからんと欲す。故に日に麋鹿と同遊す」とある。張氏が世俗の害から遠ざかって無心でいるため、麋鹿も心を許して近づいてきて遊ぶ、の意。「麋」は、大きな鹿。国字解に「鳥獣」というのも、粗雑である。

「出処に迷ふ」。国字解に「帰路に迷うて、人間へ出る道を忘れた」というのは、面白くはあるが、「出処」という語の解釈としては無理であろう。高木氏注に、「何だかぼんやりとして、どうしてよいやら分らなくなったし」と訳し、「出処」は「身のふりかた、または行動の意」という。

「虚舟」。『老子』山木篇にいう。舟で川を渡る時、人の乗っていない虚舟（からぶね）が来て衝突したら、いかに短気な人でも怒りようがない。それと同様に、自分の気持を空虚にしておれば、人と争うこともなく、とらわれない生活を送ることができると。

宣政殿退朝晩出左掖　杜甫

天門日射黄金榜
春殿晴曛赤羽旗
宮草菲菲承委珮
炉煙細細駐遊糸
雲近蓬萊常五色
雪残鳷鵲亦多時
侍臣緩歩帰青瑣
退食従容出毎遅

宣政殿より退朝して晩に左掖を出づ

天門　日射る　黄金の榜
春殿　晴曛ず　赤羽の旗
宮草菲菲として委珮を承け
炉煙細細として遊糸を駐む
雲　蓬萊に近うして常に五色
雪　鳷鵲に残して亦多時
侍臣緩歩して青瑣に帰る
退食従容として出づること毎に遅し

〔題〕旧史に、「含元殿の後を宣政と曰ふ。宣政の左右に中書・門下の二省有り。公（杜甫）、左拾遺と為り、門下に属す。故に左掖（左がわ）と曰ふ」と。政が終って帰る様子を作る。

〔天門……赤羽の旗〕起句、『訓解』の註がよくない。「天門」といへば、宣政殿の前の門で、朝日が出ると直に宣政殿にかけてある金字の額（「黄金の榜」）に日がさし、輝きわたる。宣政の前に赤羽の鳥（朱雀）の画いた旗が立ててあるに、朝日がきらきら映る。

〔宮草……遊糸を駐む〕宣政殿の大庭を見れば、若草が「菲菲」とこころよう萌え出でてある。「委珮」

といふは、腰をかがめ、佩玉（腰につける飾り玉）が垂れてあるゆへ、「（地に）委く」といふ。それを（草が）むっくりと（やわらかく）受くるが、「承くる」である。御炉（天子の香炉）の空だきの煙はほつほつと立ちのぼって、糸遊（蜘蛛の吐く糸の空中にただようもの）を集めたやうな煙が多く立つゆへ、「駐む」といふ。

〈雲……亦多時〉　この時、安禄山が乱もをさまり、粛宗の御世になった時分ゆへ、五色の雲（瑞雲）がふだん蓬萊殿のあたりにたな引きてあり、寒い雪のやうなものはとうに消へて、暖かになり。「残」は、消ゆるなり。「五色」に対して「多時（長い時間）」と云ふ。また四五日以前の義なり。

〈侍臣……遅し〉　「侍臣」とは吾がことを云うて、春の暖かな景色を見ているゆへ（「緩歩して」ゆっくり歩いて）、（宣政殿から）八つ時（午後二時）帰るのが（帰るはずなのが）七つ時分（午後四時）に左掖を出でて、青瑣（青瑣門。一六三ページ参照。ここでは門下省を指す）に帰る。退食（食事に自宅に帰ること）に帰るも、いつもいつも（「従容として」のんびりと）遅う帰るとなり。

【補説】

題の「左掖」は、宣政殿の左側にあった門。そこに作者の勤務する門下省があった。

国字解に「起句、『訓解』の註がよくない」というのは、『唐詩訓解』の「天門」や「黄金の榜」についての典拠考証であって、解釈ではないので、ここには掲げない。

「晴曛ず、赤羽の旗」。「曛」は「日が暮れる」の意であるから、国字解に「朝日がきらきら映る」というのは、うかつな誤り。高木氏注では、「晴は曛ず、赤羽の旗」と読んで、「朱雀をえがいた旗を、夕ぐれの色に淡く染めている」と解釈する。

「雪……亦多時」。国字解が「残」を「消ゆる」の意にとり、「のこる」ではなく「ざんす」と読んだのは、『訓解』に「雪、深苑に在りて尽く消ゆ」とあるのにもとづく。この解釈は近代の簡野道明の『唐詩選詳説』にまで継承されている。高木氏注には、「めでたい雪も、鳷鵲観かとおぼえる建物に消え残って、ずいぶん時がたつ。……鳷鵲は、漢代の宮観の名。ここはそれを借りて唐代の宮観をいう」という。

紫宸殿退朝口号　　杜甫

戸外昭容紫袖垂
双瞻御座引朝儀
香飄合殿春風転
花覆千官淑景移
昼漏稀聞高閣報
天顔有喜近臣知
宮中毎出帰東省
会送夔竜集鳳池

紫宸殿退朝の口号

戸外の昭容　紫袖垂る
御座を双瞻して朝儀を引く
香　合殿に飄って　春風転じ
花　千官を覆うて　淑景移る
昼漏　聞くこと稀にして　高閣より報じ
天顔　喜び有って　近臣知る
宮中　出でて東省に帰る毎に
夔竜を会送して鳳池に集まる

〔題〕紫宸殿の御規式（儀式）すんで、退朝する時の口ずさみなり。

〔戸外……朝儀を引く〕朝、紫宸殿に出御の趣きを云ふ。「戸外」は、戸口の方で、杉戸の際まで「昭容」の女官の者が天子の御先に立ちて、紫の袖を垂れ腰をかがめて、二人ながら天子の御足もとをふり返って見ながら、朝儀の御規式のある紫宸殿まで案内してめぐる。

〔香……淑景移る〕　御炉の香の匂ひが春風に飄って、御殿中（「合殿」）に満ちて香ばしい。居る処の官人たちには花がふりかかってあり、見ているうちに暖かな朝日の景（「淑景」）が移って高うあがる。

〔昼漏……近臣知る〕　明六つより以後が「昼漏」で、夜漏に対して云ふ。漏刻の間が遠くして聞へぬと思ふたれば、表の高閣より（時刻を）告げ知らする。かやうな様子を御覧じて、天子の御きげんのよい御顔を拝するといふことは、外様の者はならぬ。この方（自分）のやうな近臣ばかり知ることぢゃ。

〔宮中……集まる〕　それより御規式すんで、宮中より左省（「東省」）。門下省）に帰るにも、（役人たちは、それぞれの）御頭役の（「を」の誤りか）尚書・中書・門下（三省）へ送り、見舞に行きて、今日は首尾よく御規式もすんで目出たいなどというて、そうして手前の「鳳池」（一六三ページ参照）の中書省に帰る。この時、杜子美が頭役は中書令である。夔・竜は、舜の賢臣。ここでは中書令に比す。かやうな重い衆（重臣）に心やすうするといふは、外様の者はならぬことぢゃ。

【補説】

「双瞻」は、二人の昭容が左右両側から天子の御座を見ること。

「朝儀を引く」。『唐詩訓解』には、

　天子将に朝せんとす。宮人（女官）引導す。

とあって、昭容が天子を朝儀の場まで導く、と解する。国字解はこれに従っている。現代の注釈書は大むね、昭容が参内の官人を導く、と解している。

最後の二句。諸注さまざまに説くが、『訓解』には次のようにいう。

　既に朝して、退くときは、（自分は）則ちまた三省（尚書省・中書省・門下省）の僚属と丞相（「夔竜」）を会送して（見送って）中書（省）に至って後に、（門下省へ）退くなり。

国字解はこれに従っているらしい。しかし杜甫は門下省に属しているのに、「手前の鳳池の中書省」とか「杜子美が頭役は中書令である」とかいうのは、奇妙である。

曲江、酒に対す

苑外　江頭　坐して帰らず
水晶宮殿　転た霏微
桃花細かに楊花を逐うて落ち
黄鳥　時に白鳥を兼ねて飛ぶ
縦飲　久しく拚す　人共に棄つることを
懶朝　真に世と相違ふ
吏情　更に覚ゆ　滄洲の遠きことを
老大　徒に傷んで　未だ衣を払はず

曲江対酒　　杜甫

苑外江頭坐不帰
水晶宮殿転霏微
桃花細逐楊花落
黄鳥時兼白鳥飛
縦飲久拚人共棄
懶朝真与世相違
吏情更覚滄洲遠
老大徒傷未払衣

〔苑外……転た霏微〕世の不遇を憤るので、曲江（長安の東南隅の行楽地の池）の芙蓉苑の御築地（土塀）の外の、曲江のほとりに坐して、参内のすむ（参内の刻限が過ぎてしまう）にかまはず、帰らずにいる。水晶の如くすきとをるやうな宮殿も、ほのかに霏微として、あるやらないやらといふに、心をとめて見ぬ様子をいふ。『訓解』の註、悪しし。立派な宮殿のやうなものも、奉公に心をとめず、棄てる気になっているゆへ、いらぬと云ふ様子なり。

〔桃花……兼ねて飛ぶ〕それよりして、桃花や楊花（柳絮。一七七ページ参照）などの散りゆく様子、黄鳥などの飛ぶが面白いと思うて。

〔縦飲……世と相違ふ〕吾が大酒を飲むを、世間の者が（「人共に」。みんな）馬鹿ぢゃというて笑ふが、それも覚悟の前と打すててをくが、「拚す」ぢゃ。この頃は参内も心にそまず、仕へともない（「懶朝」。朝するに懶し）。情出して勤める者とはつきあはぬ（「世と相違ふ」。世間に背を向ける）。

〔吏情……衣を払はず〕仕官ゆへ、滄洲の趣きが遠くなるやうに思はるる（「吏情」は、役人根性）。「滄洲」は、仙人のいるところである（東海中にあるという伝説の島）。老い腐るまで（「老大」）思ひきって引込みもせずに（官をやめもせずに）いると云ふは、汚いことぢゃ。ただ心を痛めているばかりである。「衣を払ふ」といふは、隠者になることなり。

【補説】

「水晶宮殿、転た霏微」。国字解に「『訓解』の註、悪しし」と。この言がこの位置にあるのは、恐らく門人の筆録の際の誤りで、南郭が「悪しし」といいたかったのは、次の二句についての『唐詩訓解』の解釈に対してであったであろう。すなわち『訓解』は、『唐書』文芸伝を引いていう。宰相房琯が罷免された時、杜甫は上疏して罷免の非なることを述べて、帝の怒りに触れた。

「桃花細かに楊花を逐うて落つ」とは、房琯相を罷められて、己れもまた黜けらるるなり。「黄鳥時に白鳥を兼ねて飛ぶ」とは、忠邪（忠臣・奸臣）朝廷に混乱するなり。

このように『訓解』はこの二句を眼前の実景と見ず、比喩と解釈するのである。

「転た霏微」。「霏微」は、本来は雨や雪がこまかく霧のように降るさま。高木氏注には、「ここは水に反射する春光を受けて水晶の宮殿がきらきら光るさまをいう」とある。国字解が「ほのかに霏微として、あるやらないやら」と解したのは、「奉公に心をとめず、棄てる気になっているゆへ」という感情を読みこんだためである。なお、「転た」について、高木氏注にいう、「転たとは、見れば見るほどにいよいよの意。これが一句の字眼であり、殿影動揺してちらつき、酔眼これを望んでまぶしさに堪えないさまが、この一字によって巧みに強調されている」と。

「白鳥を兼ねて」。享保九年版『唐詩選』には「兼二白鳥一」とのみあって、送り仮名がないので、南郭がどう読んでいたかは知られない。宝暦八年版『唐詩選』と本書は、「白鳥を兼ねて」と読む。現代の諸注は大むね、「白鳥と」ないし「白鳥と兼に」と読む。意味は「(黄色い鳥が)白い鳥と一緒になって」ということである。

九日、藍田崔氏の荘　　杜甫

老い去って　悲秋　強ひて自ら寛うす
興来たって　今日　君が歓びを尽くす

九日藍田崔氏荘

老去悲秋強自寛
興来今日尽君歓

羞づらくは短髪を将て還って
　帽を吹かるることを
笑って旁人を倩うて為に冠を正さしむ
藍水　遠く千澗より落ち
玉山　高く両峰に並んで寒し
明年　此の会　知んぬ　誰か健やかならん
酔って茱萸を把って仔細に看る

羞将短髪還吹帽
笑倩旁人為正冠
藍水遠従千澗落
玉山高並両峰寒
明年此会知誰健
酔把茱萸仔細看

〔老い去って……歓びを尽す〕　秋は、若い時さへもの悲しいに、いま老い去って、いよいよ面白うない。しかれども、自ら心をとり直して慰めてみれば、興も来たり、面白うなって、今日、そこもとの家で歓を尽して楽しむ。

以下二句、以上二句の心を云うて老を歎く。

〔羞づらくは……正さしむ〕　いにしへ孟嘉が落帽の時は、若いによって風流にあったが、いま吾が（風に）冠を吹き落されてみたれば、直にはげ頭が見ゑるゆへ、恥づかしい。さりながら、興が来て少し面白いによって、笑いながら人を頼んで、冠を正しうしてもろふ。

〔藍水……並んで寒し〕　景を述べて、藍水（藍田付近の川）より遠く谷川の流るる様子、面白い。藍田を「陸海の珍蔵（形勝の地であるゆえにいう）」と云うて、「藍田、玉を生ず」といふによって（藍田山を）「玉山」といふ。藍田（「山」脱か）の両峰に並び、晴れきって見ゆるゆへ、「寒い」といふ。

〔明年……仔細に看る〕今日このやうに面白いについて、来年も逢はうと思ふが、明年は誰が死なうやら、生きていても散り散りにならうやら知れぬ。それゆへに、何のこともない肴に出た茱萸をとって、明年はどこで見やうも知れぬと、目をとめてつくづくと見るが、「仔細に見る」である。

【補説】

題の「九日」は、九月九日。重陽の節句の日。藍田（長安東南の形勝の地）の崔という人の屋敷の重陽の宴に、作者が招かれたのである。

「羞づらくは……帽を吹かるることを」。国字解にいう「孟嘉が落帽」の故事は、『晋書』叛逆伝に見える。桓温の部下の孟嘉は風流人であった。ある年の九月九日、桓温が竜山に重陽の宴を設けた時、風が孟嘉の帽子を吹き落した。桓温が孫盛に命じてこれを嘲る文章を作らせると、孟嘉は紙を請うて答えの文章を作った。その態度は悠然と落着きはらっていたという。

「藍水、遠く千澗より落ち」。藍水が遠くから千澗（沢山の谷）を通って流れ落ちてくる、の意。

「茱萸」。九月九日に茱萸の枝を髪にさして、災難よけのまじないにする風習があった。国字解に「何のこともない肴」というのは、中国の風習に無頓着な誤り。

望野　　杜甫

西山の白雪　三城戍

望野

西山白雪三城戍

231　巻之五

南浦の清江　万里橋
海内の風塵　諸弟隔たり
天涯の涕涙　一身遙かなり
惟遅暮を将て多病に供す
未だ涓埃の聖朝に答ふる有らず
馬に跨って郊を出でて時に目を極むれば
人事日に蕭条たるに堪へず

南浦清江万里橋
海内風塵諸弟隔
天涯涕涙一身遙
惟将遅暮供多病
未有涓埃答聖朝
跨馬出郊時極目
不堪人事日蕭条

〔題〕野外へ出でて、蜀（四川省）の西の方を吐蕃（チベット族）が攻むる、それゆへ三所に番手（守備の兵）を置いて、きっと（厳重に）守っている様子を見て作る。実は当時（現在）政事の仕方がよくないゆへ、民も難儀をする。我を用いたらば治めてやらうものをと、乱を歎くのである。

〔西山……万里橋〕蜀の西山の方に雪の降ってあるが見へ、我は今、南浦（蜀の成都を流れる浣花渓の岸辺）の清江（清らかな流れ）、万里橋のあたりにうろうろしてをる。

〔海内……一身遙かなり〕「海内」世界中がみな乱れ立った（「風塵」。兵乱）時分ゆへ、兄弟も散り散りに隔てをり、我はづっとの遠くの「天涯」のはづれに身を遠く避けているゆへ、しきりに涙が流れる。

〔惟……答ふる有らず〕つくづく吾が身を思うてみるに、年寄り果てて何もらちのあかぬ「遅暮」を以て、多病にふりあてがうているより外はない。すればつゆちり（「涓」、一滴の水。「埃」、一点の塵）

ほども君（「聖朝」。皇室）へ御恩を報ずることはならぬゆへ、大方このままで朽ち果てるであらう。

〈馬に……堪へず〉さりながら、馬に乗って郊外へ出て見わたせば、遠くは三城、近くは「人事」、百姓どもの家なども日々さびれてくるを見ては、かまはずにはをきがたい。どうも堪忍ならぬ。

【補説】

「三城戍」は、三つの城塞。吐蕃の侵入にそなえて蜀の成都の西に築かれた。

「人事」は、人の世の営み。

登楼

花　高楼に近うして客心を傷ましむ
万方多難にして此に登臨す
錦江の春色　天地に来たり
玉塁の浮雲　古今変ず
北極　朝廷　終に改めず
西山の寇盗　相侵すことなかれ
憐れむべし　後主　還って廟に祠らるることを
日暮　聊か梁甫の吟を為す

登楼　杜甫

花近高楼傷客心
万方多難此登臨
錦江春色来天地
玉塁浮雲変古今
北極朝廷終不改
西山寇盗莫相侵
可憐後主還祠廟
日暮聊為梁甫吟

〔花……登臨す〕高楼に間近く花の咲いてあるといふものは、面白いはづであるに、何をいうても、今万方（いたるところ）多難にして兵乱の砌ゆへ、心ならず遠国へ来て見ることゆへ、面白うなく、却って心（「客心」。旅にある者の心）を痛める。

〔錦江……古今変ず〕錦江（蜀の成都を流れる川）のあたりを見れば、春色はいつも変らず来るが、玉塁山（成都の西北にある山）の浮雲を見れば、古今変態して大いに変り果てたと、王室の乱のことをいふ。

〔北極……相侵すことなかれ〕北極の動かぬを以て天子の御座に比して、面白うひとる（表現する）。天子の御座といふものは、改まるといふことはないものゆへに、一たび都を吐蕃（チベット族）に奪はれたれども、終には取りかへした。さるによって西域の胡の、都へ討ち入るといふことはあるまい。寇盗どもがなにほど侵したというて、都を取らるることではない。かならず侵すな。

〔憐れむべし……吟を為す〕見れば笑止な（いたましい）ことには、蜀の先王昭烈皇帝（劉備）の廟に、親から請けとった大切の国を滅ぼし、天下を人に奪はれた後主劉禅（劉備の子。凡庸な君主）も一つに祭られてあるといふものは、いこう外聞の悪いことぢゃ。それにつけても、（劉禅をよく補佐した）孔明がことを思ひ出して「梁甫の吟」（孔明が愛唱した歌）をなすと云うて、今この詩を以て比す（「梁甫の吟」になぞらえる）。下心は、後主のやうな埒もない（凡庸な）人が廟に祀られてあるを以て、当時の歴々（朝廷で主だった人）にらちもない人が高位になっているに比す。

【補説】

「登臨」は、高いところに登って眺めわたすこと。

「天地に来たり」。天地に満ちてやってくる、の意。

秋興。四首

玉露 凋傷す 楓樹林
巫山巫峡 気 蕭森
江間の波浪 天を兼ねて湧き
塞上の風雲 地に接はって陰る
叢菊両び開く 他日の涙
孤舟一に繋ぐ 故園の心
寒衣処処 刀尺を催す
白帝城 高うして 暮砧急なり

秋興四首　杜甫

玉露凋傷楓樹林
巫山巫峡気蕭森
江間波浪兼天湧
塞上風雲接地陰
叢菊両開他日涙
孤舟一繋故園心
寒衣処処催刀尺
白帝城高急暮砧

〔題〕南方夔州（四川省奉節の東方）で「秋興」を八首作った中、四首ぬき出してある。杜子美（杜甫。子美は字）が詩はつかまへどころがない。それで結句よい情をはっきりとうわべへ表さず、こうもあらうかと推量してみるやうに（後世の注釈者が色々推量せざるをえないように）、作る。

〔玉露……気、蕭森〕時分がら秋のことゆへに、白露に色づいて楓の葉もしほれて（「凋傷」）見へ、巫山の十二峰（と巫峡）あたりもさびかゑって見ゆる。

〔江間……接はって陰る〕　巫峡の江水なども、秋風に激して波が高う（「天を兼ねて」。天にとどかんばかりに）湧きあがり、巫山の上、白帝城のあたりも、雲が（地面に）ひっ付いてあるやうに見へて、曇りわたり。

〔叢菊……故園の心〕　去年もこの処へ来て、替った処で菊を見ると思うて、菊の花を眺めて涙を流したが、今年も去年の通りに菊の花を見て泣く（「他日の涙」。過ぎさった日のことを思い起して流す涙）。去年この処で孤舟を借り、この処につないでをいたが、今年も孤舟を一つにつなぎとめてをいて、乗り出して故郷へ帰るといふこともなさそうな、と云ひすてておくが面白いである。

〔寒衣……暮砧急なり〕　今歳も秋の末のことゆへ、方々でとり急いで綿入れ（「寒衣」。冬の着物）の仕度（「刀尺」。はさみとものさし。裁縫）をする。白帝城の高いところでは、暮合がけに別してせわしなく砧を打つが、それを聞くにつけても、旅のものあわれな情をひきをこす。

【補説】

「巫山巫峡」。巫山は、夔州にある山。巫峡は、その下の、揚子江の流れをはさむはざ間。なお「ぶさんぶこう」は江戸時代の読み方。現在は「ふざんふきょう」と読む。

「塞上」。国字解にこの「塞」を白帝城（二〇ページ参照）と解しているが、第八句に白帝城が出るのに、ここにも白帝城が出るとなると、情景に変化がなく面白味に乏しい。南郭がこのような解釈を下したとは信じがたい。この「塞」は別の古城のことである。

「孤舟一に繋ぐ、故園の心」。国字解のいうところは、分りにくい。現代の諸注は、「一」を「一たび」「ひとえに」などと読む。『唐詩訓解』は次のように解釈する。

孤舟一たび係って、未だ去る時有らざれば、則ち故園の心（故郷を恋しく思う心）反って其の為に係けらる。

つまり、孤舟をこの地につなぎとめて、故郷へ帰ることがないので、かえって故郷を思う心がつなぎとめられると。高木氏注はこの解釈と同じ。『唐詩選講釈』にはいう。「孤舟一たび繋ぎとめて此の所に居れども、故園に心は飛んでいる気味もあると、云ひ残すで、結句、詩意深し」。国字解の「云ひすてておくが面白い」という批評は、この解釈と考え合せれば、いわんとするところが理解できる。

二　　杜甫

千家山郭静朝暉
日日江楼坐翠微
信宿漁人還泛泛
清秋燕子故飛飛
匡衡抗疏功名薄
劉向伝経心事違
同学少年多不賤
五陵衣馬自軽肥

二

千家　山郭　朝暉静かなり
日日　江楼　翠微に坐す
信宿の漁人　還って泛泛
清秋の燕子　故ほ飛飛
匡衡　疏を抗げて　功名薄く
劉向　経を伝へて　心事違ふ
同学の少年　多くは賤しからず
五陵の衣馬　自ら軽肥

〔千家……翠微に坐す〕楼にのぼって、暁方、夔州の山城（「山郭」。山ぞいの城壁）の、まわりに家のあるところを見れば、いかうひっそりと見へ、楼が江の岸づたいの樹の繁った中に建ててあるによって、「翠微」といふ。それへ毎日来て、つっくりと（つくねんと。思いに沈むさま）して見ている。以下の二句、ここで楼より江水を見る景をいふ。

〔信宿……故ほ飛飛〕昨夜から居る漁人が、やっぱりまだ舟に乗りて浮みあるく（「泛泛」）というて、下心（真意）は、われもあの漁舟の如く、旅中にうろたへて（放浪して）いる。秋になると、燕は南国へ帰るものぢゃが、秋の末、清秋まで、なを燕の飛ぶと、わが身の故郷へ帰らぬに比して云ふ。

〔匡衡……心事違ふ〕いにしへ漢の匡衡は、元帝の時に上疏（天子に意見書をたてまつること）して、功名も高かったが、おれも上疏はしたけれども、功名の沙汰もない。（漢の）劉向は宣帝の時、経書の学を伝へて名をあらわしたが、われも若い時分から経術を伝へたけれども、名もあらわれぬ。若い時の心とは、心がいこう違うてきた。

〔同学……自ら軽肥〕若い時分に同じく学問をして、同学の少年どももみな立身して、五陵（長安北郊。漢の五帝の陵があった。富豪の別荘地）あたりの歴々の富貴な者になっているに、おれはこのやうにうろたへている。

【補説】

「朝暉」は、朝日の光。

「翠微」は、緑につつまれた山の中腹のことであるから、国字解に「岸づたいの樹の繁った中に建ててある」ので「翠微」という、というのは誤り。しかし「江楼」が「山の中腹」にあるというのも不自然

ではある。千葉芸閣の『唐詩選講釈』に、

　日々西の江楼に登り、巫山巫峡の間の翠色の微なるを見て居るなり。

というのは、「翠微に坐す」を、川ばたの楼にいて翠微に対坐する、の意に解していて、これに従えばつじつまが合う。

「信宿」は、二晩続けて泊ること。国字解の「昨夜」は、「一昨夜」とあるべきである。

「心事違ふ」は、心に願うことと現実とがくい違うこと。

「衣馬、自ら軽肥」。裘は軽く、馬は肥えていること。豊かな生活をいう。

三

蓬萊の宮闕　南山に対す
承露の金茎　霄漢の間
西望すれば　瑶池　王母降り
東来の紫気　函関に満つ
雲移りて　雉尾　宮扇を開き
日繞って　竜鱗　聖顔を識る
一臥　滄江　歳晩に驚く

三　　杜甫

蓬萊宮闕対南山
承露金茎霄漢間
西望瑶池降王母
東来紫気満函関
雲移雉尾開宮扇
日繞竜鱗識聖顔
一臥滄江驚歳晩

幾回青瑣点朝班

幾回か　青瑣　朝班に点ぜし

〔題〕　玄宗のことを思ひ出して述ぶるばかりで、別して諷ずるのではない（格別に諷刺の意はない）。

〔蓬萊……霄漢の間〕　蓬萊の宮殿はまん向うの終南山（長安南方にある、長寿を象徴するめでたい山）に対してあり、金茎の承露盤（漢の武帝が、天の玉露を受けて不老不死の飲み物とすべく造営した大きな皿。金茎はそれを支える高さ二十丈の銅柱）などは天（「霄漢」）へも届きそうにずっと出てあり。必竟　御殿の高いを聞かせたものなり。

〔西望……函関に満つ〕　玄宗の時分には自由なことそうで（天子が思うままに振舞ったそうで）、西へ御望みなされると直に西王母（有名な仙女。周の穆王や漢の武帝と交歓した伝説がある）が下り、東の方、紫気が立ちて老子の下られたと云ふ。これ実事をいふ。

〔雲……聖顔を識る〕　天子の竜顔を覆ふ処の雲の如くなる雉尾扇（雉の尾羽根で作った宮扇。一対あり、宮女が左右から玉座を覆いかくす）を、百官の朝儀の時は脇へ去るによって、其の時は天子の袞竜の御衣（一六五ページ参照）を召してござる御姿が、朝日の霧を開いて出づる如く、きらきらする聖顔を拝してあったが。

〔一臥……点ぜし〕　今、をちぶれて滄江（青い水をたたえた川。ここでは揚子江を指す）に臥しているについては、年の暮れゆくに驚き、つくづく思うてみれば、われも昔は度々朝参して郎官の並（席次）にちょっと加はっていたこともあったが、このやうにもをちぶれるものかな。

【補説】

『唐詩訓解』には、「此れ、明皇（玄宗）の神仙に感じて、以て乱を階むるを追刺す」とあって、この詩を玄宗の神仏かぶれへの諷刺ととる。国字解に「別して諷ずるのではない」というのは、『訓解』に反対しているのである。南郭としては、諷刺よりも、最後の二句にこめられた老残悲哀の思いを読みとることの方が重要だったのであろう。

「西望……函関に満つ」。「瑤池」は崑崙山にある池で、神仙の住む所。「東来の紫気」は老子の故事。老子が西のかた函谷関に遊んだ時、関守の尹喜は東方から紫色の気が近づいてくるのを見て、真人（悟りを開いた人）が来るのだと知ったという。国字解に「これ実事をいふ」という「実事」は、『唐詩選講釈』に次のごとくいうものを指すか。

西の方を望めば瑤池より西王母が降りしと云ふは、睿宗の二公主（内親王）、全仙・王真が女道士となり、観（道教の寺院）を築きしことを遠まはしに云うた。東より来たる紫気が函谷関に満ちわたるは、唐の時、老子を尊んで、玄元皇帝（一〇三ページ参照）と称し、廟を両京（長安と洛陽）に立て、それを遠まはしに云うたとみへるなり。

もっとも、これだと諷刺ということになるので、他にもっと適当な事実があるのかも知れない。

最後の句。高木氏注に、「この身だって、かつては幾たびか、青瑣門で朝廷の席次をそろえるための点呼をうけたものであったのにと思いながら」とある。青瑣門については、一六三ページ参照。「朝班」は、朝廷における席次。

四　　　　四　　　　杜甫

昆明池水　漢時の功　　　　昆明池水漢時功

武帝の旌旗　眼中に在り
織女機糸　夜月虚しく
石鯨鱗甲　秋風に動く
波　菰米を漂はして　沈雲黒く
露　蓮房に冷やかにして　墜粉紅なり
関塞　極天　惟鳥道
江湖　満地　一漁翁

武帝旌旗在眼中
織女機糸虚夜月
石鯨鱗甲動秋風
波漂菰米沈雲黒
露冷蓮房墜粉紅
関塞極天惟鳥道
江湖満地一漁翁

〔昆明……眼中に在り〕都のことを思うて、昆明池は漢武（漢の武帝）の時に開かせられた池で、武帝のこの池で船軍を習はせられた（本書1、二三三ページ参照）。（その際の「旌旗」旗さしものが）今も目に見るやうであると、玄宗の御在位の時に比すなり。

〔織女……秋風に動く〕池中にある織女（の石像）なども、誰見るものもなく、空しくうち棄ててあるであらう。また石鯨（石で刻んだ鯨。三六ページ参照）（の鱗）なども秋風に動いてあるであらうが、乱後のことゆへ、誰も手さす（手をふれる）者もあるまい。

〔波……墜粉紅なり〕昔は菰なども人がとったが、今は大かた波に漂うて、底へ沈んで、まっ黒に黒雲のやうになってあるであらう。蓮などの赤う咲いてあるのも、誰とるものもなく、空しく散ってしまふであらう。

〔関塞……一漁翁〕我、蜀へ来て、関塞（関所のある城塞）の鳥道（鳥の通ふ道）を隔てられ、江湖（揚子江流域の水郷地帯）の広い間に舟にばかり乗って、漁翁（漁師）のやうになりきっていることゆへ、昆明の勝（美しい景色）を見ることもならぬ。「極天」と云ふは、天の果てから果てへ来ている意なり。道の遠いことになる。

【補説】

「織女機糸」は、石像の織女が手にしているはたおりの糸。

「菰米」は、まこもの実。秋に黒い実を結ぶので、「沈雲黒く」という。「沈雲」は、水に映った暗い雲。ここでは浮沈するまこもの実にたとえる。

「露……墜粉紅なり」。国字解は粗雑である。高木氏注に、「露は蓮の花房に冷やかにおいて、こぼれおちる紅おしろいのようにまっかであろう」とある。

「関塞、極天、惟鳥道」。同じく高木氏注に、「ここ関所のある辺鄙な土地から見わたせば、大空のはてまで、まっすぐにのびる、鳥の通い路があるばかり」と。

「満地」は、いたるところ。

吹笛　杜甫

笛を吹いて　秋山　風月清し
誰が家ぞ　巧みに断腸の声を作す

吹笛

吹笛秋山風月清
誰家巧作断腸声

風　律呂を飄して相和すること切なり
月　関山に傍うて幾ばく処か明らかなる
胡騎　中宵　北走するに堪へたり
武陵の一曲　南征を想ふ
故園の楊柳　今　揺落す
何ぞ愁中却って尽く生ずることを得ん

風飄律呂相和切
月傍関山幾処明
胡騎中宵堪北走
武陵一曲想南征
故園楊柳今揺落
何得愁中却尽生

〔題〕夔州（二三四ページ参照）に居て吹笛を聞いて、「関山月」「折楊柳」などの曲を作る（「関山月」「折楊柳」などの笛の曲を念頭においてこの詩を作る、の意か）。

〔笛を……声を作す〕いづくともなく吹笛の音が聞へるが、折ふし秋のことゆへ、風月も冴へ、寒う清うあり、何ものかは知らぬが（「誰が家ぞ」）、さりとは上手に人を悲しむるやうに吹くである。

〔風……明らかなる〕起句の「風」の字をうけて、「律呂」といへば声の上げ下げのことで、風が笛の声を高く低く飄して拍子よく、間近く聞へる。この夜は月がどこもかも明らかにあらう。

〔胡騎……南征を想ふ〕かやうな夜すがら笛を聞いては、どのやうな気象な（勇猛な）胡騎（異民族の騎馬兵）どもも、みな散り散りになって帰るであらう（晋の劉琨の故事。本書1、三四八ページ参照）。むかし漢の馬援が南征した時に、（湖南省の武陵で）門人袁寄生と云ふ者が吹く笛を馬援が聞いて悲しんで、「武渓深曲」といふを作って和したといふが、さぞこのやうに悲しかったであらう。

〔故園の……得ん〕 今、秋のことゆへ、故園（故郷）の楊柳も枯れてしまふ（「揺落す」）時分であるに、今この「折楊柳」の曲を吹くを聞けば、楊柳がはえ出づるやうに思われて、しきりに故郷を思ひ出して、悲しうなってくる。

閣夜　杜甫

歳暮　陰陽　短景を催す
天涯の風雪　寒宵霽る
五更の鼓角　声悲壮
三峡の星河　影動揺
野哭　千家　戦伐を聞き
夷歌　幾ばく処か漁樵に起る
臥竜　躍馬　終に黄土
人事　音書　漫に寂寥

閣夜

歳暮陰陽催短景
天涯風雪霽寒宵
五更鼓角声悲壮
三峡星河影動揺
野哭千家聞戦伐
夷歌幾処起漁樵
臥竜躍馬終黄土
人事音書漫寂寥

〔題〕 この時夔州（二三四ページ参照）に居て、城楼の閣へ登って、乱世を悲しんで作る。

〔歳暮……寒宵霽る〕 歳の暮ゆへ、昼夜も短うせはしう移る時分で、天涯（天の果てのこの地）の風雪、どこもかも晴れわたって冴へ、寒う見へ。

〔五更……影動揺〕 今ここらも騒ぎ（兵乱）が止まぬゆへ、番手（守備兵）の陣屋で（「五更」。午前四時を告げる）鼓角（太鼓と角笛(つのぶえ)）の声がもの悲しう聞へ、三峡（夔州近くの、揚子江の三つの有名な峡谷）あたりの冴へさびた空をのぞみ見れば、星影がきらきら動いてものさびしく。漢武の時、星辰、影動揺す。東方朔云ふ、「民労の応（人民が苦労する前兆）なり」と。「星」の字ばかり（意味があって）、「河」の字に用はない。

〔野哭……漁樵に起る〕 今に戦(いくさ)が止まず、方々で討死(うちじに)をしたものが多いによって、野辺(のべ)は哭する声が聞へ、家で死んだものは家で哭す。戦場で討死をして、どこで死んだやら死処(しにどころ)の知れぬものは、野哭する。このあたりは大方夷(えびす)に奪われてあるゆへ、あそここの木こり山がつの家でも夷歌を歌ひ出す。

〔臥竜……漫に寂寥〕 変り果てたを見てつくづく思ふに、忠臣の臥竜（諸葛孔明）も、謀叛人の公孫述(こうそんじゅつ)（前漢末の武将）がこのところに馬を躍らせて白帝と称したも、みな土になってしまうた。それにつけても、なにやかや、人事（人の世の営み）・故郷のをとづれ（書信）なども、「漫に」どうであらうがかまはずに、寂寥と打ちすてをく。

【補説】

題にいう「閣」は、杜甫の夔州における旅寓「西閣」のことと、現在は考証されている。「閣夜」は、そこでの夜の情景、の意。国字解に「城楼の閣」というのは、適当に推量したものである。

「歳暮、陰陽、短景を催す」。「短景」は、冬になって日の短いこと。国字解に「昼夜も短う」というのはどうであろうか。高木氏注に、「歳の暮れにあたり、陰陽の二気が、さらでも短い日かげをせきたてるおりから」という。

「星河」は、天の川。国字解に、「星の字ばかり、河の字に用はない」というのは、星影が動揺するのは人民の苦労の前兆という故事を強調しようとしてであろう。なお国字解に「東方朔云ふ」とあるのは、『唐詩訓解』をそのまま引いたもので、『漢武故事』では、武帝にこのことを奏上したのは董仲舒ということになっている。

「臥竜、躍馬、終に黄土」。『訓解』には、

　忠逆賢否、同じく尽くるに帰するを感ずれば、則ち人生徒らに自ら苦しむのみ。

すなわち忠臣の諸葛孔明、逆臣の公孫述も、結局は同じように土に帰ってしまうということが、人事の空しさを思い知らせると解釈している。国字解もその説に従っているようである。

「人事、音書、漫に寂寥」。国字解に「寂寥と打ちすてをく」というのは、『訓解』に、

　人事、音書、また其の寂寥たるに任するのみ。

とあるのを口語訳したものであるが、日本語として奇妙である。人の世の営みも、故郷の便りも、わけが分らなくなって、さびしいことである、の意。

返照　　杜甫

楚王宮の北　正に黄昏
白帝城の西　過雨の痕
返照　江に入って石壁を翻し

返照

楚王宮北正黄昏
白帝城西過雨痕
返照入江翻石壁

帰雲　樹を擁して山村を失す
衰年　病肺　惟枕を高うす
絶塞　時を愁へて　早く門を閉づ
久しく豺虎の乱に留まるべからず
南方　実に未だ招かざる魂有り

帰雲擁樹失山村
衰年病肺惟高枕
絶塞愁時早閉門
不可久留豺虎乱
南方実有未招魂

〔題〕「返照（夕日の照り返し）」といふ題で作ったではない。晩景（夕日）の西よりさすを見て、見わたす処の景を作ったものゆへに、あとから置いた題ぢゃ。

〔楚王宮……過雨の痕〕この処は、むかし楚の襄王の巫山の神女を恋ひ慕はれたことがあった（本書1、一三七ページ参照）といふによって、眺めていれば、ちゃうど日の暮るるやうにある。実は日の暮れるのではなうて、雨ぐもりである。西方、白帝城（二〇ページ参照）あたりを雨が降って通れば。

〔返照……山村を失す〕直に夕日が江にさしこんで、石壁の影が江の中へさかさまにさしこんで見ゆるかと思へば、襄王の花宮のあたり、植えてある樹木を（ねぐらへ帰る）雲がとりこめて、山村を見失ふやうにあると、一通り景色を述ぶ。

〔衰年……門を閉づ〕今は年寄って（肺の）病はあり、元の身ではないによって、ただ寝てばかりいる。このやうな絶塞（都から遠いとりでの町）に来ているも、世の乱れたゆへと思うて、秋（時世）を愁へて、まだ日の暮れぬうちから門を掩い塞いでいる。

〔久しく……魂有り〕かやうな、豺狼（山犬）・虎のやうな悪人が大勢いて乱を起す処に留るものではないゆへ、（都へ）帰らうとは思ふけれども、度々(たびたび)兵乱が続いて、魂が散ったから、招いてかえらねば、帰られぬ。

【補説】

〔題〕の国字解は、『唐詩訓解』に「詩既に成って、其の中の字眼（核心となる文字）を摘みて、題と為す。専ら(もっぱ)返照を賦するにあらず」とあるのに従ったもの。

「正に黄昏」。国字解に「実は日の暮れるのではなうて、雨ぐもりである」というのは不可解。「正に」という副詞は実際に日暮れであることを示すし、日暮れと間違えるほどの雨曇りであるとすると、返照（入り日の反射）が見られないことになる。次の句に「過雨の痕」とあるから、通り雨が上って、そのあとが入り日に光っているという情景であろう。

「南方、実に未だ招かざる魂有り」。国字解は、『唐詩訓解』の次のような解釈をそのまま受けている。

　南方、寇盗(こうとう)方(まさ)に甚だしうして、吾が旅魂実に驚散して未だ招かざる者有り。故に亟(すみやか)に去る能はず。

すなわち、兵乱に驚いて我が魂は飛散しているから、これを招き返して凝集させなければ、都へ帰ることはできないと。誤りといわなければならない。この句は、『楚辞』招魂に、

　魂や帰り来たれ。南方以て止まるべからず。

というのにもとづいたもので、高木氏注に「ここ南方のへんぴな国に、げにもなお都へと招きかえしてもらえずにさまようている魂があるのだ」と解するのに従うべきであろう。「未だ招かざる魂」は、いうまでもなく作者自身を指す。『楚辞』招魂の一句は『訓解』も引いている。それにもかかわらず『訓解』が前掲のような解釈を下し、かつ国字解がまたそれに従ったのは不可解。

登高

風急に　天高うして　猿嘯哀

渚清く　沙白うして　鳥飛び廻る

無辺の落木　蕭蕭として下り

不尽の長江　袞袞として来たる

万里　悲秋　常に客と作り

百年　多病　独り台に登る

艱難　苦だ恨む　繁霜の鬢

潦倒　新たに停む　濁酒の杯

登高　　杜甫

風急天高猿嘯哀

渚清沙白鳥飛廻

無辺落木蕭蕭下

不尽長江袞袞来

万里悲秋常作客

百年多病独登台

艱難苦恨繁霜鬢

潦倒新停濁酒杯

〔風急に……鳥飛び廻る〕秋の末、九月のことゆへ、風も激しく、空も澄みのぼり、寒いゆへ、猿ももの悲しう嘯き、ことに鳥が川岸通りや川の中などを食物を求めてあるいても、何にもないゆへに、飛びかへるなり。

〔無辺……来たる〕向うを見れば、山も峰も一面に木の葉の鳴る音がもの寒う聞へて、（揚子江の）江水が「不尽に」常住ふだんに流るる。「袞袞」は、水の絶えざる貌なり。

〔万里……台に登る〕吾が身は（故郷と）万里を隔てて、来る年も来る年も旅客となっているゆへ、ひとしほ秋の気色ももの悲しく、一生、病にかかり、他国にいれば、伴ふ者もなくただひとり楼に登る。

〈艱難……濁酒の杯〉　かやうに艱難にばかり出逢ふゆへ、頭もまっ白になり、老衰ゆへ酒を止めたれば、いよいよ気の晴るることもない。「潦倒」は、落魄（おちぶれること）の貌。

【補説】

題の「登高」は、九月九日、重陽の節句に、小高いところに登って酒宴を開くこと。ここでは作者ひとりで、つれもなく、かつ酒もやめているという状況である。

「猿嘯哀」。普通には「猿嘯 哀し」と読む。享保九年版『唐詩選』には振り仮名がないので、南郭がどう読んでいたのかは分らない。宝暦八年版『唐詩選』と本書に「猿嘯哀」と振り仮名をつけ、千葉芸閣の『唐詩選講釈』も同様であるから、「嘯哀」を「哀しげに嘯く」という意味の動詞とする読み方があったのであろう。

「鳥飛び廻る」。「廻る」は宝暦八年版『唐詩選』と本書の読み方であるが、「食物がないのでもどってくる」と解するのは情趣に乏しい。情景に即すれば、「鳥飛び廻る」と読む方がよい。「廻る」と読むなら、せめて戸崎淡園の『箋註唐詩選』のように、「鳥、暮に向って帰棲す」とありたい。

「無辺の落木」は、果てしのない落葉。

「蕭蕭として下り」は、ざわざわと音を立てて落ちる、の意。

闕下にして裴舎人に贈る　　闕下贈裴舎人　　銭起

二月　黄鸝　上林に飛ぶ　　二月黄鸝飛上林

春城　紫禁　暁陰陰
長楽の鐘声　花外に尽き
竜池の柳色　雨中に深し
陽和　窮途の恨みを散ぜず
霄漢　長く日を捧ぐる心を懸く
賦を献じて十年　猶ほ未だ遇せず
羞づらくは白髪を将て華簪に対することを

春城紫禁暁陰陰
長楽鐘声花外尽
竜池柳色雨中深
陽和不散窮途恨
霄漢長懸捧日心
献賦十年猶未遇
羞将白髪対華簪

〈題〉「闕下」は、禁裏の御門下なり。

〈二月……暁陰陰〉二月は春の盛りゆへ、鶯（「黄鸝」）などが鳴き飛んで、上林（上林苑。漢の宮苑。ここでは唐の宮苑にたとえる）も「陰陰」と曇りわたって見へる。

〈長楽……雨中に深し〉長楽宮の曲輪なども花が盛りに咲いてある。その中より聞えてくる時の鐘の声が、夜明けの時を撞きしまうたものゆへに、「尽き」といふ。竜池（一一八ページ参照）あたりの柳も、雨のうるほうたやうに沾ひを持ってあり、何を見ても面白い。

〈陽和……心を懸く〉かやうな月の陽和（暖かい春）の時分には、すこしは愁へも散じそうなものであるが、吾がこの不仕合せに行きつかへてある（「窮途」。人生が行きづまること）ゆへ、愁へは散ぜぬ。かく不仕合せであてもないゆへ、天子へ御仕へ申したいと云ふ心は絶へた。

〔賦を……対することを〕　我が文章を天子へ御覧に入れても久しいことぢゃが（長い年月がたつが）、今に御取り上げもなく、歳のよるまで役替（昇進）もせずにいる。この白髪を以て歴々（身分の高い方）に対するといふは、恥づかしいことぢゃ。

【補説】

第一・二句の国字解には、筆録の際の脱落があると思われる。第二句は、高木氏注に「春の宮城、みかどの御殿は、夜明けの中におぐらくかげり静まる」というごとくの意。「紫禁」は、天子の宮殿。「陰陰」は、国字解に「曇りわたって見へる」というのはやや違う。大きな建物などがぼんやり霞んで、黒黒としているさまをいう。

「雨中に深し」。雨の中で深々とけむるさま。

「霄漢、長く日を捧ぐる心を懸く」。国字解に「天子へ御仕へ申したいと云ふ心は絶へた」というのは、正解とまったく逆の解釈で、何かの誤りであろう。常識で考えても、天子への忠誠心がなくなったという不遜の気持を詩に詠ずるはずがない。高木氏注に、「でも私は、大空に向って、太陽を捧げもつ忠誠の心を、いつまでもかかげてきた」とある。「霄漢」は、大空。「日を捧ぐ」は、天子に忠誠を尽すことをたとえていう。

「賦を献ず」。高木氏注に、「ここでは、科挙に応じて及第したことをいうか」と。

「華簪」は、高位の人が冠を髪にとめるための美しいかんざし。転じて高位の人。ここでは詩を贈った相手の裴舎人を指す。つまりこの詩は、裴舎人にわが身の不遇を訴えて、よい役職への推薦を依頼したもので、国字解が裴舎人に限定せず、「歴々」と一般化しているのは、不十分である。

和王員外晴雪早朝　　銭起

紫微晴雪帯恩光
繞仗偏随鴛鷺行
長信月留寧避暁
宜春花満不飛香
独看積素凝清禁
已覚軽寒譲太陽
題柱盛名兼絶唱
風流誰継漢田郎

王員外が「晴雪、早に朝する」を和す

紫微の晴雪　恩光を帯ぶ
仗を繞って偏に鴛鷺の行に随ふ
長信　月留まって　寧ろ暁を避けんや
宜春　花満ちて　香を飛ばさず
独り看る　積素の清禁に凝ることを
已に覚ゆ　軽寒の太陽に譲ることを
柱に題する盛名　絶唱を兼ぬ
風流　誰か継ぐ　漢の田郎

〔紫微……行に随ふ〕　禁裏（「紫微」）の大庭などへ昨夜降った雪が、今、御規式（儀式）のある処を見るゆへ、天子の御恩をうけて、雪の光も格別に見へた。結構に見ゆるによって「恩光」といふ。官人の行列をそろへて（「鴛鷺の行」。鳳凰と鷺は整然と列を作って飛ぶ）参内するさきざきに、雪があって光り。（「偏に……随ふ」は）ゆくさきごとに雪があって光ると云ふ義なり。

〔長信……飛ばさず〕　西の方、長信宮の上へ降ってある雪が、月の如くまっ白く、やはり暁の日（が出る）まで面白う見へ（本物の月ではないから暁を嫌わない）、宜春苑へは花の如く雪が満ちてあれども、本より花でないゆへ、香いが飛ばぬ。

〔独り……譲ることを〕　禁裏（「清禁」。清らかな禁裏）の立ち並んである御殿へ降り積んである気色は、独りかくべつ立派に見へる。雪はいこう冷たいものと覚へていたに、今日は暖かに思はるる。しかれば冷たい雪も太陽には負けて、暖かになる。

〔柱に……漢の田郎〕　もとよりそこもとは、（漢の霊帝が、尚書郎となった田鳳の容儀の端正さに感心して、ほめ言葉を柱に書きつけたが、ちょうどそのように）柱に題せらるるといふやうに名高い人で、殊に雪を詠ませられた詩も勝れたる絶唱である。しかれば、古今にならびない風流男といわるる漢の田鳳に相続く者は誰であらう。こなたならではない。

【補説】

「仗を繞って」は、（雪が）天子の儀仗をめぐって、の意。

「積素」は、積み上げた白絹。積った雪にたとえる。

自鞏洛舟行入黄河
即事寄府県寮友

韋応物

夾水蒼山路向東
東南山豁大河通
寒樹依微遠天外
夕陽明滅乱流中

鞏洛より舟行して黄河に入る
即事。府県の寮友に寄す

水を夾む蒼山　路　東に向ふ
東南　山豁にして　大河通ず
寒樹　依微たり　遠天の外
夕陽　明滅す　乱流の中

孤村　幾ばく歳ぞ　伊岸に臨む　　孤村幾歳臨伊岸
一雁　初めて晴れて　朔風に下る　　一雁初晴下朔風
為に報ぜよ　洛橋　遊宦の侶　　為報洛橋遊宦侶
扁舟　繋がず　心と同じ　　扁舟不繋与心同

〔題〕　鞏洛（洛陽とその東方の鞏県の一帯）より舟で乗り下して、北の方、黄河に入り、即景（見たまの景）を作って、後役（後任）の者ども「寮友」に寄せるのである。

〔水を……大河通ず〕　鞏洛の西の方は山で、谷あいのやうなせまい（「水を夾む」）処に、東に向って（舟で）乗り出してみたれば、東南に山のくゎらりと推し開いた大河に乗り出でて。

〔寒樹……乱流の中〕　北を望み見れば、遠い山々の樹木どもがさびさびと天のほとりにあるやうに見へ、川の面を見れば、夕日の影が明るうなったり暗うなったり、流れにしたがってきらめき。

〔孤村……朔風に下る〕　伊水（洛陽・鞏県の間を東流する川）の河岸通りに六七軒もある孤村が、伊水へ臨むやうに作ってある。いつ通っても変らずにある。空が初めて晴れきると、雁が一匹、北の方へ鳴いてわたるが見へ。

〔為に……心と同じ〕　題を知らずに註したゆへ、『訓解』の註がよくない。この詩を作って寮友に送る。（雁よ）をれがために洛陽の友達どもに云うて下され。吾が心はどこへ落ち付かうと云ふ処はない。乗り出した舟の如くである。

【補説】

「依微」は、ぼんやり霞むこと。

「孤村……伊岸に臨む」。このぽつんとした村は、伊水の岸に臨んでもう何年たつのだろう、の意。

「朔風に下る」。北風に乗って下る、の意。国字解は気分で適当に解釈をつけたもの。

「為に報ぜよ」。国字解に『訓解』の註がよくないと。『唐詩訓解』には次のようにいう、「我、諸君と群を離れて孤村に居り、伊岸に臨む者、数歳。今日にして始めて一書を通じ、且つ告げて曰く、……」。すなわち、(第五句)自分は孤村に住み、伊岸に臨んで数年を経た、(第六句)今日、ようやく雁に託して友人たちに手紙を送る、と解する。そして「為報」を、「為に報ず」と読み、「そのようなわけで知らせてやる」の意と解して、雁への呼びかけととらない。取るにも足りない説というべきであろう。

「洛橋」は、洛陽の洛水にかかる天津橋。ここではそれをもって洛陽を代表させる。

「遊宦」は、故郷を離れて役人ぐらしをすること。

「扁舟、繫がず、心と同じ」。言葉通りには、小舟を岸に繫がず、それに乗って漂う、それは何ものにも繫ぎとめられない私の心と同じことだ、の意。

贈銭起秋夜
宿霊台寺見寄　　郎士元

石林精舎武渓東
夜叩禅扉謁遠公

銭起、秋夜、霊台寺に
宿して寄せらるるに贈る

石林精舎　武渓の東
夜　禅扉を叩いて　遠公に謁す

月　上方に在って　諸品静かなり
心　半偈を持して　万縁空す
蒼苔の古道　行いて遍かるべし
落木　寒泉　聴いて窮まらず
更に憶ふ　双峰の最高頂
此の心　故人と同じきことを期す

月在上方諸品静
心持半偈万縁空
蒼苔古道行応遍
落木寒泉聴不窮
更憶双峰最高頂
此心期与故人同

〔石林精舎……遠公に謁す〕唐の太宗の諱を避けて「武」と置いたけれども、「虎渓」のことなり。さてこの霊台寺は、いにしへ遠公（晋の高僧恵遠）のいられた虎渓に建て置かれた。（あなたは）その処へ夜、「禅扉を叩いて」案内をして（案内を乞うて）、遠公の如き高僧に逢ひにゆかれたが。

〔月……万縁空す〕さだめて、秋夜のことゆへ月が頭の上に澄みわたり、一切の鳴り音もせず、しんしんとしたことであらう。「上方」は、上の方と云ふ意に兼ねて用いた。また、心には諸行無常の半偈（四句から成る偈の半分、二句）を念持（心中に唱えること）しているゆへ、何かに引かるる処の万縁（種々の妄想）もうち忘れ。

〔蒼苔……窮まらず〕山の苔なめらかな古道を（くまなく）歩いてみられたならば、どこもかしこも、木の葉の落つる音や泉の流るる音を聞かれて、さぞものすごい景色であらう。

〔更に……期す〕またその上に双峰の高いところを見たいが、行かぬかと（あなたは）云うてこされたが、なるほどこされた詩を見ては、行きて見たい気になった。かならず参るでござらうほどに、約束を違へぬがよい。

【補説】

題の「霊台寺」と第一句の「石林精舎」は同じ寺なのであろうが、それがどこにあるのか、石林精舎は固有名詞なのか、それとも岩石林立の地にある寺という意味なのか、また武渓とはどこか、現代の注釈書はすべて不明としている。『唐詩訓解』に見える、武渓は虎渓であるという説も、現代の注釈書は採用しない。なお国字解に「唐の太宗の諱を避けて」とあるが、太宗は李世民、太祖が李虎で、これは「太祖の諱」の誤りである。

「上方」は、仏語の「上方世界（山頂の寺院）」の略。上の方という意味をかけて用いてある。

「諸品」は、万物。「しょひん」という振り仮名は、宝暦九年版『唐詩選』と本書に共通するが、仏語であるから「しょぼん」とあるべきであろう。

「故人」は、友人。この詩を贈った相手の銭起を指す。

長安の春望　　盧綸

東風　雨を吹いて青山を過ぐ
却って千門を望めば　草色　閑なり
家　夢中に在り　何れの日か到らん

長安春望

東風吹雨過青山
却望千門草色閑
家在夢中何日到

春　江上に来たって　幾ばく人か還る　　春来江上幾人還
川原　繚繞す　浮雲の外　　川原繚繞浮雲外
宮闕　参差たり　落照の間　　宮闕参差落照間
誰か念はん　儒と為って世難に逢ひ　　誰念為儒逢世難
独り衰鬢を将て秦関に客たらんとは　　独将衰鬢客秦関

〔題〕　中唐の乱後に都にかがまっていて（雌伏していて）、世に用いられぬと云ふことを作る。

〔東風……草色閑なり〕　春のことゆへ、「東風」と云ふ。春雨が青山を降って通るを見、それよりとって返して、禁裏（の数多い宮門）のうちを望めば、草なども乱後のことゆへただいたづらに生えて、誰見るものもなく、一向の荒れ地のやうになっている。

〔家……人か還る〕　かやうな乱れ立った世の中ゆへ、故郷を恋しう思うて、毎夜、家に帰る夢を見るが、実に帰ることはならぬ。今この江上（川のほとり）へ、故郷を離れて大勢きているが、幾人が故郷へ帰ったであらう。われひとり帰らぬと云ふではあるまい。

〔川原……落照の間〕　川原へ面白からぬ（憂鬱な気分をさそう、の意か）浮雲のみがとりまわしてあり（とりかこんでいて）、禁裏の宮闕（宮門）の高う低う（「参差」）立ってあるが、ものさびしい夕日の間に見へる。「浮雲」「落照」、乱後のものさびた景を云ふ。

〔誰か……客たらんとは〕　吾、儒者になって、思ひもよらぬ世の乱に逢うて、白髪になるまでうろたへて（放浪して）いやうとは思はなんだ。

【補説】

国字解にいう「中唐の乱」は、『唐詩訓解』に「此れ長安、吐蕃の乱に遭ひ、代宗、陝に幸す。綸、時に京に在りて作す」と述べるもの。広徳元年（七六三）十月、吐蕃（チベット族）が長安を占領して、代宗が河南省陝州に避難したことを指す。

「却って」は、「ふりかえって」の意。国字解のように「とって返して」というのは、大げさに過ぎよう。

「草色閑なり」。現代の注釈書は大むね、「若草の色がのどかである」の意に解する。国字解が「草が誰にも相手にされずに、生いしげったままになっている」と解するのは、『訓解』にもとづく。

「春……幾ばく人か還る」。国字解は、「江上に来たって」の主語は「人々」であるかのように説いているが、主語は当然「春」である。春はこの川のほとりにやって来たが、故郷へ帰れるのは幾人か、の意。次の句とともに、国字解が南郭の説を伝えるとは信じがたい。

「川原、繚繞す、浮雲の外」。国字解が「繚繞す」の主語を「浮雲」ととっているのは、奇妙な誤りである。主語は「川原」で、一句の意は高木氏注に、「川ぞいの原野は、くねくねと、浮き雲のかなたまで続き」とあるごとくである。

「秦関」は、長安の地方。

陸勝宅秋雨中探韻同前　　張南史

陸勝が宅にして秋雨の中、韻を探る。同前

同人永日自相将
深竹閑園偶辟疆
已被秋風教憶鱠
更聞寒雨勧飛觴
帰心莫問三江水
旅服従沾九日霜
醉裏欲尋騎馬路
蕭条是処有垂楊

同人　永日　自ら相将ゆ
深竹　閑園　辟疆に偶す
已に被る　秋風の鱠を憶はしむることを
更に寒雨の觴を飛ばすことを勧むるを聞く
帰心　問ふことなかれ　三江の水
旅服　沾すに従す　九日の霜
醉裏　尋ねんと欲す　騎馬の路
蕭条として是の処　垂楊有り

〔題〕　九月九日の詩と見へる。「韻を探る」と云ふは、韻字の下に、秋雨なにとぞ書いてある。その題で先に作った者があるゆへ、やはりその題で作るゆへに、「同前」と、本集によって（この詩を載せてあったもとの詩集の通りに）置いた。

〔同人……辟疆に偶す〕　同じ物好きな者（「同人」）が、一日ゆるりと慰む（「永日」）つもりで、みないひ合せたやうに来てあり。「自ら相将ゆ」とは、云ひ合せもせぬにおのづから来たと云ふことになる。いかさま深竹の中のもの静かな園の趣きは、いにしへ名高い晋の顧辟疆が園にも劣らぬである。

〔已に……勧むるを聞く〕　この秋風を聞けば、故郷の鱠を思ひ出して酒が飲みたいに、今日、寒雨を聞いては、ひとしほ酒が飲める。

〔帰心……九日の霜〕常は故郷へ帰りたいと思ふなれども、今日ばかりかやうに心よう慰むについては、故郷のことを思ひ出さぬがよい。「三江の水」は、「魚鱠」と同じことで、故郷のことになる故事（補説参照）ぢゃ。九月の霜が旅服を沾しても、沾すにまかせてかまはぬがよい。

〔酔裏……垂楊有り〕きつく酔うて、帰路を尋ぬる（確かめなければならない）ほどにあれども、今かへる人（「かへるか」の誤りか）と思へば、あまり名残り惜しく、心も蕭条と（さみしく）なってきて、また来やうと思うて、酔の裏に垂楊（しだれ柳）にも目をつけて見る。

【補説】

題の「韻を探る」は、何人か集まって詩を作る際、くじびきなどで韻をわりあてること。国字解に「韻字の下に、秋雨なにとぞ書いてある」というのは、意味不明。普通は、たとえば「秋雨。陽韻」などと、詩題の下に韻を示す。

「壁彊に偶す」。国字解が「壁彊に偶する」の意に解しているのは、『唐詩訓解』に従ったもの。現代の註釈書は大むね、「偶す」を「偶坐する、向き合って坐る」の意にとり、「辟彊のようなこの家の主人と向い合う」と解している。

「秋風の鱠を憶はしむる」。『世説新語』識鑑篇に見える逸話にいう。晋の張翰は、南方呉郡の出身で、洛陽に出て宮仕えしていたが、秋風が立つのを見て、故郷の蓴菜の吸物や鱸魚の鱠の味を思い出し、人生は志に適うのが一番で、地位や名誉はどうでもいいと思い立ち、官を棄てて故郷へ帰ったと。この故事から、「秋風、鱠を憶はしむ」は、望郷の念を起すことをいう。

「觴を飛ばす」は、順々に盃をまわして酒を飲むこと。

「三江の水」は、右の張翰の故郷にあった、松江・婁江・東江の三つの川の水。故郷へ帰ろうと思った張翰が同郷の顧栄を誘ったところ、顧栄は「吾もまた子（あなた）と南山の蕨を採り、三江の水を飲まんのみ」といって、同意した。これによって、「三江の水」も望郷の念を意味する。

最後の二句は難解で、諸説ある。千葉芸閣の『唐詩選講釈』の解釈を掲げてみる。

さて、たべ酔うて馬に騎り、帰る路を尋ねんと欲せしが、また重ねてこの所へ行楽に来たり度き心があるゆへ、是の処に垂楊が有る。心覚えにした。帰りし跡は蕭条として、垂楊のみでさびしきことならん。

塩州にして胡児の飲馬泉を過る　　李益

緑楊　水に著いて　草　煙の如し
旧と是れ胡児の飲馬泉
幾ばく処か笳を吹く　明月の夜
何人か剣に倚る　白雲の天
従来　凍合す　関山の道
今日　分流す　漢使の前
行人をして容鬢を照らさしむることなかれ

塩州過胡児飲馬泉
緑楊著水草如煙
旧是胡児飲馬泉
幾処吹笳明月夜
何人倚剣白雲天
従来凍合関山道
今日分流漢使前
莫遣行人照容鬢

恐らくは憔悴の新年に入るに驚かん　　恐驚憔悴入新年

〔題〕辺塞（辺境のとりで）へ行き、塩州（寧夏回族自治区塩池のあたり）を通り、昔この処で胡が馬に水かうた（水を飲ませた）処といふについて、作るのである。

〔緑楊……飲馬泉〕飲馬泉の様子を見るに、川ばた通りの楊柳が糸をたれて水につき、草などもこんもりと煙の如く萌へ出づる様子である。この処は昔胡児（異民族の若者）が馬に水かうたと云ふ処ぢゃ。以下二句、『訓解』の註、よくない。

〔幾ばく……白雲の天〕この処で胡児が月夜に笳（胡人独特の笛）を吹く折には、ものあはれなことでありつらうと、昔を思ひやって云ふ。さてここへは何者が番手（守備の兵士）に来てあったやら。ただ一振の剣によりかかって、秋の空で笳を吹く音をものあわれに聞きつらう。

〔従来……漢使の前〕去年の冬通った折は、この処（「関山」。関所のある山）も氷が一面に張ってあり、さびしかったが、今来てみれば、春のことゆへ氷がとけて（幾すじにも分れて流れ）、暖かにある。「漢使」とは、御用で通るゆへ、手前（自分）を指して云ふ。

〔行人……驚かん〕これについても、後このところを通る者に云うてをく。かならずこの処で水鏡（飲馬泉に「容鬢」顔や髪を映してみること）を見ぬがよい。なぜなれば、大方は、新年に入りて顔色の衰へたを見ては、肝をつぶすであらうと云うて、実は手前のことを云ふ。吾が見て驚いたゆへに、この詩を作ってをくと云ふ儀なり。

【補説】

「幾ばく処か……白雲の天」。国字解に『訓解』の註、よくない」と。『唐詩訓解』には次のようにある。

今、笳を吹くの声を聞いて、剣に倚るの士を覩ず。何ぞ其の（胡に対する）備へなきこと是くの若きや。

つまり「何人か」を反語と解したもので、問題外であろう。

「幾ばく処か」は、あちこちで、の意。

「従来……漢使の前」。高木氏注が明快なので掲げる。

この泉は、関所のある山道で、これまで一面に凍てついた氷に閉ざされていたが、今日は、解けた水が幾すじにもわかれて、朝廷の使者、私の前を流れてゆく。

「従来」を、国字解のように「去年の冬通った折」と限定するのは、不自然であろう。なお高木氏注は、右に続けて、

結氷の解けたことをいうとともに、従来この地方を占拠していた異民族に、春の気にもひとしい唐の朝廷の政化が及んで、交通も自由になったことを暗示する。

という。

「行人をして……ことなかれ」。国字解は後にここを通る者への呼びかけとするが、現代の諸注は飲馬泉への呼びかけととり、「飲馬泉よ、旅ゆく人に、顔やびんの毛をうつさせてはならないぞ」（高木氏注）と訳す。「行人をして……」という使役の語法からして、これに従うべきである。

柳州の城楼に登って
漳・汀・封・連四州の刺史に寄す

城上の高楼　大荒に接す
海天の愁思　正に茫茫
驚風　乱れ颭す　芙蓉の水
密雨　斜に侵す　薜茘の墻
嶺樹　重なって千里の目を遮り
江流　曲って九廻の腸に似たり
共に来たる　百粤　文身の地
猶ほ自ら音書　一郷に滞る

登柳州城楼寄
漳汀封連四州刺史

柳宗元

城上高楼接大荒
海天愁思正茫茫
驚風乱颭芙蓉水
密雨斜侵薜茘墻
嶺樹重遮千里目
江流曲似九廻腸
共来百粤文身地
猶自音書滞一郷

〔題〕この詩は、柳宗元、柳州（広西チワン族自治区の中部。南方の辺地）へ流されて奉行になっていて、心易い四人の者も（同じく南方の辺地の）四州の刺史（長官）になっているゆへに、みな同じ心であらうと云ふ趣きを作って、寄するなり。

〔城上……正に茫茫〕吾がいる柳州の（城壁の上の）高楼より向うを見わたした処が、世界の果て（「大荒」）へひき続いてある。南海の天が「茫茫」と果てしもなく見へる。吾が愁思も天の果てしもない如くである。

〔驚風……薜茘の墻〕 どっと吹く風が、城ぎはの水にある芙蓉（蓮）などを吹き動かして（「乱れ颭す」）通り、晴れ間もなく、雨（「密雨」。密集して降る雨）に風が吹きつけるゆへ、横すぢかいに蔦（「薜茘」）のある垣へ降りかかる。

〔嶺樹……腸に似たり〕（千里のかなたの）故郷やそこ元たちのいる方を望み見やうと思うても、嶺樹（峰の木々）が幾重も目を遮って見せぬ。江流のいろいろに曲って流るるを見ても、腸にしみかへる（悲しみが腸にしみこむ）。九廻の腸に似て悲しい。

〔共に……一郷に滞る〕 みなかやうに夷の地へ流され者になって、遠く隔てているゆへ、状文の便りすら一遍（それぞれの流されている土地）にとどまって（相手に達せず）、思ふやうにならぬなれば、まして相見ることはならぬ。「百粤（沢山の蕃族）文身（いれずみ）」は『荘子』の字、至極の夷のことを云ふ。

【補説】

「海天」は、海と天。国字解に「南海の天」というのは誤り。柳州から海は見えないが、地の果てということを強調する気持でいう。

「九廻の腸」は、悲しさのあまり一日に九回も腸がねじまがること。

「百粤、文身」。この言葉がそのまま『荘子』に見えるわけではない。『荘子』逍遥遊篇に、「越人は断髪文身（髪はざんばらで、いれずみをしている）」とある。「粤」は「越」に同じく、南方の土地。「百粤」は、越地方に住む諸種の蛮族。

庫部盧四兄曹長「元日、朝より廻る」を和し奉る

奉和庫部盧四兄曹長元日朝廻　　韓愈

天仗　宵厳にして　羽旄を建つ
春雲　色を送って　暁鶏号ぶ
金炉　香動いて　螭頭暗く
玉佩　声来たって　雉尾高し
戎服　上り趨って北極を承け
儒冠　列侍して東曹に映ず
太平の時節　身　遇ひ難し
郎署　何ぞ須いん　二毛を笑ふことを

天仗宵厳建羽旄
春雲送色暁鶏号
金炉香動螭頭暗
玉佩声来雉尾高
戎服上趨承北極
儒冠列侍映東曹
太平時節身難遇
郎署何須笑二毛

〔天仗……暁鶏号ぶ〕元旦のことゆへ、天子の御先払いの役人（「天仗」。天子の儀仗兵）などが、まだ夜の明けぬうちから羽旄（鳥の羽根飾りのついた天子の旗）を立てて番をしている中に、雲なども段段明るうなって、夜明けの鶏も鳴き。

〔金炉……雉尾高し〕御炉（天子の香炉）の香気が動いて、出御（おでまし）とは知るれども、暁方のことゆへ天子の御面は見へぬ。「螭頭」は、階下の切石の角を雨竜（「螭」。雨を降らす竜）の貌にしてあるを云ふなり。天子の、朝儀（朝廷の儀式）の間（部屋）に玉佩（腰につける飾り玉）を鳴

らして出御なさるるが闘へて、雉尾（宮女が左右から玉座を覆う、長い柄のついた宮扇）を以て玉顔を掩うているが見へる。

〈戎服……東曹に映ず〉　そうすると北面の武士（わが平安朝の宮城警固の武士。唐朝の武官にたとえる）どもが戎服（軍装）して走り向へ、ひき続いて（長い列を作って）護衛してをり、文官は冠（「儒冠」。儒者の冠）を連ねて、東の方より西の方へひき続いて、南面している様子を云ふと見へる。

〈太平……笑ふことを〉　かやうな御規式（儀式）も盛んにあって、世の中の太平な折には、御不足がないゆへ（臣下にしてみれば才能を発揮する機会に乏しく）立身もなりにくい（「遇ひ難し」）。因って、郎署（郎官の詰所）にをらがやうな親父が役替（昇進）もせずにいるも、笑ふことはないと云うて、実は手前の不遇をいたむのである。「二毛（毛髪が黒白まじること）」は、『左伝』（僖公二十二年）にあり。

【補説】

題の「庫部盧四兄曹長」は、庫部の曹長たる盧四兄という人、の意。庫部は尚書省兵部の一部局、曹長はそこの長。

「北極を承け」。天子を迎えること。「北極」は、北極星。天の中心であるから、天子にたとえる。「東曹に映ず」。国字解に「東の方より西の方へひき続いて、南面している様子」とあるが、情景からいっても、「南面」が天子に関して用いられる語であることからいっても、奇妙な解釈である。高木氏注に、「文官たちの居ながれて侍立する姿が、東の棟に輝きはえる」という。「東曹」は、東側にある役所。『史記』叔孫通伝にいう、漢の高祖の七年十月、長楽宮が落成し、叔孫通の制定した礼儀によって儀式が挙行された。その際、武官は正殿の西側に、文官は東側に並んだ。この故事を踏まえた表現である。

唐詩選国字解巻之五終

日野龍夫（ひのたつお）

1940年東京都生。京都大学大学院博士課程修了。

現職　京都大学文学部教授。

専攻　日本近世文学。

主著『徂徠学派——儒学から文学へ——』（筑摩書房），『江戸人とユートピア』（朝日新聞社）。

唐詩選国字解 2〔全3巻〕　東洋文庫 406

1982年2月10日　初版第1刷発行
1990年9月25日　初版第3刷発行

校注者　日野龍夫
発行者　下中弘
印刷　東洋印刷株式会社
製本　株式会社 石津製本所

発行所
電話編集 03-265-0461　〒102 東京都千代田区三番町5
営業 03-265-0455
振替 東京8-29639　株式会社 平凡社

このページは元にした東洋文庫の奥付です
本書の奥付と表記が異なる場合があります

ワイド版東洋文庫 406

唐詩選国字解 2

2006年11月25日　発行

述　服部南郭
校注　日野龍夫
発行者　下中直人
発行所　株式会社平凡社
〒101-0051　東京都千代田区神田神保町 3-29
TEL 03-3230-6590（編集）03-3230-6572（営業）
振替 00180-0-29639
URL http://www.heibonsha.co.jp/
製版画像編集　株式会社マイトベーシックサービス
表紙制作　特定非営利活動法人 障がい者就労支援の会 あかり家
印刷・製本　株式会社マイトベーシックサービス

I0 406

ISBN4-256-80406-4　NDC 分類番号 921　A5 変型判（21.0cm）　総ページ 288